Titus Müller

DIE SIEDLER VON VULGATA

Roman

Brendow
VERLAG + MEDIEN

Band 3 der Edition Brendow Auslese

Bibliografische Information Der Deutschen Bibliothek
Die Deutsche Bibliothek verzeichnet diese Publikation in der Deutschen Nationalbibliografie; detaillierte bibliografische Daten sind im Internet über http://dnb.ddb.de abrufbar.

ISBN-10: 3-86506-140-0
ISBN-13: 978-3-86506-140-9

Einbandgestaltung: Creativ Werbung, Mülheim an der Ruhr
Satz: Hans Winkens, Wegberg
Druck und Bindung: Clausen & Bosse, Leck
Printed in Germany

www.brendow-verlag.de
www.titusmueller.de

ERSTER TEIL

1

ARRICK STIESS DIE WIEGE AN. Sie schaukelte seinen Sohn. »Du bist das erste uneheliche Kind in Vulgata seit neunhundert Jahren. Stark musst du werden, hörst du?«

Der Kleine staunte ihn an. Im Licht der Phosphorsteine glitzerten Tränen in den großen Augen.

»Nicht schauen. Schlafen sollst du.« Arrick reckte seine Hand in die Wiege und strich über die weiche Haut in Sabos Gesicht. »Ich wecke dein Vögelchen und du bekommst noch mal ein Nachtlied, einverstanden?« Er hob das Tuch vom Vogelkäfig.

Der Schakrakei zog müde die weißen Hautlappen von den Augen. Er streckte die Flügel aus, dass sich die Federn weit spreizten.

»Ein Nachtlied«, befahl Arrick.

Der Schakrakei starrte ihn böse an. Dann begann er zu singen:

O bleibe, Herr,
Der Abend bricht herein
Bald ist es Nacht
O lass mich nicht allein.

Arrick spähte zur Wiege hin. Sabos Augenlider flatterten. Der Kleine kämpfte gegen die Müdigkeit an, aber er würde verlieren, er würde spätestens bei der dritten Strophe eingeschlafen sein. Dass seine Mutter fehlte, hatte er offenbar nicht bemerkt.

Und er, Arrick? Zwei Stunden mochten es noch sein bis Sonnenaufgang. An den Streit durfte er nicht denken. Auch nicht an die Ernte, die sie morgen einholen mussten, bevor die ersten Regenstürme das Korn nässten, sodass es auf den Halmen zu faulen begann. Wenn er anfing, sich Sorgen zu machen, würde er in dieser Nacht kein Auge mehr zutun.

Er setzte sich an den Tisch und öffnete das gestohlene Buch. Mit den Fingern fuhr er über die glatten Folien. Gestochen scharf stand die Schrift darauf, unverrückbar, tadellos. Er liebte den Geruch des Buchs, nichts in Vulgata roch so, es mussten die Folien sein, die diesen Duft verströmten wie Blüten und Wasser. Arrick blätterte. Wo hatte er gestern Abend aufgehört? Hesekiel 10 war es gewesen. Er las.

Und ich sah, und siehe, vier Räder standen bei den Cherubim, bei jedem Cherub ein Rad, und die Räder sahen aus wie ein Türkis, und alle vier sahen eins wie das andere aus; es war, als wäre ein Rad im andern. Wenn sie gehen sollten, so konnten sie nach allen ihren vier Seiten gehen; sie brauchten sich im Gehen nicht umzuwenden; sondern wohin das erste ging, da gingen die andern nach, ohne sich im Gehen umzuwenden. Und ihr ganzer Leib, Rücken, Hände und Flügel und die Räder waren voller Augen um und um bei allen vieren.

Cherubim. Was waren das für Wesen? Über und über mit Augen besetzt, und Flügel hatten sie, und seltsame Räder, die mit ihnen rollten. Kantur Gotha, der Patriarch, behauptete, es gäbe kein anderes intelligentes Leben außer ihnen und Gott, nur sie, die Menschen, und ihn, den Schöpfer. Aber wer sagte, dass sich der Schöpfer auf Menschen beschränkt hatte? Der Schakrakei verstand seine Befehle, dumm war er also nicht. Und auch ihn hatte doch Gott geschaffen.

Arrick stand auf. Er ging zum Vogelkäfig hinüber und legte die Hand an die Gitterstäbe. Der Schakrakei wich zurück. Wie zur Abwehr hob er eine seiner blauen Krallen und hielt sie in die Luft, zögerlich. Dann setzte er sie wieder ab. Was für ein schönes Tier das war! Auf seinem weißen Gefieder glänzten Lichtfunken. Die Schmuckfedern an den Flügelrändern ordneten sich auf dem Rücken zu feinen, gelben Strichen. Aber war er intelligent? Seine Augen blickten kühl. Was dachte er? Konnte er denken?

Arrick deckte den Käfig zu. Er ging zurück zum Tisch und setzte sich. Nachdenklich fuhr er sich mit dem Daumen über die Stirn. Was war mit den Dämonen, von denen er im gestohlenen Buch gelesen hatte? Waren das nicht intelligente Lebewesen, wenn auch böser Natur? Was war mit den Cherubim? Er las noch einmal:

Und ich sah, und siehe, vier Räder standen bei den Cherubim, bei jedem Cherub ein Rad, und die Räder –

Donner grollte. Es klang, als risse der Himmel mitten entzwei. Ein Sturmwind schüttelte die Hütte. Blitzschnell klappte Arrick das Buch zu. Wohnten dieser Schrift womöglich Kräfte inne, die er durch sein Lesen heraufbeschwor? Hatte man das Heilige Buch deshalb versteckt und neunhundert Jahre unter Bewachung gehalten?

Arrick schlich aus der Hütte hinaus. Am Sternenhimmel stand keine Wolke. Alles war ruhig: die Kirche, die Hütten der Geächteten, unten am Fluss die Siedlung. Nur das Mühlrad knarrte und schaufelte Wasser. Aber er hatte doch Donnern gehört! Arrick sah hinauf zum Lichterteppich, suchte die Sternbilder. War Unordnung in den Himmel gekommen? Ruben, Issachar, Sebulon, sie waren noch an ihrem Platz. Dort hinten über den Bäumen Naftali, dann Benjamin mit dem hell glänzenden Davidsstern.

Das Glitzern der Sterne beruhigte ihn. Immer waren sie da. Ob er sich mit Sabos Mutter stritt oder nicht, ob sie hungern mussten oder Nahrung im Überfluss hatten – die Sterne blieben. Irgendwo dort oben war Terra, die alte Heimat, von der man nicht sprechen durfte. Wie sah es auf Terra aus?

Konnten die Cherubim von Planet zu Planet reisen? Wozu dienten ihnen die Räder mit den vielen Augen?

Er sollte besser schlafen und das Buch fürs Erste geschlossen halten.

Noch einmal ließ er seinen Blick über die Siedlung streifen. Die Häuser waren eine riesige Herde von Tieren, die im Sternenlicht ruhig grasten. Ihre gewölbten Kuppeldächer: die Rücken von Muttertieren neben den Ställen und Scheunen, die sie wie Lämmer umgaben. Ihre weiß getünchten Wände: das Fell. Die Fenster die Augen, die Türen die Mäuler. In ihren Bäuchen schliefen achttausend Siedler.

Der rote Staub Vanderbeytens – in der Nacht war er grau. Er umspielte die Häuser. Schwarz stand der Wald rings um die Felder. Er kehrte seine trockene Seite zur Siedlung hin, in seinem Herzen aber stand er voller Wasserlachen und Sumpflöcher. Bildete Arrick sich das ein, oder konnte er tatsächlich in der Ferne die knarrenden Rufe der Unken hören?

Müde kehrte er in die Hütte zurück, versteckte das Buch unterm Bett, deckte den Schakrakei zu. Dann schob er die Klappen vor die grün schimmernden Phosphorsteine an der Decke. Im Dunkeln tastete er sich zu Bett und schlüpfte unter die Decke. Wenn er die Textstelle morgen Abend nach getaner Feldarbeit nochmals las, womöglich verstand er dann besser …

Er saß aufrecht im Bett. Wieder hatte es draußen gerumpelt. Ein starker Wind fegte durch die Ritzen der Hütte.

Arrick erwachte vom Hungerschreien seines kleinen Sohnes. Ihm dröhnte der Kopf. Er war doch eben erst eingeschlafen, eben gerade hatte er die Augen zugemacht nach langem Hinundherwälzen und Grübeln. Sabos Stimme gellte unerbittlich in seinen Ohren. Und beim Patriarchen! Die Sonne war bereits aufgegangen. Sie schien hell durch die Ritzen der Tür. Arrick sprang aus dem Bett, warf sich den Kittel über. Er musste aufs Feld.

»Sabo, was du dir wünschst, kann ich dir nicht geben«, sagte er. »Dafür ist deine Mutter zuständig.«

Er hob ihn aus der Wiege und schmiegte ihn sich an die Schulter. Auf den Fußballen wippte er, in der Hoffnung, es würde den Kleinen beruhigen. Der aber brüllte nur noch verzweifelter. »Gut, gut, ich verstehe. Du bist am Verhungern.« Arrick trat hinaus vor die Tür. Eilig trug er seinen Sohn zur Kirche. Die Tür war verriegelt. Er rief: »Sabo hat Hunger!«

Der Riegel knirschte, die Tür wurde aufgerissen. Murielle nahm ihm das Kind aus den Armen. Dann knallte sie die Kirchentür wieder zu. Es war wie ein Schlag ins Gesicht. Mühsam sammelte er sich, um nicht gegen die Wand zu treten und einen Fluch auszustoßen. »Du kannst ins Haus gehen!«, rief er. »Ich bin auf dem Feld. Du wirst mich also nicht sehen. Den Schakrakei habe ich noch nicht gefüttert.«

Es rumorte in seinem Bauch. Heute würde sie ihm keine Vesper aufs Feld bringen. Er würde hungrig bleiben bis zum Abend. In der Hütte nahm er die Sense von der Wand, ging wieder nach draußen. Die anderen Geächteten arbeiteten längst. Diese Männer hatten wegen ihm alles verloren. Ihre Familien, ihr Ansehen, ihren Besitz. Sie taten so, als bereuten sie nichts, aber war es wirklich so? Er selbst sehnte sich ja täglich nach einem Zuber warmen Wassers im Badehaus, nach Honigkuchen, nach einem Besuch beim Barbier.

Und dann: Murielle. An sie durfte er gar nicht denken. Das Schlimmste an ihrem Zorn war, dass er berechtigt war.

Er wollte fort, nichts als fort von hier. Die Tür warf er zu und stampfte an den anderen vorüber. »Ich fange hinten im Wald an.«

Der ganze Wald hallte wider von Unkenrufen. Die Unken waren gut verborgen, aber kleine, weiße Insekten flogen in weiten Bögen zwischen den Bäumen umher.

Velved Karwai betrachtete die Gefesselten am Boden. Ihre Schnauzlippen waren rot vor Wut. Dennoch, er hatte keine Wahl. »Obkrieger Hazzahk, nimm ihnen die Schellen ab«, befahl er. »Und suche eine Stelle, an der du die Dinger im Gestein verstecken kannst. Eine Felsspalte, eine Höhle, je tiefer es hinabreicht, desto besser. Auch wenn die Schellen aus Kunststoff bestehen, wir dürfen nicht riskieren, dass sie gefunden werden.« Er leckte sich die Nase. An der Vanderbeyten-Luft trocknete sie schnell. Er vermisste das feuchte Klima des Raumschiffs, die Wasserzerstäuber in den Armlehnen seines Kommandostuhls. »Ich gehe inzwischen mit einem Stoßtrupp zu den Menschen.« Er wies mit der Pranke auf Aschuk, den Anführer der Gefesselten. »Du kommst mit.«

»Wir gehen nackt, wie wir sind?«, murrte Aschuk.

»Nackt.«

»Du hast einen großen Fehler gemacht, Karwai. Einen tödlichen Fehler.«

»Es gibt kein Zurück mehr.«

Aschuk sah hoch zu Vander, der Sonne des Planeten. »Die Terraner werden der Kolonne nicht widerstehen können.«

»Für Jammerei und Reue ist es zu spät. Hättest du nicht versucht, meine Befehle zu boykottieren, dann stünden wir längst in Verhandlungen mit ihnen.«

»Verhandlungen? Diese Kolonie – das ist doch nicht mehr als ein vergessener Außenposten! Diese Terraner liegen um Jahrhunderte zurück! Willst du mit den unterentwickelten Dürrbeinern etwa über die Kapitulation *diskutieren*?«

»Es wird keine Kapitulation geben.«

Aschuk stand das Maul offen. Der Unterkiefer mit den spitzen Reißzähnen zitterte. »Nur weil du die Befehle der Kolonne auszuführen hattest«, fauchte er, »hast du noch lange nicht das Recht, über unser aller Schicksal zu entscheiden! Schlimm genug, dass wir durch deine Schuld auf diesem Drecksplaneten landen mussten! Wir sind den Menschen um Längen überlegen. Wir sind die neuen Herren auf Vanderbeyten, und das sollten wir von Anfang an klarstellen.«

»Noch ein Wort, und ich schlitze dir die Kehle auf, Krieger Aschuk.« Velved Karwai fuhr drohend die Krallen aus.

Aschuk brach den Blickkontakt ab.

Durch diesen Aufrührer wurde alles in Gefahr gebracht. Aber ihn zu töten? Sie waren schon zu wenige, und Aschuk würde in Kürze ein Gelege befruchten. »Wir haben keine Zeit zu verlieren. Die Kolonne, Aschuk, kümmert dein Gewinsel nicht.«

Das gewirkte Hemd triefte vor Schweiß. Es klebte Arrick am Rücken und kratzte bei jeder Bewegung. Zog er es aus, würde er sich die Haut verbrennen. Vander stand hoch oben am Himmel. Also biss er die Zähne zusammen und sichelte weiter. Die Sense rauschte durch das Korn. Halme fielen, Schritt für Schritt. Eine Rast, nur eine kurze Rast …

Noch nicht!, befahl er sich.

Und wenn er nur rasch den Rücken streckte? Arrick hielt inne, stützte sich auf die Sense und reckte sich auf. Es knackte in seinem Brustkorb. Unten beim Dorf hatten sie die besseren Felder. War das Getreide nicht kümmerlich hier oben? In braunen, kleinen Büscheln hingen die Ähren von den Halmen herab. Aber es blieb den Geächteten keine Wahl. Wenn sie nicht verhungern wollten, mussten sie sich tagein, tagaus abplagen und nehmen, was der rote Boden hergab.

Arrick kniff die Augen zusammen. Bewegte sich dort hinten

etwas am Waldrand? Tatsächlich. Da trat jemand auf das Feld. Drei Männer waren es.

Nein, keine Männer.

Arrick fuhr es wie Eis durch die Venen. Das waren … Höllengeschöpfe. In gebeugter Haltung humpelten sie über das Feld auf ihn zu, stützten sich immer wieder mit ihren langen Armen ab. Eitrige Haut bedeckte ihre Körper. Sie bleckten Zähne in breiten Schnauzen.

Lauf! Fliehe!, sagte er sich. Aber er konnte sich nicht vom Fleck rühren. *Ich bin verloren. Diese Bestien werden mich in Stücke reißen.* Seine Beine gehorchten nicht, sie verweigerten ihm den Dienst, nur starren konnte er, starren und sein Herz spüren, das wie ein kleiner Vogel in seiner Brust flatterte.

Nur noch ein Satz trennte die Höllengeschöpfe von ihm. Sie richteten sich auf. Das machte sie größer, als es ein Mensch je sein würde. Ihre Beine endeten in Hinterläufen wie bei einem Hund. Glänzende schwarze Warzen bedeckten Brust und Köpfe.

Endlich konnte Arrick sich wieder bewegen. Er hob die Sense an und schwang sie drohend. »Lasst mich in Frieden, ihr Bestien!«

Eines der Geschöpfe knurrte. Es duckte sich zum Sprung. Krallen fuhren ihm aus den Pranken, Krallen wie gebogene, scharfe Messerklingen. Es hechelte, als dürstete es nach seinem Blut.

Ein Wink des vordersten Unholds zwang es, die Krallen wieder einzuziehen. Der Unhold fletschte die Zähne und stieß hervor: »Ich bin Velved Karwai.«

Sie sprachen Interkosmo!

»Wir sind unbewaffnet. Wir kommen in Frieden.«

Vorsichtig wich Arrick einen Schritt zurück. Wesen, die Reißzähne im Maul trugen und aus deren Pranken fingerlange Messer ausfuhren, kamen nicht in friedlicher Absicht. »Ich glaube euch nicht«, raunte er. Offenbar fürchteten sie seine

Sense, das war gut, vielleicht konnte er es bis zu den anderen Geächteten schaffen.

»Bleib stehen, Wurm!«, geiferte das Geschöpf, das die Krallen ausgefahren hatte, und duckte sich wieder, als wollte es ihn anspringen.

Der vorderste Unhold warf dem Gefährten einen finsteren Blick zu und befahl etwas in Knacklauten. Es klang nicht freundlich. Überhaupt war nichts freundlich an diesen Geschöpfen.

Ich werfe mich herum und renne in den Wald. Aber war das klug? Er konnte es förmlich fühlen, wie sich die Krallen in sein Genick schlugen. Nein, sich umzudrehen war kein guter Einfall.

Die Bestie, die sich Velved Karwai nannte, wandte sich ihm wieder zu. Sie sagte: »Wir sind auf der Flucht. Gewährt der Planet Vanderbeyten uns Asyl?«

Vor was konnten Geschöpfe wie diese auf der Flucht sein? »Wovor flieht ihr?«, fragte er. So konnte er Zeit gewinnen. Solange sie sprachen, fielen sie ihn nicht an.

Velved Karwai entblößte die Zähne. Es sah aus wie das Lächeln eines Untiers, bevor es sein Opfer verspeiste. »Zeit für lange Erklärungen haben wir nicht. Wir sind Deserteure der Terminalen Kolonne TRAITOR. Wir müssen dringend mit eurem Kommandeur sprechen. Bitte führe uns zu ihm.«

Wenn er sie in die Siedlung brachte, würden die Bestien blutige Mahlzeit halten. Das hieß, er durfte nicht einmal dorthin fliehen, sonst zeigte er ihnen unfreiwillig den Weg. Er war verloren. Sie würden ihn in Stücke reißen und verschlingen. *Gütiger Gott*, betete er, *ich sterbe doch jetzt nicht, oh, lass mich nicht sterben, nicht jetzt, nicht jetzt schon!* Seine Knie zitterten. *Hilf mir!*

Velved Karwai senkte die Schnauze. »Wir sind in Not.«

»In Not?« Arrick musste nachdenken. Schweiß brach ihm aus. Wie konnte er den Bestien entkommen?

Langsam trat Velved Karwai auf ihn zu, sank nieder auf die Vorderpranken und beugte den Kopf nach vorn. Er bot Arrick den Hals dar. »Weise uns zurück, oder schlage mir den Kopf ab mit deiner Waffe. Es macht keinen Unterschied für mich. Wenn du uns nicht hilfst, sterben wir.«

Arrick zögerte. Sagte das Höllenwesen möglicherweise doch die Wahrheit? Er verstand nicht, wovon es sprach, aber dass die nackten Bestien Asyl suchten, dass sie Hilfe brauchten – was, wenn es stimmte? Es war eine Lage, die er kannte. Hätte man ihm nicht geholfen, er läge längst im Beinhaus, fein säuberlich aufgeteilt in Schädel, Armknochen und Beinknochen.

Dieser Velved Karwai, der vor ihm den Kopf beugte, schien es ernst zu meinen. Arrick musste über das hässliche Äußere der Geschöpfe hinwegsehen. Wer, wenn nicht er, konnte verstehen, dass es im All intelligente Lebewesen unterschiedlichster Beschaffenheit geben musste?

»Ihr habt den richtigen gefragt«, sagte er zögerlich. »Ich helfe euch.«

Velved Karwai nickte. »Gut.« Er stand auf und reckte den Kopf gen Himmel. Dann brüllte er wie ein Raubtier.

Arrick fuhr zusammen.

Der Schrei hallte weit. Nach einigen Augenblicken traten weitere Kreaturen aus dem Wald, alle ebenso hässlich gebaut wie die drei Bestien. Immer mehr wurden es. Arrick verschlug es den Atem. Achtzig im Mindesten. Nein, einhundert fremde Kreaturen, hier auf Vanderbeyten, hundert eiterhäutige Höllengeschöpfe.

Er hatte immer gewusst, dass die Menschen von Vulgata nicht allein waren im All. Plötzlich erschien es ihm, als habe sein ganzes Leben auf diesen Augenblick hingezielt. Wenn er ehrlich zu sich selbst war, wartete er doch seit jenem Tag vor sechs Jahren nur darauf, dass endlich wieder Besuch kam nach Vanderbeyten, seit jenem Tag, der sein ganzes Leben zerstört hatte und doch nicht anders hätte verlaufen dürfen.

2

Sechs Jahre zuvor

»DU BIST FÜNFZEHN, mein Sohn, und nicht fünfzig. Wenn du einmal graue Haare hast wie ich, kannst du die Gebote des Patriarchen in Frage stellen. Bis dahin tust du, wie dir geheißen ist.« Die Mutter sah ihn an mit einem Blick, der streng wirken sollte.

Arrick fand ihn einfach nur peinlich. Er besah ihr kurz geschorenes Haupthaar. Es war fast weiß. Vor Kummer, hätte sie gesagt. »Was ist denn schon Schlimmes geschehen?«, stöhnte er. »Ich habe ein paar Freunde drüben auf der Neues-Testament-Seite, na und? Wir spielen zusammen. Das ist alles.«

»Erstens hast du dich vom Neuen Testament fern zu halten. Und zweitens kann man es wohl kaum ›Spielen‹ nennen, wenn ihr junge, zarte Mädchen mit Steinen bewerft.«

»Das sind Kluter, die zerfallen zu Staub, wenn sie auftreffen!«

»Die Mädchen haben geweint. Kennst du denn kein Mitleid, Arrick?«

»Ach, die heulen immer. Und Mitleid haben sie mit uns auch nicht. Als Terbo sich letztens am Felshang abgeseilt hat, da haben sie ihm von oben ein Tuch über die Augen geworfen.«

»Wie bitte?« Die Mutter packte sein Handgelenk. »Abgeseilt? Aber du hast nicht mitgemacht. Sag mir, dass du nicht am Felshang herumgeklettert bist!«

Er wand sich mühelos frei. »Ich bin keine Memme. Natürlich habe ich mitgemacht.«

»Du hättest in den Tod stürzen können! Dass du so unvernünftig bist! Du bist doch nicht dumm, Arrick, lernst du denn nie dazu? Ich werde mir eine Strafe ausdenken müssen.«

Das sagte sie immer. Letztendlich fiel ihr nie eine ein. Ihm kamen sofort Strafen in den Sinn. Sie könnte ihm beispielsweise auftragen, das Abfallrohr hinten am Haus zu säubern. Aber er würde sich hüten, ihr Vorschläge zu machen. »Kann ich jetzt gehen?«

Müde nickte sie.

Das war der furchtbare Augenblick. Ihr Schimpfen, ihr Drohen – es machte ihm nichts aus. Wenn sie aber müde aussah wie jetzt, wenn ihr Blick voller Enttäuschung auf ihm ruhte, dann schmerzte ihn das mehr, als es Schläge konnten. »Ich bessere mich. Versprochen.«

»Arrick, ich weiß nicht, wie lange ich den Ärger noch mitmache. Ich bin eine alte Frau geworden.«

Alten Menschen sollte man es verbieten, Kinder zu bekommen, dachte er, als er aus dem Haus trat. *Sie sind nicht stark genug, sie aufzuziehen.*

»Und?« Terbo und die anderen sahen ihm spöttisch entgegen. »Ärger gekriegt?«

Er bückte sich, nahm einen Kluter auf und schleuderte ihn gegen die Hauswand. Er zerplatzte. Roter Staub wehte herab. »Unsinn.«

»Bei meinen Eltern haben sie auch gepetzt, die Mädchen, und guck mal.« Terbo drehte sich um und hob das Hemd. Riemenspuren bedeckten seinen Rücken. »Vater ist ziemlich wütend geworden. Los, jetzt zahlen wir es ihnen heim.«

Arrick dachte an das Gesicht seiner Mutter. Er wollte vor den Freunden nicht als Feigling gelten. Trotzdem musste er es irgendwie schaffen, dass sie nicht schon wieder in Schwierigkeiten gerieten. »Ich weiß, wie wir es machen! Kommt mit!«, brüllte er und rannte los. Kamen sie ihm jetzt hinterher, dann hatte er gewonnen.

Mit Freunden war es so: Es gab immer einen Anführer, und der Anführer war derjenige, den es am wenigsten scherte, ob die anderen glücklich waren. Der Anführer gab Befehle und zweifelte nicht einen Augenblick daran, dass die anderen tun würden, was er gesagt hatte, ob es ihnen nun gefiel oder nicht.

Für gewöhnlich war Terbo ihr Anführer. Er war einen ganzen Kopf größer als Arrick, und weil er kleine Schwestern hatte, war er es gewöhnt, andere herumzukommandieren.

Arrick schwitzte. Kamen sie ihm nach? Er durfte sich nicht umdrehen. An der Ziegenweide des Hauses Esra rannte er vorüber. Die Ziegen hoben die Köpfe und starrten ihn an.

»Wo rennst du hin?«, rief Terbo hinter ihm.

Sie hörten auf ihn! »Weiter«, sagte er. Arrick fühlte sich stark. Ein gutes Gefühl war das. »Da vorn am Fluss.«

Sie ließen die letzte Häuserreihe hinter sich, schlüpften durch die Fischerpforte im Palisadenzaun und schlitterten das Ufer zum Fluss hinunter. Arrick kam mit Mühe an der Böschung zum Stehen. Fast wäre er hineingefallen. Er kauerte sich nieder und sah in das Dunkel hinab. Träge und schwer zog das Wasser dahin. »Dort!« Er zeigte auf einen Schemen. Der armlange graue Lurch mit den Ohrenfächern schwamm gegen die Strömung an.

»Und, was ist damit?«, fragten sie.

»Versteht ihr nicht?« Arrick grinste. »Wir fangen ihn! Dann töten wir ihn und stecken jedem Mädchen etwas davon ins Bett, der einen den Kopf, der nächsten ein Hinterbein.«

Die Jungen jubelten.

»Das wird die Rache sein!«, sagte Terbo, ganz so, als hätte er es entschieden.

Arrick konnte nur hoffen, dass es nicht gelang. Wenn ihnen dieser davonschwamm, mussten sie auf einen neuen warten. So ließ sich der Nachmittag herumbringen. Die Lurche waren sicher schneller, als sie aussahen. Er befahl: »Holt einen Eimer!«

Aber niemand gehorchte. Sie waren zu Salzsäulen erstarrt. Zum Himmel sahen sie hinauf.

Arrick folgte ihrem Blick.

Eine Kugel sank vom Firmament herab. Eine Kugel, groß wie der Mond und von grauweiß glänzender Oberfläche.

»Was ist das?«, flüsterte Terbo.

Lautlos schwebte die Kugel abwärts. Erstaunte Rufe aus der Siedlung zeigten, dass sie nicht die Einzigen waren, die sie entdeckt hatten. Die Ziegen meckerten verstört.

Arrick sagte: »Das Ding landet auf dem Felsen oberhalb der Siedlung. Wenn es von da herunterrollt, zermalmt es ganz Vulgata.«

Kurz bevor die Kugel auf dem Felsplateau aufsetzte, fuhren sechzehn stählerne Beine aus ihrem Rumpf. Riesig war die Kugel, sie bedeckte den halben Himmel. In ihrem Bauch tat sich eine Öffnung auf. Sie spie Flugmaschinen aus, die im Bogen auf die Siedlung zukamen. Mühelos segelten sie über den Palisadenzaun hinweg. Bei der Versammlungshalle, dem Haus Levitikus, gingen sie nieder.

»Da müssen wir hin.« Arrick schlug das Herz bis in den Hals. »Los, Männer!« Er stürmte die Uferböschung hinauf, rannte durch das halbe Neue Testament, bis er zum Testamentswall gelangte. Mit einem Sprung setzte er über den hüfthohen Wall hinweg.

Als er am Platz vor dem Haus Levitikus anlangte, hatte sich bereits eine Menschenmenge rings um die Flugmaschinen gebildet. Eine Wand von Rücken versperrte ihm die Sicht. Mühsam drängelte er sich nach vorn.

Da! Wesen stiegen aus den Flugmaschinen aus! Es waren

Menschen, nur trugen sie seltsame Kleidung: eng anliegende Beinlinge und Hemden, die sich wie eine zweite Haut an den Körper schmiegten. Ihre Gesichter strahlten Klugheit aus und besonnene Ruhe. Sie überquerten würdevoll den Platz, als seien sie die Herren des Alls.

Der Patriarch Kantur Gotha schritt ihnen entgegen in seiner weiten Robe. Bei seinem Anblick senkten die Siedler die Köpfe. Es hieß, der Patriarch habe die Macht, einen Menschen durch Blicke zu töten. Niemand sah ihm in die Augen. Auch Arrick sah zu Boden. Er lauschte angestrengt. Was sprach der Patriarch zu den Besuchern? Arrick konnte es nicht hören, das Flüstern der Siedler war zu laut. Er musste wissen, was der Patriarch sagte und was die Besucher antworteten, er musste es erfahren! Nie in seinem ganzen Leben hatte sich etwas derartig Sagenhaftes zugetragen.

Die Menge begann zu raunen. Arrick sah hoch. Aus den Flugmaschinen kamen zwei Riesen gestiegen, muskulöse Hünen von zweieinhalb Schritt Größe, sie überragten jeden auf dem Platz. Neben ihnen liefen Kindsmänner, die ebenso breit wie hoch waren, Erwachsene, wie zusammengepresst von einer einstürzenden Eisenmine.

Der Patriarch führte die Besucher fort vom Platz. Sie steuerten auf den Wall zu und dahinter auf das Haus Offenbarung, sein Heimathaus. Es war schwarz, und Tag und Nacht brannten Fackeln ringsherum, die an die Zerstörungsmacht erinnerten, die dem Patriarchen innewohnte. Zudem war das Haus Offenbarung das einzige Gebäude in Vulgata, das zwei Stockwerke besaß. Sein Kuppeldach überragte das obere Stockwerk wie eine Krone.

Was würden sie dort tun? Er musste herausfinden, woher die Besucher kamen.

Jemand schlug Arrick auf den Rücken. Er drehte sich um. *Großvater.*

»Na, noch nie so etwas gesehen, was? Man nennt es Raumschiff. Die Kugel dort, meine ich. Sie erlaubt das Reisen durch das All.«

Arrick sah zum Felsen hinauf, über dem sich die gigantische Kugel bis zum Himmel erhob. »Du meinst, die kommen von einem anderen Stern?«

»Nicht von einem Stern. Die Sterne sind Sonnen, wie Vander, unsere Sonne. Nein, sie kommen von einem anderen Planeten, ähnlich unserem Vanderbeyten. Es sind Verwandte.«

Ihm klappte die Kinnlade runter. »Das … Das sind Verwandte von Kantur Gotha?«

Großvater lachte. »Ja, und Verwandte von uns. Wir stammen alle von den gleichen Vorfahren ab. Vor zwanzig Jahren waren sie das letzte Mal hier. Da war an dich noch nicht zu denken.«

»Aber wieso können sie zwischen den Sternen reisen, und wir nicht?«

Großvater zuckte die Achseln. »Habe nie mit einem gesprochen. Sie reden immer nur mit dem Patriarchen. Ist das dritte Mal in meinem Leben, dass sie hier landen.«

Sie redeten nur mit dem Patriarchen. Die Neugierde verbrannte ihn schier von innen. Was? Was redeten sie? Er drängte sich wieder zwischen den Siedlern hindurch. An einer unauffälligen Stelle sprang er über den Testamentswall. Vor dem Haus Offenbarung hatte sich die Leibgarde des Patriarchen aufgestellt. Sie riegelten hinter den Besuchern aus dem Weltraum den Eingang ab. Die finsteren Blicke der Spießträger ließen keinen Zweifel daran aufkommen, dass sie einem die Waffe in den Bauch stoßen würden, wenn man sich ihnen auch nur näherte.

Die Flammen der Fackeln schienen zu leben. Sie züngelten gelb und rot und blau, formten Gesichter, drohende Fratzen vor der schwarzen Hauswand.

Immer mehr Siedler sammelten sich am Haus. Sie starrten auf die Spießträger und den Eingang. Hier würde er nichts erfahren. Und an der Hinterseite? Womöglich gab es dort ein

Fenster oder eine Luke, an denen er lauschen konnte. Arrick erschauderte bei dem Gedanken, womöglich erwischt zu werden, aber die unbezähmbare Wissbegier, die ihn antrieb, ließ ihm keine Ruhe. Gespielt lässig ging er um die Menschentraube herum. Er durfte nicht rennen, die Wächter würden sonst auf ihn aufmerksam werden.

Gerade rechtzeitig erreichte er den Hausrücken, um noch zu sehen, wie Dienerhände den letzten Fensterladen schlossen. Bei Elis Bart! Ganz offenkundig besprachen sie da drin große Geheimnisse, sonst würden sie nicht solchen Wert darauf legen, unbelauscht zu bleiben.

Hier standen keine Wachen. Es stank nach Fäkalien. Wie sein Elternhaus grenzte das Haus Offenbarung an den Palisadenwall, und hinter dem Wall befand sich der Sickergraben, in dem die Ausscheidungen und Küchenabfälle landeten. Arrick riss die Augen auf. Auch die Gothas verfügten über ein Abfallrohr! Es führte von der Hausrückwand zum Palisadenwall und durchstieß diesen. Jede Wette, dass es unter dem Wasserspiegel des Sickergrabens endete. Arrick hastete los.

Zwei Straßenzüge weiter gab es ein Tor im Palisadenwall. Der Wachposten erwiderte nicht seinen Handgruß. Er musterte Arrick nur abschätzig und blickte dann wieder hinauf zur Raumschiffkugel.

Arrick eilte am Wall entlang. Da, wo das Patriarchenhaus ihn überragte, blieb er stehen. Er verzog das Gesicht. Im Graben schwamm kein Wasser, sondern eine dicke Brühe, die nach Urin stank. Kotbrocken hingen darin, Schimmelpilzinseln, faulende Küchenabfälle.

Er sah zum Raumschiff hin. Vor zwanzig Jahren waren sie das letzte Mal gelandet. Wollte er weitere zwanzig Jahre warten, ehe er erfuhr, weshalb die Fremden zu ihnen kamen und welches Geheimnis den Patriarchen mit ihnen verband? Nein. Also galt es, sich zusammenzunehmen und ein Mann zu sein. Er sah nach rechts und nach links. Hier wurde ein Geheimnis eingesponnen, und er würde es lüften. Er zog sich die Schuhe aus. Vorsichtig watete er in die Brühe hinein.

Luftblasen stiegen auf. Der Boden war weich. Schlamm drückte sich zwischen seinen Zehen hindurch. Vom Gestank wurde ihm übel. Da hineinzutauchen? Was, wenn er sich verschluckte?

Die Kotsuppe reichte ihm bereits bis zur Brust, da stieß er mit dem Schienbein gegen ein Hindernis. Er stöhnte vor Schmerzen. Eilig tauchte er die Hände hinab und hielt sich das Bein. Er senkte den Oberkörper, bis ihm der stinkende Schleim an das Kinn reichte, um nach dem Widerstand zu tasten. Ein Rohrende, ja, das war es. Ihn schwindelte, die Nase so dicht über dem fauligen Brei.

Zwanzig Jahre! Zwanzig Jahre würde es dauern! Er holte tief Luft.

Arrick tauchte. Er hielt die Augen geschlossen, kroch mit den Händen voran in das Rohr. Es war glitschig, erst, als er mit dem ganzen Körper hineingeschlüpft war und die Beine angewinkelt hatte, konnte er sich fest genug gegen das Rohrinnere stützen, um hinaufkriechen zu können. Was, wenn er stecken blieb?

Wild arbeitete er sich voran. Wann endlich kam wieder Luft? Der Brei schmierte an seinen Augen entlang, strich ihm über die Lippen, rührte an die Ohren. Arrick fragte sich plötzlich, ob er jetzt sterben würde für seinen Übermut. Hier konnte ihm niemand helfen, nicht einmal schreien konnte er.

Er spürte, wie ihm Schleimbrocken aus dem Haar rutschten. Er war aufgetaucht. Der Brei klatschte auf die Wasseroberfläche. Arrick fuhr sich mit der Hand über das Gesicht und wischte die Fäkalien ab, dann schnappte er nach Luft. Die stinkende, kranke Luft war nicht ganz das, was er sich erhofft hatte, aber er konnte atmen.

Er blinzelte. Es war dunkel. Rasch schloss er die Augen wieder, damit ihm nichts hineinlief. Weiter. Weiterkriechen.

Endlich stieß er mit dem Kopf an eine Holzklappe. Wenn sie gebaut war wie zu Hause, ging sie zur Rohrseite hin auf. Er streckte die Hände voran und versuchte, die Fingernägel unter das Holz zu bohren, um es zu sich zu ziehen.

Einige Male rutschte er schmerzhaft ab, dann schaffte er es. Durch die offene Klappe drang Licht. Eine kleine Kammer sah er, die Tür war nur angelehnt. Vorsichtig glitt er aus dem Abfallrohr. Fäkalienbrei rutschte ihm in den Beinlingen an den Schenkeln herunter. Mutter durfte das nie erfahren. Nie.

Er war im Patriarchenhaus! Er war in das Haus Offenbarung eingedrungen! Kein gewöhnlicher Siedler durfte es betreten. Arrick schlich zur Tür und öffnete sie um einen Spalt. Er konnte die Besucher sehen. Sie saßen an einer Tafel, rührten aber nicht die Schalen an, die vor ihnen standen mit Stopfeln, getrockneten Zirnen und Gebäck.

»Uns ist eure Anwesenheit unangenehm«, sagte der Patriarch. »Wir wünschen keine weiteren Besuche der Liga Freier Terraner!« Arrick konnte ihn nicht sehen, er hörte nur seine Stimme.

Einer der Riesen setzte an: »Deine Vorfahren sind …«

»Hör endlich auf«, unterbrach ihn Gotha, »mich wie einen einfachen Siedler anzusprechen! Die richtige Anrede für den Patriarchen lautet ›Ihr‹ und ›Euch‹, nicht ›du‹. Also heißt es: Eure Vorfahren.«

Der Riese schüttelte den Kopf. »Du wirst es verkraften. Gotha, es handelt sich hier um eine Terranerkolonie. Deine Vorfahren mögen einem Sektenführer gefolgt sein. Du aber bist an seine Weigerung, der LFT beizutreten, nicht mehr gebunden! Lasst euch von uns helfen. Leider war es uns in den vergangenen Jahren für einige Zeit nicht möglich, euch aufzusuchen. Erklärungen über die Gründe würden zu weit führen. Jetzt aber haben wir technische Geräte an Bord, die wir euch gern zur Verfügung stellen wollen.« Er griff in eine der Schalen und hob eine getrocknete Zirne in die Höhe. »Wir haben bei unserem letzten Besuch einige Exemplare dieser Frucht mit an Bord genommen und untersucht. Dabei fanden wir einen gravierenden Unterschied heraus zwischen Früchten, die frisch geerntet waren, und jenen, deren Ernte einen Tag oder länger zurücklag. Doktor, würdest du es bitte kurz erklären?«

Ein anderer Terraner räusperte sich. »Gern. Es verhält sich folgendermaßen. Für einige Stunden nach der Ernte enthält die Frucht dicht unterhalb der Schale eine spezielle Molekülverbindung. Diese verflüchtigt sich nach dem Pflücken der Frucht durch eine Veränderung in den Zellen der Schale: Ist die Frucht vom Baumorganismus abgetrennt, produzieren die Schalenzellen in ihrem Stoffwechsel vermehrt freie Sauerstoffradikale und zerstören sich auf diese Weise. Will man die Molekülverbindung gewinnen, muß man die Früchte also gleich nach der Ernte verarbeiten, bevor die Schale völlig abgestorben ist. Bisher stellen wir die Molekülverbindung unter extremen Mühen synthetisch-atomar her. Sie wird für ein Medikament benötigt. Eine organische Quelle wäre überaus wirtschaftlich.«

»Was soll das Gerede?«, wetterte der Patriarch. »Da ihr sowieso Zirnen gestohlen habt von uns, wird es euch ja wohl nicht schwer fallen, auf einem anderen Planeten Zirnenbäume aufzuziehen. Laßt uns zufrieden!«

Der Riese ergriff wieder das Wort. »Gotha, du weißt genau: Zirnenbäume brauchen Hunderte von Jahren, ehe sie das erste Mal Früchte tragen! Und sie reagieren äußerst empfindlich auf Umwelteinflüsse. Auf Vanderbeyten gibt es Tausende dieser Bäume. Mit Hilfe unserer Verarbeitungsmaschinen könnt ihr die Molekülverbindung extrahieren, hier vor Ort, und diese dann Händlern der LFT verkaufen. Ihr müsst nicht bei der kümmerlichen Feldarbeit bleiben. Eure Kolonie kann es zu einem gewissen Wohlstand bringen!«

»Ich interessiere mich nicht für eure Maschinen. Wir verachten die Anwendung von moderner Technologie.«

»Das ist nicht wahr. Unsere Sensoren haben etliche Geräte

geortet, auch wenn diese wohl noch aus der Gründerzeit der Kolonie stammen.«

»Die sind weggeschlossen im Alten Haus Genesis. Niemand verwendet sie. Unsere Urväter haben das so bestimmt, und seitdem halten wir uns daran. Wie könnt ihr es wagen, an meinem Wort zu zweifeln? Ich wiederhole es, wir möchten nicht von euch besucht werden. Eure Anwesenheit verunsichert die Gläubigen. Habt ihr es nicht gesehen? Männer und Frauen, alle sind sie herbeigelaufen. Aus heiterem Himmel taucht ihr auf, wie Geister, und was ihr wirklich erwartet, ist Unterwerfung. Dazu wird es niemals kommen, dafür sorge ich!«

Der, der Doktor genannt worden war, sagte mit sanfter Stimme: »Du kannst informiert sein, Gotha, lange bevor wir eintreffen. Technologie hilft dir dabei. Hier haben wir beispielsweise ein kombiniertes Funk- und Ortungsgerät. Mit diesem Schalter setzt du es in Betrieb. Es zeigt dir an, wo sich im umliegenden Raum ein Schiff befindet. Und wenn du diesen Armring trägst, kannst du von einer Annäherung an Vanderbeyten verständigt werden, auch wenn du dich nicht in der Nähe des Geräts befindest. Das Besondere aber ist: Mit dem Gerät kannst du Hilfe rufen. Wenn du durch eine Missernte mit deinen Siedlern in Not gerätst, vielleicht überlegst du es dir dann doch anders und möchtest mit der LFT kooperieren. Wir würden das sehr begrüßen und würden selbstverständlich herbeieilen, um euch zu helfen.«

Arrick lehnte sich nach vorn. Er musste einen Blick auf diesen Kasten werfen. Ein glänzendes, glattes Ding war es. Wenn doch nur nicht der Patriarch dort im Weg –

Die Tür knarrte.

Kantur Gotha drehte sich um und riss die Augen auf. »Wache!«

Mit zwei Schritten war Arrick bei der Klappe. Er kroch hindurch. Feste Hände packten ihn bei den Füßen und zogen ihn mit Gewalt wieder heraus.

»Er stinkt wie eine Moorfassel!« Die Schergen zerrten ihn aus der Kammer und stellten ihn vor den Patriarchen hin. »Er muss durch das Abfallrohr hineingekommen sein.«

Kantur Gotha blickte ihn an. Im Gesicht des Patriarchen zeigte sich keine Regung. »Dein Name?«

Sollte er lügen? Damit würde er es nur schlimmer machen. Auf eine Lüge standen zehn Stockhiebe. »Arrick Aargrefe, Eure Eminenz.«

»Aus welcher Familie?«

»Altes Testament, Erstes Buch Samuel, Eure Eminenz.«

Die Lippen des Patriarchen wurden schmal wie Messerklingen. »Haltet ihn fest, bis ich wiederkomme«, befahl er. »Er darf auf keinen Fall entwischen.« Dann sah er zu den Besuchern hin. »Es ist Zeit zu gehen. Den Kasten könnt ihr hier lassen.«

Die Besucher tauschten Blicke aus. Sie standen auf, gingen zur Tür. Die Riesen mussten sich hindurchbücken wie durch eine Stallpforte.

Wenn sie fort waren, würde der Patriarch ihn töten, ohne mit der Wimper zu zucken. Er hatte zu viel gehört. Arrick sah an den Wachen hinauf, die rechts und links von ihm standen und ihn an den Schultern festhielten.

Sie wendeten angewidert die Gesichter ab. »Du stinkst wie zehn Sumpfkröten!«

Glitschig und braun war sein Hemd. Vielleicht konnte er ihnen entkommen, weil es ihnen durch die Finger rutschte. Arrick warf sich nach vorn, entwischte ihrem Griff und rannte zur Tür. Er stieß sie auf, hastete hinter den Besuchern her. »Nehmt mich mit, bitte! Man will mich umbringen!«

Sie drehten sich erstaunt zu ihm um. Da aber wurde er schon von den Schergen umringt, die vor dem Haus gestanden hatten. Ein Fausthieb landete in seinem Gesicht, und alles wurde schwarz.

3

»BITTE, EMINENZ, VERGEBT UNS!« Die Stimme überschlug sich. »Er war zu flink, wir konnten ihn nicht halten!«

Arrick öffnete die Augen. Seine Wange brannte, als habe man sie aufgeschnitten und Salz darauf gestreut. Wo war er? Er lehnte in einer Ecke. Es war der Raum, in dem der Patriarch die Besucher empfangen hatte. Über den Tisch mit den Schalen hinweg sah er die zwei Schergen, die ihn vorhin aus dem Rohr gezogen hatten. Sie waren blass. Ihre Schultern zuckten, und sie wichen langsam zurück, bis sie an die Tischkante stießen.

Der Patriarch stand ihnen gegenüber. Er sah sie an. Nichts weiter. Er schaute nur, und sie erbebten. Arrick verstand es. Kantur Gothas lang gezogenes, schmales Gesicht war zwar faltig – er musste ein alter Mann sein. Die dunklen Augen jedoch blickten scharf aus den schlaffen Hautlappen, und was er ansah, umfassten sie wie mit eisiger Hand und ergründeten es bis in die Tiefe. Man fühlte sich schuldig vor diesem Blick. Man fühlte sich schwach und unterlegen.

War Gotha im Begriff, die Schergen mit seinen Augen zu töten?

»Ihr hattet eine Aufgabe, und ihr habt versagt.« Er hauchte es nur, und doch klang es wie ein machtvolles Urteil.

Einer der Schergen nahm einen tiefen Atemzug. Er hörte auf zu zittern. »Eminenz«, sagte er, »darf ich einen Einwand vorbringen?«

Gothas Brauen fuhren in die Höhe. »Was ist es?«

»Der Junge ist nicht entkommen. Er wurde eingefangen. Von Versagen kann man also nicht sprechen.«

»Du willst mir vorschreiben, wie ich zu urteilen habe?«

»Ich verlange nur Gerechtigkeit.«

»Du wagst es …!«

Der zweite Scherge wendete sich angsterfüllt an seinen Gefährten: »Halt den Mund, Mann!«

Aber der Angesprochene schüttelte den Kopf. »Ich will gerecht behandelt werden. Wollt Ihr mir Aufrührerschaft vorwerfen, Eminenz, weil ich mich nicht für ein Vergehen bestrafen lassen will, das ich gar nicht begangen habe? Der Junge ist doch hier!«

»Du bist ungehorsam«, sagte Kantur Gotha, »und dann verteidigst du das in einer frechen und widerspenstigen Weise?«

»Eminenz, Ihr habt in letzter Zeit häufiger zu streng geurteilt. Müssen wir uns das gefallen lassen? Ich finde nicht.«

»Verantworte dich vor Gott, dem Unbezwingbaren!« Gotha hob die rechte Hand. Ein grüner Blitzstrahl fuhr aus ihr heraus. Er traf auf den Schergen und brannte ihm ein Loch in den Kopf. Der Mann brach zusammen.

Arrick grauste es. Es war alles wahr! Der Patriarch befehligte tödliche Mächte.

Rings um den Toten verbreitete sich eine rote Pfütze. Sie kroch unter den Tisch, auf Arrick zu.

Der zweite Scherge flehte: »Bitte, Eminenz, ich beuge mich jeder Strafe, ich bin Euer gehorsamer Diener, nur laßt mich am Leben!«

»Verschwinde.«

Der Scherge eilte hinaus.

Als Nächstes würde Gotha ihn töten. Er hatte Dinge gehört,

die niemand wissen durfte. Arrick sprang voran, kroch auf allen vieren unter den Tisch. Wohin konnte er fliehen?

»Komm her!« Die Stimme duldete keinen Widerspruch.

War es womöglich eine Gelegenheit, näher zur Tür zu gelangen? Arrick kroch hinaus. Er machte einen vorsichtigen Schritt in Richtung der Tür.

»Du bist in mein Haus eingedrungen. In wessen Auftrag?«

»Es war mein eigener Einfall, Eminenz.«

Die Hand des Patriarchen schnellte vor. Sie umfasste Arricks Gesicht. Lange Fingernägel bohrten sich in seine Wangen. »Lüg mich nicht an!«

»Es ist die Wahrheit«, quetschte Arrick hervor. »Wirklich!«

Kantur Gotha ließ ihn los. »Gut. Du warst neugierig auf die Besucher?«

Arrick nickte.

»Du bist unverfroren. Man könnte es aber auch anders nennen: mutig. Dir fehlt die rechte Führung. Arrick heißt du?«

»Ja, Eminenz.«

»Du verdienst den Tod. Dennoch will ich dich verschonen, wenn du dir dein Leben verdienst.«

Er kam mit dem Schrecken davon? »Was muss ich tun?«

»Die Landungen der LFT haben ihr Gutes. Sie spülen den Unrat unter den Siedlern ans Ufer, sodass ich ihn aufsammeln und verbrennen kann. So war es vor zwanzig Jahren, so wird es auch diesmal sein. Ich möchte, dass du mir dabei hilfst. Schüre Unrast, locke die Unzufriedenen hervor! Sobald sich alle die zu erkennen gegeben haben, die mit mir und den Regeln Vulgatas hadern, vernichte ich das Pack.«

Er sollte zum Mordsgehilfen werden! Er sollte die Zweifler vor die Hand des Patriarchen zerren, damit sie die grünen Blitzstrahlen durchbohrten! War er nicht selbst ein Zweifler? Wie oft hatte er gefragt, warum es den Siedlern verboten war, untereinander ihre Waren zu tauschen, warum sie warten mussten bis zum wöchentlichen »Einkauf« und dann obendrein alle produzierten Güter dem Lagerverwalter geben mussten, um sich daraufhin von ihm und seinen Gehilfen einen Gegenwert aushändigen zu lassen. Wie oft hatte er bemängelt, dass man die Feierstunden rings um den rituellen Gottestanz nicht in heutigem Interkosmo abhielt, sondern in jener schwerfälligen altertümlichen Urform, die dic Siedler vor neunhundert Jahren gesprochen hatten.

Den Testamentswall hatte er verspottet und war entgegen der Verbote hinübergeklettert, so oft er es wollte. Er konnte unmöglich seine Freunde verraten und die Erwachsenen, die ähnlich dachten wie er.

»Du schweigst, Bursche?« Der Patriarch besah ihn scharf.

»Niemand wird auf mich hören! Ich bin erst fünfzehn Jahre alt, und man kennt mich nicht. Sie werden gleich erraten, dass ich ihnen eine Falle stelle.«

»Du musst klug vorgehen. Wenn sie dich durchschauen, wird es dir übel ergehen.«

»Herr, die Aufgabe ist zu schwer für mich.«

»Das ist schade. Denn sie ist der einzige Weg für dich, lebendig aus diesem Haus zu gelangen.« Der Patriarch bückte sich. Als er sich wieder aufrichtete, tropfte Blut von seinen Fingern. Er rieb sie aneinander. »Ich werde den Raum so oder so reinigen lassen müssen. Also wischen sie eben auch deinen Lebenssaft auf.«

»Ich will gehorsam sein«, keuchte er.

»Das ist gut. Sie haben dich gesehen, wie du aus meinem Haus gerannt kamst. Bis heute Abend wirst du die Siedler durch deine Berichte unvorsichtig machen. Wenn es Nacht geworden ist, kommst du zu mir und nennst die Namen der Unzufriedenen. Ich besuche sie dann, wenn sie schlafen.« Er rief: »Wache!«

Zwei Schergen traten ein. Sie fuhren zusammen, als sie den Toten auf dem Boden liegen sahen.

»Schnappt euch diesen Jungen und verpasst ihm eine Tracht Prügel, die er nie wieder vergisst. Hundert Stockhiebe, aber kräftige!«

Arrick rutschte das Herz in die Kniekehlen. Hatte der Patriarch ihn nur zum Narren gehalten? »Bitte«, flehte er, »habt Mitleid!«

»Hör auf zu jammern und pack dich!«

Die Schergen ergriffen ihn an den Oberarmen und hoben ihn in die Höhe. Da bemerkte er hinten bei der kleinen Kammer eine junge Frau. Sie sah ihn aus großen, dunklen Augen an, ein ruhiger Blick. Weich waren ihre Züge, sanft der Schwung der Lippen, die Ohren klein und zart. Sie war älter als er, sicher achtzehn oder neunzehn Jahre alt. Sie lächelte nicht. Aber sie sah Arrick an, und dieser Blick begleitete ihn hinaus zum Platz vor dem Haus Levitikus, wo immer noch die Menge zusammenstand.

Wie durch einen Schleier nahm er wahr, dass man den Dreiecksbock aufstellte, dass man ihn zwang, sich über diesen hinzubeugen. Am dafür vorgesehenen Pflock band man seine Hände fest. Er kannte das Verfahren, hatte schon oft beobachtet, wie Männer geschlagen wurden, die eine der unzähligen Regeln Vulgatas missachtet hatten. Für gewöhnlich bestand die Strafe aus zehn oder zwanzig Hieben, höchstens dreißig. Nun war er an der Reihe, das erste Mal in seinem Leben, und sollte hundert Hiebe erhalten.

Unter den Zuschauern sah er sie. Wohin er auch blickte, sie stand da, zumindest in seiner Vorstellung. Die Schläge begannen. Schmerz zuckte durch seinen Körper. Verzweifelt riss Arrick an den Handfesseln. Ihm schossen Tränen in die Augen. Beim zehnten Hieb schrie er, beim vierzigsten wusste er nicht mehr, ob er schrie oder nicht. Er hielt die Augen halb geöffnet, halb geschlossen. Sie war bei ihm. Sie sah ihn an in seinem Tagtraum, dem rettenden, sanften Tagtraum.

Die Stimmen seiner Peiniger aber wollten ihn nicht entfliehen lassen. Gnadenlos sagten sie: »Einundfünfzig«, wenn er hoffte, es seien längst einundsiebzig Schläge gewesen. Als er das Gefühl hatte, sein Gesäß sei nur noch ein blutiger Klumpen Fleisch, hörten die Schläge auf. Das unwirkliche Wort verhallte: »Einhundert!«

Man band ihm die Hände los. Fremde Arme stützten ihn, schleiften ihn fort. Jemand sagte: »Mach dir keine Sorgen um deine Mutter, wir haben sie in euer Haus gebracht.«

Aus der Siedlung heraus schleppte man ihn, irgendwohin unterhalb des Felsplateaus, und ließ ihn im Schatten eines Zirnenbaumes nieder in das kühle Gras. Die Zirnen waren längst geerntet, einige überreife Früchte aber hingen noch in den Ästen, wie es das 423. Gebot befahl, denn *den zehnten Teil des Obstes muss man dem Baume lassen.* Das gelbe Fruchtfleisch war aufgeplatzt. Großflügelige Insekten schwirrten darum herum und naschten.

So sehe ich jetzt auch aus, dachte er. *Aufgeplatzt. Der Hintern blutig, Schimmelpilze im Haar.*

Eine Frau reichte ihm einen Becher. Er trank kühles Brunnenwasser. »Danke«, sagte er. Wer waren all die Menschen? Was wollten sie von ihm?

»Hundert Hiebe. Du warst sehr tapfer, Junge«, sagte ein älterer Mann. »Selten hat der Patriarch eine derart harte Strafe verhängt. Du bist durch das Abfallrohr in sein Haus eingedrungen, sagt man. Woher dieser Mut?«

Frauen fingen an, ihn zu waschen. Behutsam tupften sie ihn mit feuchten Schwämmen ab. Diese Fürsorge brach einen Damm in ihm. Er schluchzte plötzlich.

Die Menschen sahen ihm zu, als wäre zu weinen eine ernste, edle Sache.

Nach einer Weile war sein Kopf wieder klar. Sauber war er nun, und getrunken hatte er auch. Er fühlte sich besser. Von einem sah er zum anderen, zwei Dutzend Männer und Frauen waren hier, dazu Terbo und die Freunde. Sie warteten darauf, dass er etwas sagen würde. Waren dies die Unzufriedenen, die er verraten sollte?

»Was wisst ihr über Vulgata?«, fragte er.

Der ältere Mann nickte. »Das ist die richtige Frage. Du bist weise, Junge.« Er räusperte sich. »Nicht viele wissen das, aber Vulgata wurde im Jahr 440 der Zeitrechnung gegründet, die wir damals zählten, wir nannten sie: Neue Galaktische Zeitrechnung. Eines der Worte, die wir nicht aussprechen dürfen nach dem Gebot der Patriarchen, aber ich tue es. Wir waren Flüchtlinge. Von Terra flohen wir, weil man unsere Glaubensgemeinschaft verboten hatte. Die Liga Freier Terraner ließ uns ziehen. Mehrere Jahrhunderte waren wir auf uns gestellt. Dann kamen sie uns besuchen, und sie kommen immer wieder, alle paar Jahrzehnte. Seht euch an, welches kümmerliche Bild wir bieten! Wie man ein Raumschiff baut und damit fliegt – einst wussten wir es. Wir könnten sein wie jene Terraner, die heute hier waren! Stattdessen hüten wir Ziegen und bestellen Felder. Das ist alles, was wir beherrschen.«

Arrick richtete sich auf. Er verzog das Gesicht. Nein, so ging es nicht, sein Gesäß tat höllisch weh in dieser Stellung. Vorsichtig bettete er sich auf die Seite. »Es ist die Schuld des Patriarchen«, sagte er. »Er hält uns in Unmündigkeit. Ich habe gehört, was die Besucher Kantur Gotha angeboten haben. Sie hatten Maschinen in ihrem Kugelschiff! Sie wollten uns lehren, wie wir zu Wohlstand kommen. Er aber hat ihr Angebot abgelehnt.«

Die Siedler heulten auf vor Wut. »Warum? Warum?«, riefen sie.

»Hier trennt uns eine Testamentsgrenze«, fuhr Arrick fort. »Wir sind ein zweigeteiltes Volk, nur beim wöchentlichen Einkauf dürfen wir miteinander sprechen. Ich frage euch, gibt es diese Grenze da oben im Weltall auch? Reicht sie hinauf bis zu den Sternen?«

Er hasste es, dass seine Stimme so kläglich und unreif klang, kindlich fast noch. Aber die anderen schien es nicht zu stören.

»Nein, sage ich!« Ein junger Kerl sprang vor. »Und dass wir nichts erfahren aus der Galaxis, das ist ebenfalls ein Unding! Ich fordere regelmäßige Wissensabende, besonders für die Jungen. Ich will lernen, was es da oben gibt bei den Sternen, ob die Menschen noch weitere Planeten besiedelt haben und warum manche von den Besuchern so groß waren und andere so klein.«

»Ich fordere Erntemaschinen«, sagte eine Frau. »Das gibt es sicher. Wenn diese Terraner durch das All fliegen können, können sie auch ein Feld abernten mit ihren Maschinen.«

»Vielleicht können sie sogar Krankheiten heilen?« Ein Mütterchen sah mutig in die Runde. Es hielt eine verkrüppelte Hand vor seinen Bauch. »Sie wissen so viel, warum sollten sie nicht Kräuter kennen, von denen wir nie gehört haben?«

Der ältere Mann wiegte den Kopf. »Wir dürfen uns nicht so erhitzen. Mit Bedacht müssen wir handeln. Niemals wird der Patriarch solchen Forderungen nachgeben. Wir müssen mehr werden, ehe wir uns an ihn wenden. Wenn die halbe Bevölkerung Vulgatas hinter uns steht, wird er uns anhören. Bis dahin sollten wir im Geheimen Kraft ansammeln.«

Arrick hatte plötzlich wieder das Gesicht der schönen Frau vor sich. Gothas Ehefrau konnte sie nicht sein, dafür war sie viel zu jung. Also eine seiner Töchter? Sie zeigten sich nicht oft in der Öffentlichkeit, die Töchter des Patriarchen. Wenn Arrick mit ihm zusammenarbeitete, wenn er tatsächlich die Unzufriedenen auslieferte, würde er dann das sanfte Gesicht wieder sehen? Er wäre wichtig für die Familie Gothas, er hätte Aussichten.

Erschrocken dachte er: Terbo ist darunter, alle meine Freunde sind dabei, sollen sie sterben? Und die anderen, die Männer und Frauen, die mich aufgepäppelt haben nach der harten Bestrafung – haben sie etwa den Tod verdient?

Andererseits: Er hatte doch sowieso keine Wahlmöglichkeit. Erschien er in dieser Nacht nicht im Haus Offenbarung, würde der Patriarch ihn suchen, und er würde ihn finden, wo er sich auch versteckte, und ihn töten. Ihn, Arrick, traf keine Schuld! Er handelte unter Zwang, die Verantwortung lag bei Kantur Gotha.

»Wir sehen uns wieder, unter diesem Baum, morgen Abend. Sprecht bis dahin mit niemandem über das, was sich hier zugetragen hat«, sagte er.

Als es dunkel geworden war und Vanga, der Mond, als silbrige Scheibe über Vulgata stand, als man nur noch das Grasrupfen der Ziegen hörte und das Knarren der Mühle, da klopfte Arrick an die Tür des Patriarchenhauses. Er sah sich hastig um. Es genügte, wenn einer aus dem Fenster sah. Die Fackeln, die das Haus Offenbarung umringten, leuchteten hell. Sie zeigten: Arrick Aargrefe besucht den Patriarchen, um seine Freunde zu verraten.

Die Tür öffnete sich. Arricks Knie schmolzen wie Wachs. Im Türrahmen stand die junge Frau.

»Du bist das«, sagte sie. »Was willst du?«

»Ich möchte …« Seine Stimme versagte. »Zu Kantur Gotha möchte ich.« Er war kleiner als sie. Bei Elis Bart, warum konnte er nicht einen halben Kopf größer gewachsen sein? So schaute sie auf ihn herab wie auf ein jüngeres Geschwisterkind.

»Mein Vater ist jetzt nicht zu sprechen.«

Hinter ihr erklang die Stimme des Patriarchen: »Murielle, lass ihn rein!«

Murielle hieß sie. Noch nie hatte er einen schöneren Namen gehört. Er passte zu ihr, er passte fabelhaft.

Sie zog ihn herein und schloss hinter ihm die Tür. »Du hast es doch gehört«, sagte sie, »also steh nicht herum und starre Löcher in die Luft.«

Ob sie ebensolche Wunderkräfte besaß wie ihr Vater? Selbstbewusst war sie jedenfalls, als hätte sie ein Geheimnis, das sie von allen anderen jungen Siedlerinnen unterschied.

»Er ist drüben in der großen Stube. Gute Nacht.« Damit ging sie.

Arrick sah ihr nach. Bei der kleinen Kammer führte eine Treppe nach oben, die stieg sie hinauf. Erahnte sie seinen Blick? Sie drehte sich nicht mehr nach ihm um.

»Was gaffst du?«, fragte der Patriarch. »Starrst du etwa meiner Tochter hinterher?«

Er zuckte zusammen. Erstens war es Jünglingen des Alten Testaments verboten, Jungfrauen des Neuen Testaments zu treffen, geschweige denn, sie zu heiraten. Und zweitens gebot das 38. Gesetz den Siedlern, in eine »nahe liegende Familie« einzuheiraten. Ein Jüngling vom Haus Genesis sollte eine Jungfrau des Hauses Exodus erwählen, ein Esra-Jüngling eine Nehemia-, ein Lukas-Mann eine Johannes-Jungfrau. Für ihn, Arrick, war das Haus Offenbarung so weit entfernt wie die Sterne.

»Nein, Eminenz«, log er, »ich war nur unsicher, ob ich schon eintreten darf. Ich möchte Euch nicht stören.«

»Tritt ein.«

In der Stube brannten Kerzen. Eine gewöhnliche Siedlerfamilie zündete nur zu Weihnachten eine Kerze an, hier aber leuchteten die Flammen von mindestens zehn teuren Kerzen – an einem gewöhnlichen Abend.

»Setz dich.« Der Patriarch saß am Tisch und tunkte ein Gebäckstück in Tee. Ein zweites Gedeck stand ihm gegenüber. »Ich habe schon auf dich gewartet.«

Arrick setzte sich vorsichtig. Es fühlte sich an wie Feuer in seinem Hinterteil. Die Beine zitterten.

»Mein Töchterchen dachte, es sei für sie gedeckt. Sie war gerade in die Stube getreten, als du anklopftest, und nun ist sie gekränkt, dass ich Besuch empfange, anstatt mit ihr zu essen. Frauen sind selten glücklich.« Er schob Arrick die Gebäckschale hin. »Greif zu!«

Er nahm ein dreikantiges Stück heraus.

Währenddessen goss ihm der Patriarch Tee in die goldene, verschnörkelte Tasse. »Warst du erfolgreich?«

»Ich denke schon.« Arrick tauchte das Gebäckstück ein und führte es zum Mund. Tee tropfte ihm aufs Kinn. Er wischte ihn mit dem Handrücken ab. Man brauchte kaum zu kauen, der Tee floss warm und süß aus dem hart gebackenen Teig.

»Ich hoffe, du hast die Namen gut behalten. Ich möchte heute Nacht keinen Fehler machen.«

»Die Unzufriedenen haben mit mir gesprochen. Aber sie haben ihre Namen nicht genannt. Dafür könnt Ihr sie morgen alle auf einem Flecken erwischen. Sie kommen zu einem Zirnenbaum unterhalb des Felsplateaus.«

Der Patriarch schob seinen Stuhl zurück. Er stand auf. »Du hast keine Namen?«, fragte er drohend.

Arrick ließ das Gebäckstück sinken. Er sagte: »Es wäre verräterisch gewesen, wenn ich sie danach gefragt hätte. Wirklich, ich will tun, was Ihr verlangt!«

»Du hast es aber nicht getan!«, fauchte Kantur Gotha. »Du hast versagt. Gedanken mache ich mir. Pläne schmiede ich für diese Siedlung. Aber anstatt zu tun, was ich befehle, nimmt sich ein jeder die Freiheit heraus, eigene Wege zu gehen. So werden wir die Einheit nicht erhalten! So werden wir der Terranerliga nicht lange die Stirn bieten können! Vulgata wird scheitern, wenn ihr nicht lernt, mir bedingungslos zu gehorchen!«

»Vergebt mir, Eminenz. Ich …«

»Natürlich vergebe ich dir«, unterbrach ihn Gotha. Er lächelte plötzlich, setzte sich wieder. »Du wirst viel Zeit haben, deinen Fehler zu bereuen. Gib mir deine Tasse!«

Arrick reichte die Tasse hinüber.

Der Patriarch holte ein kleines Fläschchen aus seinem Gewand und träufelte eine Flüssigkeit in den Tee. Dann schob er die Tasse zurück zu Arrick. »Trink!«

»Was habt Ihr da hineingetan?« Ihn schwindelte. Er würde das nicht trinken, auf gar keinen Fall würde er das trinken!

»Du weißt, warum niemand es wagt, die Siedlung zu verlassen? Warum der ganze Planet der Wildnis gehört? Es sind die Spinnen, die in den Bäumen hausen. Ihr Gift ist tödlich. Es tötet langsam. Trink den Tee, Arrick. Du wirst zu Hause sterben, in deinem eigenen Bett. Es ist recht schmerzhaft, besser, du bist allein dabei. Das Gift zerfrisst dich von innen. Nun wünschst du dir, ich hätte dich heute Mittag getötet wie den Schergen. Aber du hast einen Auftrag angenommen und hast mich enttäuscht. Das muss schmerzhaft bestraft sein.«

»Ich trinke das nicht«, flüsterte Arrick.

»Du trinkst!« Der Patriarch beugte sich über den Tisch, er war plötzlich größer, wuchs beinahe bis zur Decke an. »Du trinkst, hast du mich verstanden?«

»Ich trinke nicht«, winselte Arrick.

Der Patriarch ergriff die Tasse, hielt sie ihm hin. »Trink!«

Arrick rutschte vom Stuhl. Er schüttelte stumm den Kopf. Er wollte nicht sterben!

Mit großen Schritten kam der Patriarch um den Tisch herum. Er packte Arrick im Genick und hielt ihm die Tasse an die Lippen. »Trink, du verfluchter Versager!«

Arrick knickte in den Knien ein, er ließ sich nach hinten fallen, sackte zusammen. Fort mit der Tasse, fort mit dem Gift, dem Todestrunk!

Er schrie: »Ich mache es wieder gut! Ich werde ihre Namen herausfinden, morgen schon, es ist nur ein Tag, nur ein einziger Tag!«

Aber der Patriarch war über ihm, er zischte ihm ins Gesicht, dass Speicheltropfen es benetzten: »Nein, Bursche, kein Tag wird dir geschenkt. Du hattest die Gelegenheit, dein Leben zu verdienen. Du hast sie verspielt.«

Ein Schwall Gifttee rann über sein Gesicht. Arrick wischte mit dem Arm darüber. Er rieb über die Haut, hustete, würgte. Dann umklammerte er die Füße des Patriarchen. »Schenkt mir den einen Tag, auch wenn ich es nicht verdient habe«, flehte er.

»Bitte, seid gnädig! Ich bringe Euch Namen, alle Namen bringe ich Euch.« Hatte er bereits vom Gift gekostet? Er fühlte sich, als müsse er sich gleich übergeben.

»Diesmal keine Fehler.« Kalt und hart war das Gesicht des Patriarchen plötzlich.

Arrick kroch zum Ende des Tisches. Dort kam er mühsam auf die Füße. »Keine Fehler«, ächzte er und schlich zur Tür. Er war gebrochen. Der Macht des Patriarchen musste er sich beugen.

Im dunklen Flur drehte er sich noch einmal um, wollte fragen, wann er mit den Namen erscheinen sollte. Aber er blieb stumm. Ungläubig sah er den Patriarchen die Tasse leer trinken.

4

ARRICK AARGREFE WANDERTE durch die kühle Nachtluft. Wie ein Heimatloser durchstreifte er die Siedlung. Kantur Gotha hatte ihn getäuscht. Die Drohungen waren ein Schauspiel gewesen, er hatte nie vorgehabt, ihn, Arrick, zu töten. Wie hatte er gebettelt, niedergefallen war er vor dem Patriarchen – und all dies wegen einer üblen Gaunerei.

Er sollte sich gegen den Patriarchen stellen. Gegen diesen Mann, der Vulgata unter seine Faust zwang. Mit Tücke wollte Gotha die vernichten, die seine Macht bedrohten. Wie rechtschaffen konnte seine Herrschaft sein, wenn er selbst sich der Drohung und der Lüge bediente? Bestrafte er nicht die Lügner unter den Siedlern? Und doch war er selbst einer. Wie eine feurige Kraft flammte es in ihm auf: Er, Arrick Aargrefe, musste sich gegen den Patriarchen wenden.

Schritte! Hastig drehte er sich um. Ein Wachmann, und er hatte ihn schon erblickt.

»Was hast du hier zu suchen, Bengel?«

Ja, was hatte er hier zu suchen? Arrick nahm die Beine in die Hand und rannte eine kleine Gasse hinunter. Keuchend rastete er an ihrem Ende, stützte sich an einer Hauswand ab. Der Wachmann war ihm nicht gefolgt.

Konnte es sein, dass der Patriarch immun war gegen das Gift

der Spinnen? Möglicherweise war er in der Lage, vergifteten Tee zu trinken, ohne dabei zu Schaden zu kommen.

Arrick musste an den grünen Blitzstrahl denken. Dem Schergen hatte er ein fingerdickes Loch in den Kopf gebrannt. Kantur Gotha war der mächtigste Mann auf Vanderbeyten – wer sollte es mit ihm aufnehmen? Ein fünfzehnjähriger Junge jedenfalls nicht, nicht einer, der an vier Tagen in der Woche die Ziegen hütete und an den verbleibenden der Mutter im Stopfelgarten half.

Komm schon. Mach dir nichts vor. Dieser Mann ist böse, und du weißt es. Terbo und die anderen kämpfen gegen ihn. Bist du ein Feigling?

Er sah zu den Sternen hinauf. Dorthin waren sie verschwunden, die Terraner, die Kantur Gotha so verhasst waren. Wie gern hätte er sie um Rat gefragt. War es nicht möglich, sie mithilfe des Kastens zu Hilfe zu rufen? Allerdings hatte er nicht gesehen, wie der Kasten zu handhaben war. Und der Patriarch hatte die Maschine sicher im gut bewachten Alten Haus Genesis untergebracht, bei den anderen Geräten, von denen Arrick an diesem Tag erfahren hatte.

Warum lehnte sich niemand gegen Kantur Gotha auf? Man hielt Ungehorsam für eine Beleidigung Gottes. Arrick lachte leise. Den Willen Gottes, wer legte ihn aus? Kantur Gotha. Die Sterne, die anderen Menschen – womöglich hatte da draußen Gottes Wille einen völlig anderen Wortlaut als in Vulgata?

Aber konnte es sein, dass Gottes Wille überall ein anderer war? Unmöglich. Gott war ja der gleiche, er passte seine Wünsche nicht an die Wesen an, die sie zu befolgen hatten. Wurde Gott von den Terranern draußen im Weltraum einfach anders verstanden? Sie hielten es jedenfalls nicht für einen Frevel, Maschinen zu benutzen. Und er hatte das Gefühl, dass sie es waren, die dem rechten Pfad folgten.

Eine Aufregung ergriff von ihm Besitz, die ihm Schauer über den Rücken jagte. Er spürte: Eine Schlacht stand bevor.

Noch war der Patriarch ohne Argwohn. Er hielt Arrick für

sein Werkzeug. Der beste Zeitpunkt, um dem grausamen Gotha einen Schlag zu verpassen, von dem er sich nie wieder erholen würde. Es musste in dieser Nacht geschehen.

Arrick schlich an den Ziegen vorbei. Schliefen die nie? Sie folgten ihm mit den Köpfen, stumme, gehörnte Beobachter. Dort hinten stand das Alte Haus Genesis. Die Familie Genesis war vor Urgedenken in ein anderes Gebäude umgezogen. Dieses hier war seitdem unbewohnt. Es war das älteste Gebäude auf dem Planeten, ein flacher Bau, die Fensterläden zugenagelt. Niemand wohnte darin. Um Kinder und übermütige Jünglinge fern zu halten, stand tagein, tagaus ein Bewaffneter davor. Welcher Unsinn: um Kinder und übermütige Jünglinge fern zu halten! Arrick hatte es geglaubt, bis heute.

Dabei erklärte es nicht, warum man das alte Haus nicht einfach abriss. Oder es als Scheune oder Stall verwendete. Die rauhen Bretterwände waren den Siedlern heilig. Irgendwie war es dem Patriarchen gelungen, dass man das Haus nur aus ehrfürchtiger Entfernung betrachtete, dass Eltern es ihren Kindern zeigten und erklärten: So hat man früher die Dächer gedeckt, mit Rinde, siehst du? Niemand kam je auf die Idee, es könnte etwas enthalten.

Etwas Kostbares.

Arrick kauerte sich am Weidezaun nieder und hechelte. Dann sprang er auf und rannte zum Wachposten hin. »Bitte«, sagte er, »leih mir deinen Spieß!« Er japste nach Luft.

Der Scherge schüttelte finster den Kopf. »Vergiss es. Was hast du überhaupt hier zu suchen, mitten in der Nacht?«

»Ich brauche ihn!« Arrick griff danach.

Der Scherge zog die Waffe zurück. Er packte Arrick am Kragen und hob ihn hoch. »Jetzt reicht es. Das setzt Stockhiebe. Ich bringe dich zum Patriarchen.« Er schleifte ihn voran.

»Nein, ich brauch den Spieß!« Arrick trat mit den Beinen aus. »Es ist eine Spinne in unserem Haus, so groß wie ein Hund!«

Der Scherge ließ ihn fallen. »Was sagst du da?« Im fahlen

Schein Vangas sah er aus, als habe man ihm saure Ziegenmilch ins Gesicht geschüttet.

»Eine Spinne. Ich wollte etwas Brot stehlen aus der Küche, da habe ich gesehen, wie sie auf Mutters Schlafgemach zugekrochen ist. Du musst mir helfen!«

»Weißt du, dass die tödliches Gift in ihren Beißzangen tragen? Du musst deine Mutter sofort da rausholen! Ich rufe währenddessen Hilfe.«

»Aber die Spinne! Ich soll zurück ins Haus gehen? Ich fürchte mich!«

»Es ist deine Mutter, Junge! Liebst du sie nicht?«

»Doch. Gut, ich gehe. Aber gib mir wenigstens den Spieß, damit ich mich zur Wehr setzen kann.«

Der Scherge dachte nach. Schließlich schüttelte er den Kopf. »Ohne Spieß gehe ich nicht durch die Siedlung, wenn sich hier Spinnen herumtreiben. Lauf zur Großen Pforte und rufe die Wachen. Ich will mit dem Spieß euer Haus aufsuchen und sehen, was ich für deine Mutter tun kann. Wo wohnst du?«

»Erstes Buch Samuel.«

»Gut. Eile dich. Ich habe noch nie gegen ein solches Tier gekämpft.«

Sie trennten sich. Arrick lief auf die Große Pforte zu, bog aber vorher ab und kehrte zum Alten Haus Genesis zurück. Er zog an der Eingangstür. Sie ließ sich nicht bewegen. Er tastete. Seine Finger trafen auf kühle Eisenbeschläge, dann auf ein Schloss. Natürlich. Kantur Gotha hatte seine Schätze doppelt gesichert. Vermutlich besaß nicht einmal der Scherge einen Schlüssel.

Was nun? Noch suchten sie nach der Spinne. Bald aber würde Mutter hysterisch werden, weil er, Arrick, fehlte, und der Scherge würde Verdacht schöpfen.

Er ging einige Schritte zurück. Wie kam man in dieses Haus hinein? Durch das Dach vielleicht? Rinde, die neunhundert Jahre alt war, würde nicht allzu lange standhalten.

Er ging zurück zur Ziegenweide. Dort umklammerte er einen Pfahl und warf sich mit seinem ganzen Körpergewicht nach hinten. Der Pfahl neigte sich. Noch einmal ließ sich Arrick nach hinten fallen. Er zog mit aller Kraft am Pfahl. Endlich löste sich der Holzstamm im Erdreich. Arrick zog ihn heraus und trug ihn zum Alten Haus Genesis. Er lehnte den Pfahl an die Wand, setzte den Fuß darauf, federte mit dem anderen und sprang. Geradeso bekam er das Dach zu greifen. Rinde bröckelte.

Er zog sich hoch, legte ein Knie auf den Rand, zerrte, ächzte. Das andere Bein kam nach. Auf großen Rindenstücken blieb er liegen. *Beeilung!*, sagte er sich. *Ausruhen kommt nicht in Frage!* Sie kamen jeden Augenblick hierher und suchten ihn.

Vorsichtig schob er die Finger unter eines der Rindenstücke. Er riss es in die Höhe. Es brach entzwei. Nun konnte er die ganze Hand in das Loch stecken, zwängte auch die andere hinein und brach ein Loch ins Dach.

Rindenteile fielen hinunter ins Dunkel. Wie wollte er da unten etwas erkennen? Und was erwartete ihn überhaupt? War es nicht Irrsinn, in dieses Haus einzubrechen?

Er musste die Terraner rufen. Sie allein konnten gegen Kantur Gotha etwas ausrichten. Und der Apparat, der sie erreichen konnte, stand irgendwo dort unten.

Arrick steckte die Beine durch das Loch, die Hüften, den Bauch. Er hielt sich nur noch mit den Ellenbogen fest. Vorsichtig ließ er sich hinab. Er schwebte mit den Füßen in der Luft.

Das Dach knackte. Es gab nach. Arrick spürte, wie die Rindenschindeln unter den Armen zerbrachen. Er rauschte abwärts. Hart landete er auf den Füßen und brach zur Seite weg. Rindenteilchen rieselten auf ihn herunter.

Hatte er sich etwas gebrochen? Er war im Alten Haus Genesis, er war da.

Angestrengt blickte Arrick sich um. Finster war es, das Licht Vangas bildete nichts als einen schwachen Flecken auf dem

Boden, über dem Staub entlangzog. *Komm schon, Junge! Du hast nicht ewig Zeit. Sie sind bald hier und suchen dich!*

Er machte einen Schritt in die Dunkelheit.

Nichts.

Mit der Hand tastete er sich voran. Plötzlich spürte er kaltes Metall. Es wärmte sich unter seinen Fingern auf. Ein kleines Fleckchen war daran, das nicht aus Metall zu sein schien. Als er es befühlte, kam feines Summen auf. Erschreckt zog er die Hand zurück. Unterhalb des Metalls erschien ein leuchtender roter Schriftzug: »Akku«.

Die Schrift verblasste und erlosch. Auch das Summen verschwand.

Was bedeutete das? War »Akku« der Name der Maschine? Und wie brachte er sie dazu, ihren Dienst aufzunehmen? Wieder berührte er das Metall, tastete weiter zum kleinen rauhen Flecken. Summen. »Akku«. Dann verschwand beides.

Er machte kleine Schritte zur Seite und fühlte voran. Eine seltsame Fläche konnte er betasten, wie eine Wand, aber mit feinstem Lehm verputzt. Er kratzte daran. Nicht ein Krümelchen löste sich. Er pochte. Es klang hohl und metallisch.

Die Wand endete. Arrick fasste in leeren Raum. Dann stieß er mit dem Fuß gegen eine Kiste. Er kniete sich nieder. Auf der Kiste stand ein viereckiges Gerät, flacher als das, was die Terraner dem Patriarchen geschenkt hatten. Aber es trug kleine Schalter wie jenes andere. Vielleicht konnte er sie hiermit rufen?

Er wischte über eine dicke Staubschicht. Der Staub flockte unter seinen Fingern. Behutsam legte er einen der Schalter um, aber es geschah nichts. Nun, sie würden Zeit brauchen, ehe sie Vanderbeyten erreichten. Wahrscheinlich musste er einige Stunden warten. Oder war es notwendig, alle Schalter zu bewegen? Er legte den nächsten um. Ein Dutzend kleiner Lämpchen glomm auf.

Aus dem Gerät schwebte eine Kugel empor, strahlend blau,

sie leuchtete so sehr, dass sie ihn blendete. Eine weitere, kleinere Kugel umkreiste sie, und die große Kugel drehte sich um sich selbst.

Mit zitternden Knien wich Arrick zurück.

Eine Frau sagte: »Vanderbeyten, vierter von acht Planeten der gelben Sonne Vander. Sonnenentfernung: 146,02 Millionen Kilometer. Durchmesser: 13 446 Kilometer. Schwerkraft: 0,84 Gravos. Umlauf: 394,36 Tage zu 22,7 Stunden. Achsneigung: 25 Grad. Ein Mond. Entfernung zur Erde: 5 197 Lichtjahre. Wasservorkommen. Der Planet erfüllt alle vorgegebenen Parameterwerte.«

Leise sagte Arrick: »Kannst du mich hören? Bitte, ihr müsst zu uns kommen. Wir sind in Not. Wir wollen mit der Liga Freier Terraner kooperieren.«

Sie schwieg.

»Hörst du?«

Schweigen. Die leuchtenden Kugeln drehten sich.

Er näherte sich dem Gerät und setzte den zweiten Schalter wieder zurück. Die Kugeln verschwanden, die Lämpchen erloschen. Er fühlte sich, als hätte er jemanden umgebracht. »Entschuldigung«, sagte er und schaltete wieder. Die Kugeln tauchten auf. »Vanderbeyten«, sagte die Frauenstimme, »vierter von acht Planeten der gelben Sonne Vander. Sonnenentfernung: 146,02 Millionen Kilometer.« Sie sprach haargenau dasselbe wie zuvor. »Durchmesser: 13 446 Kilometer. Schwerkraft: 0,84 Gravos.«

»Das weiß ich doch schon!«, sagte Arrick. »Ich möchte mit den Terranern sprechen!«

Die Frau ließ sich nicht beirren. »Achsneigung: 25 Grad. Ein Mond. Entfernung zur Erde: 5 197 Lichtjahre. Wasservorkommen. Der Planet erfüllt alle vorgegebenen Parameterwerte.«

So kam er nicht weiter. Dieses Gerät musste eine Art künstlicher Schakrakei sein. Jedenfalls war es kein Rufer wie der

Kasten, den die Terraner Kantur Gotha gegeben hatten. Arrick sah sich um. Die Kugeln tauchten den Raum in blaues Licht.

Mannshohe Maschinen standen ringsum an den Wänden, eiserne Ungetüme, die seit neunhundert Jahren schliefen. In grauen, glatten Kisten lagen zu ihren Füßen kleinere Geräte wie Opfergaben. Die Maschinen waren bereit, sie zu zerstampfen, sobald sie erwachten. Ein Staubschleier lag über allem. Arrick sah genau, wo er an den Eisenkörper gefasst hatte. Wo er entlanggegangen war. Wo seine Finger über den künstlichen Schakrakei gewischt hatten. Wenn die Wachen das Loch im Dach bemerkten und der Patriarch das Alte Haus Genesis aufschloss, würde sein Frevel ans Licht kommen. Die Würde des Versteckes war verletzt.

Es gibt kein Zurück mehr, dachte er. *Niemand glaubt mir, dass ich versehentlich durch das Dach gebrochen bin.*

Er brauchte den Rufer! Aber offenbar hatte ihn der Patriarch nicht ins Haus Genesis gebracht, denn weder verrieten Fußspuren im Staub – ausgenommen die seinen – einen Besuch im Maschinenheiligtum, noch konnte er ein Gerät ausfindig machen, das keine Staubschicht trug.

Sein Blick fiel auf ein Ziegenfell, das über einem Kasten hing. Rings um das Fell lagen Haare auf dem Boden. Sie waren ausgefallen, so, wie sie einem alten Menschen ausfielen. Hatten die Terranervorfahren, die jene Maschinen besaßen, hier die ersten Ziegen gejagt?

Es gab eine andere Möglichkeit, und sie ließ ihn vor Ehrfurcht erschaudern: Die Ziegen kamen von Terra. Möglicherweise hatten die Gründer Vulgatas sie aus ihrer Heimat mitgebracht.

Warum war die eine Maschine abgedeckt und die anderen nicht? Er ging zu ihr hinüber und hob das alte Ziegenfell an. Ein Rufer? Die Größe des Kastens stimmte mit dem Geschenk der Terraner überein, und er trug Schalter wie dieses.

Arrick legte einen Schalter um. Noch einen. Nichts geschah.

»Könnt ihr mich hören? Hier ist Arrick Aargrefe vom Planeten Vanderbeyten. Wir sind in Not. Bitte kommt und helft uns!«

Keine Antwort.

Die restlichen Schalter betätigte er, legte das Ohr an den Kasten: Er summte nicht. Aber hatte ein Rufer denn zu summen?

»Hört ihr mich? Vanderbeyten ruft die Terraner!«

Jeden Augenblick konnten die Schergen des Patriarchen auftauchen. Er musste den Kasten von hier fortschaffen. Arrick hob ihn an und setzte ihn sofort wieder ab. Der Rufer war schwer. Wie sollte er ihn durch das Dach hieven?

Außerdem würde man merken, dass er fehlte. Man würde Jagd auf ihn, Arrick, machen. Der Patriarch hasste die Terraner, nie würde er zulassen, dass ein anderer mit ihnen sprach. Wenn er nun das Fell …? Das Ziegenfell war hart geworden in seiner Form. Arrick trug den Kasten in die Mitte des Raumes, kehrte zurück und setzte das Fell zwischen die ausgefallenen Haare. Es stand zwar wackelig, aber wenn man nicht daran rührte, sah es aus, als sei der Kasten noch darunter.

Nun rasch!

Er musste zum Loch im Dach hinaufgelangen. Suchend blickte er sich um. Die Kisten mit den kleineren Geräten hatten alle die gleiche Größe. Vielleicht ließen sie sich stapeln.

Eine nach der anderen trug er die Kisten unter das Loch. Sie waren erstaunlich gebaut: wie aus einem Stück geschnitzt, ohne Bretter, ohne Nägel und von glatter Oberfläche. Zudem fügten sie sich hervorragend aufeinander, als seien sie dafür gedacht. Arrick errichtete einen Turm daraus. Einen Teil der Kisten verwendete er, um drei Stufen zu bauen, über die er den Turm erklimmen konnte. Dafür drehte er die Kisten herum und schüttete ihren Inhalt aus. Die Metallgeräte fielen übereinander.

Ein Ring! Er griff danach. Hatten nicht die Terraner dem Patriarchen einen solchen Armreif gegeben, um damit den Rufer zu bedienen? Natürlich! Der Ring war wichtig. Arrick streifte ihn sich über das Handgelenk.

Vielleicht war es ratsam, weitere Geräte mitzunehmen. Nach seinem Raub würden sie das Alte Haus Genesis schwer bewachen, er würde nie wieder hier eindringen können. Dieser Gürtel dort, das war praktisch, er ließ sich umschnallen und musste nicht in der Hand getragen werden. Arrick nestelte eine Weile an der Fibel herum, dann fand er heraus, dass man sie schloss, indem man einfach beide Enden ineinander schob, ganz ohne Nadel. Die Terranervorfahren waren kluge Erfinder gewesen. Ein handgroßes Metallgerät stopfte er sich auch noch unter den Gürtel.

»Arrick«, rief draußen eine Männerstimme.

Er erstarrte und hielt den Atem an.

Schritte näherten sich. Jemand machte sich an der Tür zu schaffen. Wenn sie jetzt hereinkamen, war er verloren!

»Sie ist zu«, sagte die Stimme. »Er kann hier nicht eingedrungen sein. Nur der Patriarch hat einen Schlüssel.«

»Trotzdem hättest du deinen Posten nicht verlassen dürfen.«

»Du denkst, er hat sich die Geschichte mit der Spinne ausgedacht? Schau dir die Ziegen an! Sind sie je in der Nacht aus der Weide ausgebrochen? So verstört, wie die durch die Siedlung laufen, haben sie das giftige Raubvieh gewittert. Tiere irren in so etwas nicht. Wir müssen den Patriarchen wecken!«

»Du bist wahnsinnig! Wir werden uns hüten. Er hat gerade erst wegen dieses Burschen einen Mann hingerichtet. Wir müssen die Sache selber in den Griff bekommen. Du suchst den Jungen, und ich fange die Ziegen wieder ein. Los schon!«

Arrick wartete, bis er nichts mehr hörte. Dann nahm er einen tiefen Atemzug. Wären sie an der Tür stehen geblieben – er wäre verloren gewesen. Bei Sonnenaufgang hätten sie sofort das Loch im Dach bemerkt.

Den schweren Rufer in den Armen, stieg er auf den Turm aus Kisten. Der Turm schwankte. Von der obersten Kiste aus konnte er den Kopf durch das Loch im Dach stecken. Er sah sich um. Kein Scherge war in der Nähe.

Er hievte den Rufer auf die Rindenschindeln. Mooslappen schob er vor ihn hin, damit er nicht abrutschte. Arrick stemmte sich durch das Loch in die Höhe. Die Rinde knackte bedrohlich. Hastig rutschte er weg vom Loch, angelte mit dem Fuß nach dem Pfahl an der Hauswand. Als er ihn fühlen konnte, zog er den Rufer zu sich heran und sprang.

Da stand er mit der Maschine. In sein Elternhaus konnte er nicht gehen, sie suchten dort vermutlich noch nach der Spinne. Überhaupt konnte er nie zurückkehren: Wenn sie seinen Einbruch ins Haus Genesis bemerkten, würden sie versuchen, ihn bei seiner Mutter einzufangen. Wo konnte er sich verstecken, um den Rufer mithilfe des Armreifes in Gang zu bringen?

Die Terraner würden sicher wieder auf dem Felsplateau landen. Am besten stieg er dort hinauf. In einer Felsspalte konnte er sich verbergen und darauf warten, dass sie kamen.

5

ALS DER MORGEN DÄMMERTE und Vanders rote Scheibe sich am Horizont über den Baumwipfeln zeigte, kam in der Siedlung unten Geschrei auf. Sie hatten das Loch im Dach des Alten Hauses Genesis bemerkt, kein Zweifel. Nun würde die Jagd auf ihn beginnen.

Arrick spähte über den Rand des Felsens hinab. Schergen gingen von Haus zu Haus und trommelten gegen die Türen. Am Alten Haus Genesis stand der Patriarch in seiner weiten Robe. Er tat etwas an der Tür und trat ein. Eine große Menschentraube sah zu, wie er im Maschinenheiligtum verschwand. Wenn sie doch wüssten, was das Haus enthielt, wenn sie doch ahnten, was Kantur Gotha da vor ihnen verbarg!

Er, Arrick, würde es ihnen nicht mehr sagen können. Er würde nie wieder in die Siedlung zurückkehren. Zum Todfeind des Patriarchen war er geworden.

Und der verdammte Rufer gehorchte nicht!

Arrick grub die Fingernägel schmerzhaft in seine Handflächen. Er war verloren. Ohne die Terraner würde er keine drei Tage überleben. Floh er in die Wildnis Vanderbeytens, so machten ihm die Raubspinnen mit ihrem Giftbiss den Garaus. Blieb er hier, würde man ihn aufspüren und zu Kantur Gotha schleifen, und er würde mit einem Loch im Kopf enden.

Die ganze Nacht hatte er Schalter umgelegt und beschwörend auf den Kasten eingeredet, aber es war keine Antwort von den Terranern gekommen. Den Armreif rieb er Dutzende Male, beklopfte ihn, tastete ihn ab, hauchte ihn an. Er verstand einfach nicht, wie das Ding zu gebrauchen war. Es blinkte nur regelmäßig eine rote Lampe daran.

Außerdem zeigte der Armreif zwei Zahlen. In der Nacht hatten sie noch 132 und 86 betragen, nun sprangen sie um auf 143 und 91. Was hatte das zu bedeuten? War es die Entfernung des Terranerschiffs zu Vanderbeyten? Dann hieß es, dass sie sich beständig entfernten. Neben den Zahlen erschien ein winziger Schriftzug: »Hypertonie«. War das der Name des Schiffs?

Das kleine Metallgerät half ihm auch nicht weiter. Arrick zog es aus dem Gürtel. Drückte man es an seiner schmalsten Stelle zusammen, begann es zu zittern. Es brummte dabei, und an seinem breiten Ende zappelten Klingen hinter einem Gitterkäfig, so lange, bis man erneut seine schmale Stelle drückte. Es schien eine Art Waffe zu sein. Wenn er das Gerät in Gang setzte und damit über das Gras am Rande des Felsplateaus fuhr, trennte es die Halme ab. Er konnte sich jedoch nicht überwinden, die Wirkungsweise der Waffe an seinem Körper auszuprobieren.

Eine Waffe aus dem Alten Haus Genesis – war es nicht möglich, dass der Patriarch eines dieser Geräte benutzte, um den grünen Blitz aus seiner Hand zu schleudern? Beruhte seine Macht womöglich auf den Maschinen ihrer Terranervorfahren?

Der Gürtel schien nichts als ein Kleidungsstück zu sein. Er blinkte nicht und zeigte auch keinerlei Schriftzüge an. Bequem war er aber nicht gerade. Er wog bei weitem zu schwer, um angenehm auf der Hüfte zu liegen. Arrick drückte auf den Fibelverschluss. Die Fibel sprang auseinander, und der Gürtel rutschte an seinen Beinen herunter.

Er sah auf den Armreifen. 136 und 88. Waren die Terraner umgekehrt? Vielleicht war es von Vorteil, wenn er Kleidung trug, die ihnen vertraut vorkam, Kleidung ihrer gemeinsamen Vorfahren. Er hob den Gürtel wieder auf, drehte ihn in den Händen. War das Schrift? Tatsächlich, auf die Innenseite stand etwas geschrieben! »Durodef – Schutzschirm für mobile Sicherheit. Der persönliche Bodyguard, der Sie nie verlässt.«

Arrick hob den Gürtel über seinen Kopf. Unter einem Schirm verstand er etwas anderes. Nein, das konnte so nicht gemeint sein. Er legte den Gürtel wieder an. Die beiden Fibelteile schnappten ineinander.

Vielleicht zielten gewisse Waffen der Terraner auf die Hüfte, und der Gürtel bewahrte einen vor diesen Schlägen? Er war schwer genug, es mochte sein, dass er eine Klinge abgleiten ließ. Arrick tastete über ihn. An der rechten Seite verdickte er sich, als sei eine kleine Dose in ihn eingenäht. Als er die Dose befühlte, gab sie plötzlich nach. Er zuckte zurück. Was war das? Die Luft flimmerte rings um ihn!

Vom Kopf bis zu den Füßen reichte das Flimmern. Er sprang, aber die durchsichtige Schale sprang mit ihm. Gefangen war er. Hastig tastete er nach der Dose, drückte fest darauf. Die Schale verschwand.

Das also tat der Gürtel. Er hüllte ihn ein in flimmernde Luft, und vor irgendetwas sollte ihn das schützen. Mobile Sicherheit.

Er blickte auf den Armreif. Die Terraner entfernten sich wieder, und sie meldeten erneut ihren Schiffsnamen »Hypertonie«. Schwer zu glauben, dass sie so häufig die Richtung wechselten. Vermutlich war der Armreif innerlich verrostet über die Jahrhunderte und gab nun falsche Zahlen an.

Das besaß er nach seinem Einbruch: eine kleine Waffe, die das Gras sichelte, einen kaputten Rufer, einen Gürtel, der die Luft zum Flirren brachte, und einen Armreifen, der ein fremdes Wort anzeigte.

Als Gegenleistung musste er sich auf dem Felsplateau versteckt halten, bis man ihn entdeckte und umbrachte. Oder bis er sich von den Spinnen totbeißen ließ.

Der Patriarch hatte gewonnen. Arrick Aargrefe war am Ende.

»Gott des Himmels«, betete er, »du kannst doch die Schreckensherrschaft Kantur Gothas nicht gutheißen! Er behauptet, in deinem Namen zu reden, und tut dabei den Siedlern Schaden an. Ich bitte dich, hilf mir! Lass die Terraner zurückkehren, bewahre mich und die Siedler vor der Wut des Patriarchen!«

Es kam ihm vor, als sei der stumme Kasten auch für Gebete zuständig, und weigerte sich, Arricks Worte zum Herrn der Himmel zu tragen.

Arrick trat danach. »Verfluchter Mistkasten!«

Der Rufer schlitterte ein Stück. Da stieß das Gerät ein seltsames Zischen aus. Vor Arricks Augen brach die Oberfläche des Kastens entzwei; ein gerader Riss war es, wie mit dem Lotfaden bemessen. Der Riss wurde größer. Unter Fauchen öffnete sich der Kasten.

Er war hohl. Das Ding war überhaupt kein Rufer – es sollte nur so aussehen, um Diebe zu täuschen! Arrick kniete sich nieder. Im Inneren des Kastens lag ein Buch. Auf seinem Deckel stand:

Die Heilige Schrift
Interkosmo-Ausgabe

Noch so ein unnützes Ding. Wie konnte eine Schrift heilig sein? Was er in der Schule auf gegerbtes, mit Steinen weich geklopftes Ziegenfell zu schreiben gelernt hatte, war sicher nichts Heiliges: Rechnungen für Stoff, Pökelfleisch, gezähmte Käfigtiere. Dann immer wieder: Die 520 Gebote Vulgatas. Jedes Kind lernte sie auswendig, indem es sie 520-mal abschrieb.

Was war an diesem Buch heilig? Warum hatte man es versteckt? Man hatte sich die Mühe gemacht, einen Rufer ohne seinen Maschineninhalt zu bauen, und das Buch darin verborgen. Außerdem hatte man den Rufer mit einem Ziegenfell bedeckt, als wollte man ihn beschützen. Oder ihn wertlos erscheinen lassen.

Er hob es aus dem Kasten heraus und schlug es auf. Das waren keine Pergamentseiten. Glatt wie Metall waren sie und zugleich biegsam wie Stoff. Sie rochen nach Wasser und Frühlingsblumen. Er fuhr mit den Fingern über ihre Fläche. Die Schrift – sie stand in sonderbar eckiger, klarer Form darauf, gestochen scharf, als sei sie mit feinstem Kiel und schwärzester Gallwespentinte geschrieben.

Oben in der rechten Ecke des Buches las er Namen und Zahlen, auf jeder Seite standen sie, und sie wechselten von Zeit zu Zeit. Er blätterte. Das waren ja die Namen der Häuser! Mit Genesis begann das Buch, und es endete mit Offenbarung. Es war in zwei Testamente eingeteilt, so wie die Siedlung.

Ihm dämmerte: Dieses Buch war die Grundlage, der uralte Kern ihres Lebens auf Vanderbeyten. Womöglich war es kostbarer als alle Maschinen zusammen.

»Warum konnten wir nicht beim Zirnenbaum bleiben?«, fragte Susa, das alte Mütterchen.

Arrick winkte Terbo heran. »Verstecke dich am Rand des Plateaus, aber so, dass du den Weg im Auge hast. Wenn Kantur Gotha und seine Häscher auftauchten, warnst du uns, hörst du?«

Terbo nickte. »Wie du befiehlst.« Er blickte ernst, es war offenbar nicht scherzend gemeint. Terbo akzeptierte ihn als Anführer, und es schien ihm sogar zu schmeicheln, dass er einen Auftrag erhielt.

»Danke.« Arrick wendete sich Susa zu und den zwanzig anderen. »Wir sind in Gefahr. Hier oben sehen wir, wenn der Patriarch loszieht gegen uns, und können notfalls über die Rückseite der Felsenrampe fliehen.«

Ein Mann rief: »Ist es wahr, dass du letzte Nacht in das Alte Haus Genesis eingebrochen bist?«

»Ja, es ist wahr. Und ich habe eine schreckliche Entdeckung

gemacht.« Er sah in die Runde. Jedem Einzelnen blickte er ins Gesicht. »Es sind zehn.«

»Was sind zehn?«, fragte eine Frau.

Arrick sagte: »In Wahrheit hat uns Gott nur zehn Gebote gegeben.«

»Aber der Patriarch hat –«

»Der Patriarch lügt.« Er bückte sich und hob das Heilige Buch auf, das er hinter einem Stein versteckt hatte. »Dieses Buch war im Alten Haus Genesis verborgen. Ich habe heute den ganzen Tag darin gelesen. Es ist erschütternd, wie weit wir von Gottes Willen abgewichen sind unter der Herrschaft der Patriarchen.«

Susa runzelte die Stirn. »Wie kann ein Buch dir das verraten?«

»Ja«, fiel ein älterer Mann ein, »bei allem Respekt, Arrick Aargrefe, vielleicht hat es ein früherer Patriarch geschrieben, und auch das Buch enthält Lügen.«

Arrick sagte: »Lest es, und ihr werdet verstehen, warum ich ihm vertraue.«

»Was steht darin?«

»Der erste Teil dieses Buches heißt Genesis, und er berichtet, wie Gott Terra schuf.«

Die Männer und Frauen schluckten.

»Es ist uralt«, erklärte Arrick, »ich habe keine Zweifel daran. Dieses Buch verrät, dass Gott dem ersten Menschen höchstpersönlich Leben einhauchte. Es enthält Gottes Anweisungen für seine Geschöpfe, Rat und Ermahnung.«

Still war es.

»Das Buch kann unsere Fragen über das All beantworten. Ich habe erst wenige Kapitel gelesen, man kommt aus dem Staunen nicht mehr heraus. Von diesem Buch werden wir erfahren, wie wir nach Gottes Willen leben sollen.«

»Verbietet er den Gebrauch von Maschinen?«, fragte der ältere Mann.

»Bisher konnte ich nichts darüber finden im Buch.«

»Warum hat es Kantur Gotha dann im Alten Haus Genesis versteckt gehalten?«

Arrick setzte zu einer Antwort an, aber er verschluckte die Worte. War da ein Stein gepoltert am Felshang? Mit einer herrischen Handbewegung befahl er Ruhe und lauschte. Wieder kollerte ein Stein in die Tiefe. Es kam von der Rückseite der Felsenrampe.

»Terbo«, sagte er, »sieh nach!«

Im gleichen Moment erklang Angriffsgeschrei. Bewaffnete strömten auf das Plateau. Um den Felsen herum hatten sie sich angeschlichen! Arrick brüllte: »Nach vorn, flieht über den vorderen Aufgang!« Er selbst rannte dorthin. Aber es war ein schmaler Pfad, die Fliehenden verstopften ihn. Schon waren die Schergen des Patriarchen heran und richteten ihre Spieße auf ihn. Sie riegelten das Plateau ab, kreisten die Männer und Frauen ein und rückten näher. So trieben sie die Rebellen in der Mitte zusammen wie eine Herde Schafe.

Die ersten umzingelten Männer bückten sich nach Steinen. Es würde ein verzweifelter Abwehrkampf werden. Keiner von ihnen würde überleben. Er, Arrick, ebenfalls nicht.

Der Patriarch erschien hinter den Spießträgern. Das lang gezogene Gesicht schien aus Stein zu sein. Kühl blickte er um sich. »Dumm von dir, Arrick. Dass du deine Sympathisanten ans Messer lieferst, ist die eine Sache. Aber dich mit ihnen dem Tod preiszugeben … Ich hätte dich für klüger gehalten.«

Arrick spürte, wie ein Zittern seinen Körper ergriff. Er fürchtete sich vor diesem Mann und dem, was jetzt folgen würde. Er rief: »Maschinen hast du versteckt gehalten und die Heilige Schrift unserer Väter! Du bist ein Tyrann, Kantur Gotha!« Ihm ging Urin ab vor Angst. Der Tod war nur Augenblicke entfernt.

»Mutige Worte für einen, der gerade mehr als zwanzig Menschen ins Verderben geführt hat.« Der Patriarch hob eine

Braue. Er sagte kühl: »Erstecht sie.« Gleich darauf aber hob er die Hand: »Wartet. Zuvor sollen sie sehen, wie ihre irrige Hoffnung verblutet.« Er nestelte in seinem Gewand.

Blitzte da nicht Metall auf? Nahm er unauffällig eine Waffe in die Hand?

Der Patriarch hob den Arm und zeigte mit der Hand auf Arrick. »Stirb, Schwächling!«

Eine letzte Hoffnung hatte Arrick. Er drückte die Dose im Schutzgürtel. In diesem Augenblick leuchtete der grüne Blitzstrahl auf. *Jetzt geschieht es*, dachte Arrick, *jetzt sterbe ich*.

Grelles, grünes Licht gleißte vor seinem Gesicht. Aber er starb nicht. Der Blitz zerbarst im Luftflirren und erlosch.

Kantur Gotha blickte Arrick an wie einen Geist. Sein Gesicht wurde totenbleich.

Arrick zog den Grassichler aus dem Gürtel und streckte nun seinerseits den Arm aus. Er schaltete ihn ein. Die Waffe begann zu surren. Unter Angstrufen wichen die Bewaffneten zurück. Sie warfen ihre Spieße hin und rannten. Auch Kantur Gotha floh.

»Das Buch«, raunte Susa, »es beschützt ihn! Es ist stärker als der Patriarch!«

Die Männer fragten: »Sollen wir ihn verfolgen? Er ist jetzt unbewacht, wir können ihn erschlagen!«

»Lasst ihn gehen.« Arrick schaltete den Grassichler ab und zeigte auf das Buch in seinem Arm. »Eines der Zehn Gebote sagt: Du sollst nicht töten. Gott ist der Erschaffer des Lebens. Jegliches Leben ist ihm kostbar.«

»Eine Frau!«, rief Terbo. Stunde um Stunde hatte er Wache gehalten, und auch nach Mitternacht war er nicht bereit gewesen, seinen Posten einem anderen zu übergeben. Arrick verstand es. Terbo fühlte sich schuldig, weil er die Männer des Patriarchen nicht rechtzeitig bemerkt hatte.

»Still«, raunte er. »Wegen einer Frau müssen wir nicht alle

aufwecken.« Auch er, Arrick, schlief nicht. Zu viele Fragen gingen ihm durch den Kopf. Er fühlte sich für die Rebellen verantwortlich. Sie schauten zu ihm auf wie zu einem gestandenen Anführer und schienen vollkommen zu vergessen, dass er ein fünfzehnjähriger Hirtenjunge war, nichts weiter.

Wie sollten sie an Nahrung herankommen? Wasser konnten sie ein Stück oberhalb der Siedlung aus dem Fluss schöpfen. Aber beim nächsten »Einkauf« ins Haus Levitikus zu gehen und den Lagerverwalter des Patriarchen um Getreide und Pökelfleisch zu bitten, das war unmöglich. Sofort nach seiner Rückkehr hatte Kantur Gotha die Tore im Palisadenzaun schließen lassen und überall Wachen aufgestellt.

Gut, sie besaßen die Spieße der geflohenen Schergen. Aber Vulgata damit zu erobern? Undenkbar. Mit zwei Dutzend Männern und Frauen war die achttausendköpfige Siedlung nicht einzunehmen. Der Patriarch hatte Zeit. Irgendwann würden sie aufgeben müssen auf ihrem kargen Felsen.

Der Kopf der Frau erschien über dem Rand des Felsplateaus. Er hörte, wie sie leise zu Terbo sagte: »Ich will mit Arrick sprechen.«

Was wollte sie von ihm?

Die Wolkendecke riss auf, und Vanga leuchtete ihr ins Gesicht. Es war Murielle! Arrick schoss das Blut ins Gesicht. Murielle, die mindestens vier Jahre älter war als er, Murielle, die Wunderschöne, kam zu ihm und wollte mit ihm reden.

Er hörte Terbo fragten: »Schließt du dich uns an?«

»Ich bin nicht lebensmüde.«

Arrick stand auf. »Hier bin ich. Was willst du?«

Sie kam näher. Wieder hatte sie jenen Blick aufgesetzt, der aussah, als würde sie ein Geheimnis hüten. Ihre großen, dunklen Augen glänzten im Licht Vangas.

»Du könntest mein kleiner Bruder sein«, sagte sie, und lächelte spöttisch.

Es verletzte ihn. Hoffentlich sah sie es ihm nicht an. Er

schluckte, versuchte, sich zusammenzunehmen. »Mitten in der Nacht kommst du hier herauf, um mir das zu sagen?«

Sie wurde ernst. Ein großes Messer mit gezackter Klinge zog sie aus dem Gürtel. »Hiermit soll ich dich erstechen.« Sie fasste es an der Klinge und reichte es, Griff voran, herüber. »Da, nimm es.«

Arrick starrte das Messer an. Unsicher fasste er danach. »Dein Vater?«

»Ja. Er hasst dich. Und ich glaube, im Geheimen fürchtet er dich auch. Noch nie hat ihm jemand die Stirn geboten. Jedenfalls nicht so.«

»Hattest du keine Angst, hier heraufzukommen?«

»Angst vor dir? Unsinn. Ich weiß, dass ich dir gefalle.«

Das Herz setzte ihm aus. »Ich …«

»Schon gut.« Ein Lächeln flog über ihre weichen Züge. »Es ist ja nicht gefährlich. Wenn du einmal neunzehn bist wie ich, wirst du dir jemanden in deinem Alter suchen. Also, Lebe wohl.« Sie drehte sich um.

»Warte!«

»Was ist?« Nun sah sie ihn wieder an.

»Ich … ich brauche Hilfe. Wie soll ich die Rebellen ernähren?«

»Verstehst du nicht?«

»Was meinst du?«

»Du hast dich gegen den Patriarchen von Vulgata gestellt, und du bist noch am Leben. Seit bald eintausend Jahren siedeln wir hier, und wahrscheinlich bist du der Erste, der es wagt, sich aufzulehnen. Du traust dir nicht zu, dieses kleine Häuflein Menschen zu führen? Arrick! Verstehst du nicht, dass du kein gewöhnlicher Mensch bist? Alle sind am Alten Haus Genesis vorübergegangen, du aber hast dich seiner Kräfte bedient. Alle haben die 520 Gebote befolgt, ohne nach ihrer Herkunft zu fragen. Du aber hast nach den Wurzeln gesucht. Gott hat Großes mit dir vor! Offenbar bist du der Einzige auf Vanderbeyten, der daran zweifelt. Du wirst grandios scheitern und viele Menschen ins Unglück stürzen. Oder du siegst wie kein Zweiter.«

»Was denkst du?«

»Ich gehe jetzt besser.« Wieder drehte sie sich um. Sie ging an Terbo vorüber, und schon begann sie den Abstieg von der Felsenrampe.

Arrick rannte ihr nach. »Du gehst?«, rief er. »Also denkst du, ich werde scheitern, nicht wahr? Sonst würdest du doch bei uns bleiben!«

Murielle tat, als hätte sie es nicht gehört.

6

AM NÄCHSTEN TAG FÜHRTE Arrick die Rebellen vom Felsen hinunter an den Waldrand. Während die Frauen die Spieße in die Bäume hinaufreckten und nach Spinnen ausspähten, brachen die Männer junge Hölzer um und rissen sie mit vereinten Kräften samt ihrem Wurzelwerk heraus. Terbo und seine Freunde hingegen bekamen von Arrick den Auftrag, aus den großen, fleischigen Blättern der Unkenbüsche Kelche zu flechten und sie mit Lehm auszustreichen, damit darin Wasser transportiert werden konnte. Am Fluss wurden vierzehn dieser Kelche gefüllt.

Arrick selbst schnitt mit Kantur Gothas gezacktem Messer Lianen herunter. Er musste sich, nachdem ihr Stamm durchtrennt war, mit seinem ganzen Körpergewicht an die Gewächse hängen, um sie aus dem Baumgeäst zu reißen, das sie fest umschlungen hatten.

Einmal fiel der tote Körper einer Raubspinne mit herunter. Erschrocken standen bald alle Rebellen darum herum und starrten die mannslangen Beine an und den mächtigen Körper. Der Kopf der Spinne fehlte. Was auch immer ihn abgebissen hatte, musste noch größer sein als das haarige Tier.

Eine lebendige Spinne bekamen sie nicht zu Gesicht. Arrick glaubte nicht daran, dass ihre Anwesenheit den Spinnen entgangen war. Aber offensichtlich schreckte sie die große Zahl der Spießträgerinnen ab. Er spürte es: Sie saßen hoch oben in ihren Verstecken und hielten Ausschau. Entfernte sich einer von der Gruppe, so würden sie zuschlagen.

Nach der Rückkehr zum Felsplateau zählte Arrick seine Schützlinge. Erleichtert stellte er fest, dass niemand fehlte. Er wies die Rebellen an, die Hälfte der jungen Bäume in kleine Stücke zu zerteilen. Wieder erwies sich Kantur Gothas Messer als äußerst nützlich.

Welche Geschichte hatte Murielle ihm wohl aufgetischt, um ihren Misserfolg zu erklären? Er konnte nur hoffen, dass sie nicht geschlagen wurde zur Strafe für ihr Scheitern und dass der Patriarch sie nicht verdächtigte, mit ihm gemeinsame Sache zu machen. Das tat sie ja auch gar nicht. Sie war gegangen.

Die kleinen Holzstücke wurden als Querstreben zwischen dünne Stämme geknüpft. So entstanden sechs Leitern.

Am Abend las Arrick den Rebellen aus der Heiligen Schrift vor. Er schlug wahllos eine Seite auf und fing an zu lesen. Es ging um einen Mann, der von einem großen Fisch verschluckt wurde, weil er Gottes Auftrag zu entkommen versuchte. Niemand verstand die Geschichte. Sie hatten noch nie einen Fisch gesehen, der größer war als ihre Hand. Fische waren Lurchfutter oder ein Zubrot für die Menschen, sonst nichts. Niemand konnte sich vorstellen, dass es einen Fisch geben sollte, der einen ganzen Mann fraß. Wenn er beim Lesen aufblickte, sah Arrick, dass sie die Stirn runzelten oder mit verwirrtem Blick ins Leere starrten.

Dabei war es doch ein unglaublicher Wissensgewinn, der sich aus der Geschichte ziehen ließ: Es gab Riesenfische auf Terra, Fische so groß wie ein ganzes Haus! Also musste es auch Riesenflüsse dort geben, Flüsse, die eine ganze Ebene überspülten und sehr tief waren.

Noch eines sagte der uralte Bericht aus. Niemand konnte Gott entkommen. Wohin er sich auch wendete. Vermutlich half es nicht einmal, zu einem weit entfernten Planeten zu reisen. Wenn Gott einen mit einer Aufgabe betraute, tat man besser daran, ihr nicht aus dem Weg zu gehen. Der Mann aus der Geschichte hatte offenkundig Angst bekommen und wollte sich verstecken vor Gott. Dass das töricht war, wurde mehr als deutlich.

Arrick fasste den Entschluss, nicht zu scheitern im Kampf gegen Kantur Gotha. Und in Zukunft jede Stelle der Heiligen Schrift im Stillen zu lesen, bevor er sie den Rebellen vortrug. Sie waren noch nicht so weit, sich der Wahrheit in ihrer ganzen Tragweite zu stellen.

Zehn Tage lang hungerten sie. Ab und an konnten sie einen Fisch fangen im Fluss oder eine der fetten weißen Libellen am Waldrand. Arrick verzichtete meist auf seinen Anteil daran. Er ließ die anderen essen. Sie waren schwächer als er, weil sie das Ziel nicht fest im Blick hatten.

Jeden Abend kamen sie zu ihm und baten ihn, den Überfall zu befehlen. Er aber sah hinauf zur abnehmenden Mondsichel und sagte: »Noch nicht.« Stiller wurden sie von Tag zu Tag, ihr Blick stumpf, ihre Bewegungen müde und schwerfällig. Wenn sie sprachen, ging es nur noch um Nahrung in allen ihren Formen. Sie überlegten ernsthaft, wie sie die giftigen Lurche aus dem Fluss essen könnten – ob es helfen würde, sie lange über dem Feuer zu braten, weil dabei vielleicht das Gift in Rauch aufgehen würde.

Arrick las, solange es Tageslicht gab; Stunde um Stunde vergrub er sich in die Heilige Schrift. Er baute ein Verhältnis zu diesem Buch auf, wie er es nie zu einem Menschen gehabt hatte. Bald glaubte er, ein moralisches Anrecht auf das Buch zu haben. Hatte es ihn nicht auserwählt? Hatte es nicht Jahrhundert um Jahrhundert auf ihn gewartet?

Während der Jahrhunderte aber war etwas schief gelaufen. Die Siedler von Vulgata redeten zwar noch von einem Gott, und sie redeten sogar mit ihm, hauptsächlich während der wöchentlichen Feierstunde, in der die Gebote verlesen wurden und man den rituellen Tanz aufführte. Dabei scherten sie sich allerdings nicht mehr darum, wer Gott war und was er von ihnen wollte. Sie waren keine Gottessucher. Je mehr er in der Heiligen Schrift las, desto deutlicher trat es ihm vor Augen: Sie waren Sektierer. Über Generationen war das Buch von den Patriarchen unter Verschluss gehalten worden, und Vulgata hatte sich in einen Ort der Strafen verwandelt. Für Gott hingegen stand nicht Strafe im Vordergrund, es war Liebe, die er seinen Geschöpfen immer wieder beschwörend als den Grund aller Dinge nahe legte.

Arrick stand von seinem steinernen Sitzplatz auf. Ihn schwindelte. Die Augen brannten ihm, und er spürte eine große Müdigkeit auf seinen Gliedern lasten. Das Hungern musste ein Ende haben! Waren sie überhaupt noch in der Lage, Vulgata zu überfallen? Wie ein harter Lehmklumpen lag ihm der leere Magen in den Eingeweiden.

Wolken zogen auf. Eilig verstaute er das Buch im leeren Ruferkasten. Kaum schob er die beiden Deckelhälften zusammen, landeten schon die ersten Tropfen darauf. Es begann zu regnen. Die Herbststürme kündigten sich an.

Einer der Rebellen klagte: »Ich hole mir einen Schnupfen. Wir werden elendig krepieren auf diesem nackten Felsen!«

Mit ernstem Gesicht breitete Arrick die Arme aus. »Kommt her!«, rief er. Die Kleider klebten ihm am Körper. Regenwasser lief ihm über das Gesicht. »Kommt alle her!«

Nicht alle Rebellen kamen. Manche saßen reglos auf ihren Plätzen im Regen und starrten vor sich hin. »Heute Nacht haben wir Neumond«, sagte er. »Darauf haben wir gewartet. Außerdem behindern Wolken das Sternenlicht. Es ist die Nacht der Nächte. Niemand wird uns bemerken, wenn wir uns nicht durch Geräusche selbst verraten. Heute holen wir uns unser Erbe aus Vulgata.«

Der erhoffte Jubel blieb aus. »Ist das nicht zu gefährlich?«, fragte Terbo. »Der Palisadenzaun ist doch bewacht. Und die Tore sind in der Nacht geschlossen.« Einige andere nickten.

Arrick sagte: »Ich verstehe euch. Ihr seht diesen nassen, blanken Felsen, ihr hört euren knurrenden Magen, und alles, was euch erwartet, scheinen Kälte und Hunger und am Ende der Tod zu sein. Aber ihr irrt! Ich sehe auf diesem Plateau Häuser, eine Siedlung der Geächteten. Ich sehe Felder am Waldrand nördlich des Felsens, von uns bestellt, auf denen sich das Getreide wiegt. Wir brauchen Werkzeuge und Saatgut, und sie stehen uns zu! Seid stark, nehmt eure Kräfte zusammen. Heute Nacht erobern wir uns ein neues Leben!«

Er ging zu den Spießen hinüber und hob einen auf. »Von der Waldseite her schleichen wir uns an. Kommt! Bis wir an den Waldrand gelangt sind, ist die Sonne untergegangen.«

In absoluter Finsternis und bei strömendem Regen krochen die Rebellen aus dem Wald. Sie zogen Leitern bis an den Wassergraben heran und schoben sie darüber hinweg auf die Spitzen der Palisaden hinauf. Einer nach dem anderen überquerte Graben und Wall.

»Ist da jemand?«, rief ein Wächter. Er kam herangeschritten.

Arrick erstarrte. Auch die anderen Rebellen hörte er nicht mehr, jeder stand auf seinem Flecken und rührte sich nicht.

Der Wächter blieb kurz vor Arrick stehen, beugte sich über die Palisaden und betastete eine der Leitern. »Was ist das?« Er sah auf. Es ging ein Ruck durch seinen Körper. Hastig nestelte er am Signalhorn im Gürtel.

Er würde Alarm geben!

Schon hob er das Horn an die Lippen. Arrick war unfähig, sich zu bewegen. Er sah den Wächter Luft holen, wartete auf den verhängnisvollen Ton.

Da sprangen Rebellen heran, von beiden Seiten, und rissen dem Wächter das Horn aus der Hand. Er zog ein Schwert und brüllte etwas, aber eine Hand über seinem Mund dämpfte den Schrei. Immer mehr Rebellen kamen hinzu. Sie wanden ihm das Schwert aus der Hand, drückten ihm den Hals zu.

Erst, als sie den Wächter zu Boden gleiten ließen, begriff Arrick, daß sie ihn erdrosselt hatten. Sie hatten einen Menschen umgebracht.

Er zwang den Gedanken daran beiseite. *Konzentriere dich auf deine Aufgabe! Jeden Augenblick können weitere Wächter kommen.*

Unter seiner Führung drangen die Rebellen in die Lagerhallen ein, die sich an das Haus Levitikus anschlossen, und schleppten Felle und Kleider heraus. Arrick ließ sie die Beute über den Wall tragen und im Wald verstecken. Sie kehrten zurück, holten Getreidesäcke, Lederpakete mit Pökelfleisch, Werkzeuge. Er achtete darauf, dass Äxte darunter waren und kleinere Beile, Hämmer, Kisten mit Nägeln, eiserne Pflugscharen, Sensenblätter. Auch einen Vorrat an Phosphorsteinen stahlen sie und eine Kiste mit Brennpilzen und Funkenschlägern. Arrick verließ als Letzter die Hallen.

Am Ausgang blieb er stehen. Draußen rauschte der Regen, gleichförmig, unerbittlich. Arrick empfand plötzlich Sehnsucht nach seiner Mutter. Er war in Vulgata, er konnte sie doch kurz besuchen! Sie trösten wollte er und von ihr getröstet werden. Aber es war zu gefährlich. Jeder Augenblick, den er hier verbrachte, konnte bedeuten, entdeckt zu werden.

Wie er es geplant hatte, zog er den Armreif aus seinem Gewand. Er hatte ihn am Waldrand abgenommen, damit das Blinken sie nicht verriet. Sorgfältig legte er ihn auf den Boden, etwas abseits, damit man nicht seine Ziele durchschaute, aber doch so nah am Ausgang, dass er mit Sicherheit gefunden werden würde.

Denn es war erst die Hälfte erreicht. Die Siedler würden sich den Raub nicht so einfach gefallen lassen. Wenn sie morgen zum Felsen hinaufzogen, um die Rebellen anzugreifen und die gestohlenen Güter wiederzuerlangen – es würde ein schreckliches Blutvergießen geben. Von den zwei Dutzend Rebellen würde keiner überleben. Ob auch einige Angreifer starben, war dem Patriarchen zweifellos gleichgültig.

Arrick musste erreichen, dass die Siedler ihn für stark hielten. Fand man morgen den Armreif, so würden die Schergen und Nachtwächter behaupten, Arricks Maschinenkräfte hätten die Räuber unsichtbar gemacht. Es war nicht einmal unwahrscheinlich, dass die Wächter das tatsächlich glaubten. Traute man ihm aber übermenschliche Fähigkeiten zu, so würde der Patriarch wenig Rückhalt finden in einem Aufruf, die Rebellen anzugreifen und die Güter zurückzuerobern.

Sie schleppten die gestohlenen Güter auf das Plateau hinauf. Dann tanzten die Rebellen im Regen. Die Beute machte sie glücklich. Sie traten sich in der Dunkelheit auf die Füße, stießen Köpfe und Ellenbogen aneinander. Darüber lachten sie nur.

Vom Rand des Plateaus ließ sich alles gut beobachten. Die Dächer Vulgatas dampften im Morgenlicht. Hunderte Schakrakeie weckten ihre Besitzer mit Gesang, so viele verschiedene Lieder waren es, dass Arrick kein einziges heraushören konnte. Nach dem Regen war die Luft frisch und klar. Der erste Schmied begann mit seinen scheppernden Hammerschlägen. Innerhalb kurzer Zeit kam ein zweiter hinzu, die Hämmer fanden einen gemeinsamen Rhythmus, drifteten auseinander, fielen wieder zusammen nieder auf die Werkstücke. An den Brunnen bildeten sich Schlangen von Frauen mit Eimern.

Es sah friedlich aus und angenehm vertraut. Aber ein Tyrann herrschte dort. Die Idylle trog.

Wächter sammelten sich auf dem Wall. Sie hatten den Toten gefunden. Nun ging alles sehr schnell. Arrick konnte den Schergen sehen, der zum Haus Offenbarung stürmte, um Meldung zu machen. Bald kam der Patriarch, die Lagerhallen zu inspizieren. Und dann geschah etwas, womit Arrick überhaupt nicht gerechnet hatte: Die Ratsglocke läutete.

Es war ein ungewohnter Klang. Metallene Töne verbogen sich in der Luft. Sie dröhnten tief, dann wieder schlug hell der Klöppel auf und ließ erneut die Töne sich biegen.

Warum in aller Welt rief der Patriarch die Familienoberhäupter zusammen? Hoffte er, die alten Weisen leichter von der Notwendigkeit eines Rachefeldzugs überzeugen zu können? Es war ein drastisches Mittel. Der Rat wurde nur zusammengerufen, wenn die Existenz Vulgatas bedroht war. Arrick hatte das erst einmal erlebt, in seiner Kindheit, als sich die Spinnen so sehr vermehrt hatten, dass sie – aus Übermut oder vor Hunger – über die Palisaden geklettert kamen, um sich ihre Opfer zu greifen. Damals hatte man Fallgruben ausgehoben und den Wassergraben verbreitert, denn nichts hassten die Spinnen so sehr wie das Wasser.

»Was hast du vor, Gotha?«, murmelte er.

Arrick sah die würdigen alten Herren aus den Häusern treten, manche über einen Krückstock gebeugt, andere zwar ebenfalls weißhaarig, aber noch gut zu Fuß. Es waren 65 Älteste, für jedes Haus einer. Der Patriarch war der 66. Älteste. Er vertrat das Haus Offenbarung, und er hatte im Rat nur eine Stimme wie alle anderen. Das erklärte, warum der Rat so selten einberufen wurde.

»Geächtete!«, rief Arrick. »Ich will, dass sich jeder bewaffnet. Ob es ein Spieß ist, ein Beil oder für die Kräftigen eine Axt – jeder von euch soll eine Waffe tragen! Und die Kornsäcke sollen zu einem Wall aufgeschichtet werden, dort!« Er zeigte in Richtung des Abgrunds. Hier führte kein Weg aus der Tiefe hinauf, ihr Rücken war sicher. »Setzt den Wall so, dass wir alle dahinter Platz haben.«

Die Rebellen verfielen in Geschäftigkeit. Gerade schleppten sie den letzten Kornsack an seinen Platz, da meldete Terbo: »Es kommen vier alte Männer den Weg herauf!«

»Was meldet die Rückseite?«, rief Arrick zur anderen Seite des Felsens hin. »Versuchen sie nur, uns abzulenken?«

»Nichts zu sehen hier«, kam zur Antwort.

Er befahl: »Trotzdem, hinter den Wall, alle, bis auf die Spähposten!«

Die Rebellen gehorchten. Es herrschte Anspannung. Unsicher starrten sie auf die Wegmündung. Sie spürten, dass Arrick der Sache nicht traute.

»Sie kommen!«, rief Terbo.

Die vier Alten erschienen über dem Hang. Sie beachteten Terbo nicht. Arrick hatte das Gefühl, sich in zäher Langsamkeit zu bewegen, als sei Honig über ihn ausgegossen worden. Er wollte seinen Großvater mit einer Verbeugung begrüßen, den Großvater, den er zuletzt bei der Landung der Terraner gesehen hatte. Aber für die Verbeugung hätte er den Blick von dem Alten lösen müssen, und er hing fest an ihm in angstvoller Erwartung dessen, was er sagen würde.

»Arrick Aargrefe«, begann der Großvater, »du hast dem Haus Erstes Buch Samuel Schande gemacht. Ich fordere dich im Namen des Rates auf, dich freiwillig zu stellen. Wenn du noch ein Fünkchen Ehre im Leib hast, wirst du dieser Aufforderung Folge leisten. Da unten warten würdige alte Männer im Versammlungssaal des Hauses Levitikus. Lass sie nicht zu lange warten. Es würde ihr Urteil über dich noch härter machen.«

Die Alten drehten die Köpfe zum Wall hin, hinter dem die Rebellen standen mit Beilen und Spießen. *Auch sie fürchten sich!*, fuhr es ihm durch den Kopf. *Sie haben Angst, nicht wieder lebendig nach Vulgata zurückzukehren.* Vermutlich war der Großvater gezwungen gewesen, mit ihnen zu gehen, um die Schmach für die Familie nicht durch seine Weigerung noch ärger zu machen, und auch die anderen drei Ältesten hatten sich wohl etwas zu Schulden kommen lassen, dass sie diese unangenehme Aufgabe bekamen.

Der Gedanke gab ihm Kraft.

Er fragte: »Kennst du das Erste Buch Samuel?«

»Ich bin sein Familienoberhaupt, und das weißt du!«

»Nein, das meine ich nicht.« Arrick schüttelte den Kopf. »Ich habe dich nach dem Buch gefragt. Nach dem ersten Buch Samuel.«

»Wir tragen den ehrwürdigen Namen seit Urgedenken. Du wagst es, darüber zu spotten?«

»Ich spotte nicht, Großvater. Wenn du behauptest, ich hätte dem Haus Schande gemacht, dann solltest du wissen, was das Fundament des Hauses ist. Wir sind benannt nach einem Abschnitt der Heiligen Schrift. Kantur Gotha aber verbietet uns, den Text zu lesen, der uns seinen Namen geliehen hat.«

»Hier geht es nicht um einen Text. Hier geht es um Rauben und Morden! Die Siedlerfamilien zürnen dir. Stelle dich dem Urteil des Rates, oder du wirst mitsamt deiner Gefolgschaft erschlagen, hier oben und noch heute.«

Arrick sah sich um. Die Rebellen standen wie ein Mann. Ihre Gesichter zeigten Trotz. Der gelungene Raubzug in der Nacht hatte ihnen Mut gegeben. Vermutlich gingen sie davon aus, dass Arrick auch jetzt einen Ausweg wusste.

Einer der Alten sagte rasch: »Warum erklärst du deine Beweggründe nicht vor uns allen? Es ist doch Unfug, wenn wir hier oben streiten.« Sein Blick wanderte zu den Bewaffneten hin.

»Denkt ihr, ich fürchte mich? Wer sich fürchtet, das ist der Patriarch. Sonst hätte er wohl kaum den Rat einberufen wegen eines Fünfzehnjährigen und ein paar Männern und Frauen.« Arrick nahm einen tiefen Atemzug. Er hatte noch den Schutzgürtel, der ihm im Notfall ein zweites Mal das Leben retten mochte. »Wenn der Rat bereit ist, mich anzuhören, steige ich mit euch hinunter.«

»Allein?«, fragte der Großvater.

»Allein.«

Jetzt trat Bestürzung in die Gesichter der Rebellen. »Tu das nicht!«, riefen sie. »Es ist eine Falle! Du kommst doch nie lebendig wieder da raus!«

Er zwang sich, selbstsicher zu lächeln. »Traut ihr mir so wenig zu? Ich verspreche euch: In zwei Stunden bin ich wieder hier. Bisher habe ich alles eingehalten, was ich gesagt habe, oder?«

7

UNTEN AM TOR DES Palisadenwalls hatte sich eine große Volksmenge versammelt. Sie säumte die Straße bis zum Haus Levitikus hin. Fäuste wurden in die Luft gereckt und Flüche ausgestoßen: »Mögen dich sämtliche Krankheiten befallen! Sollen dich die Spinnen holen!« Andere streckten Arrick die Hände zu, um ihn zu berühren, und riefen: »Sei stark! Kämpfe für uns!«

Da tauchte seine Mutter auf und hängte sich an seinen Arm. Sie sah alt aus, tiefe Falten hatten sich in ihr Gesicht gegraben, die Arrick noch nicht kannte. »Junge«, sagte sie, »geh nicht vor den Rat, ich flehe dich an! Die lassen dich nicht lebendig wieder ziehen. Kehre um, bleibe bei deinen Leuten!« Ihre Augen waren gerötet. Dunkle Schatten lagen darunter.

Er blieb kurz stehen und küsste sie auf die Stirn. »Sorge dich nicht, Mutter. Es wird geschehen, was Gott will. Ich will nicht zum Jona werden und Gottes Auftrag zu entfliehen versuchen. Das wäre töricht.«

Unverständig sah sie ihn an. »Was redest du da, Kind? Von wem sprichst du?«

»Du kannst es jetzt noch nicht verstehen. Bald aber – Mutter, ich möchte, dass jeder in Vulgata die Heilige Schrift kennen lernt!« Er drückte noch einmal ihre Hand, dann eilte er den Alten nach.

Sie warteten am Eingang des Hauses Levitikus auf ihn. Schergen standen hier, jede Menge Schergen mit finsteren Gesichtern. Sie hassten ihn, weil er für den Tod eines der ihren verantwortlich war. Aber was war mit dem Patriarchen? Hatte der nicht viel mehr Menschen auf dem Gewissen? Kantur Gotha schaffte es, seine Greueltaten so zu verüben, dass niemand es wagte, sie ihm zu Lasten zu legen.

Unsinn, Arrick!, schalt er sich. *Du bist für den Tod eines Menschen verantwortlich. Es bricht eines von Gottes Zehn Lebensgeboten und wird um keine Winzigkeit besser dadurch, dass ein anderer mehr Menschenleben auf dem Gewissen hat.*

Er blieb vor den Schergen stehen. Tief verneigte er sich. »Ich bedaure sehr, dass heute Nacht ein Mensch gestorben ist. Es hätte nicht sein dürfen. Die Schuld liegt bei mir, und ich bereue, sie auf mich geladen zu haben. Bitte vergebt mir.«

Eine Weile standen sie stumm. Dann sagte einer der Schergen: »So hat noch niemand gesprochen. Niemand. Es macht Surdoto nicht wieder lebendig, aber du denkst ehrenhaft von ihm, und das ist …« Er stockte. »Gut.«

Arrick nickte. »Sagt seiner Familie, dass es mir sehr Leid tut.«

Er betrat das Haus Levitikus. Die große Verkaufshalle musste er durchqueren. An ihrem Ende warteten die vier Alten. Als er eintraf, stießen sie die hölzerne, mit Menschenfiguren beschnitzte Tür auf. »Der Verantwortliche, ehrenwerter Patriarch«, sagten sie dabei.

In keinem anderen Raum auf Vanderbeyten hingen geknüpfte Stoffbilder an den Wänden. Es gab auch niemanden auf diesem Planeten, der die Kunst beherrschte, solche Bilder herzustellen. Arrick sah über die Köpfe der Familienoberhäupter hinweg auf die farbenstarken Wunderwerke. Hatten die Terraner jene Bilder von ihrer Reise durch das All mitgebracht? War der Ratssaal früher bedeutender gewesen?

»Ihr Weisen«, hörte er den Patriarchen sagen, »da seht ihr ihn vor euch. Heute Nacht hat er einen Mann umbringen lassen und Vulgata seiner kostbarsten Güter beraubt. Er führt eine Rotte von Aufrührern an, die sich erdreisten, unsere Lebensweise durch den Schmutz zu ziehen. Befragt ihn. Dann sprecht euer Urteil über diesen Undankbarsten der Söhne Vulgatas.«

Fünfundsechzig Augenpaare begutachteten ihn. Arrick sah in zerknitterte Gesichter mit weit ausladenden Augenbrauen. Das Antlitz des Alters, wohin er auch schaute. Die Familienoberhäupter saßen in drei Reihen rings um ihn herum im Saal, sodass er sich drehen musste, um sie alle zu sehen.

»Da ich der Älteste bin«, begann ein gekrümmter Greis, der vor Arrick in der ersten Reihe saß, »steht es mir zu, den Anfang zu machen. Also, Junge, ich frage dich: Sind dir die 520 Gebote Vulgatas bekannt?«

Arrick bejahte.

»Also hast du ihnen bewusst zuwidergehandelt?«

Nach kurzem Zögern musste er wieder bejahen.

Der Greis sagte: »Wir sind Entronnene, eine Kolonie von Flüchtlingen, die sich glücklich schätzen können, einen Ort des Friedens gefunden zu haben. Was du getan hast, war undankbar. Du hast unser Erbe mit Füßen getreten. Und du machst nicht den Eindruck, deine Taten zu bereuen. Oder täusche ich mich da?«

Wut stieg auf in Arrick. Diese liebenswürdigen alten Männer – selbst sie waren blind! Der Patriarch hielt sie in Unwissenheit. Es war eine Unverschämtheit, diese Greise zu betrügen. »Wie heißt du?«, fragte er den Alten.

Der stutzte. »Welche Rolle spielt das? Ich bin Raschuko, das Familienoberhaupt des Hauses Johannes.«

»Raschuko, kennst du unser Erbe?«

Es wurde still im Saal, nicht einmal ein Stoffrascheln hörte man. Der Greis antwortete nicht.

»Kennst du das Buch Johannes, nach dem dein Haus benannt ist? Es ist ein Teil jener Heiligen Schrift, die unsere Vorfahren hierher brachten. Mir scheint, sie haben sie geliebt und gefürchtet zugleich, denn zum einen gaben sie unseren Familien Namen daraus, zum anderen aber versteckten sie das Buch im Alten Haus Genesis.« Vor wem hatten sie es versteckt? Hatte möglicherweise eine Familie, die die Heilige Schrift schätzte, sie vor einem tyrannischen Patriarchen verborgen, der danach trachtete, das Buch zu vernichten?

Kantur Gotha sagte: »Deine Märchen werden dich nicht retten, Arrick Aargrefe! Meinst du, du kannst die Ältesten Vulgatas zum Narren halten?«

»Fragt ihn«, sagte Arrick, »fragt den Patriarchen nach der Heiligen Schrift.«

Einer der Ältesten rief: »Merkt ihr nicht, wie der Junge uns in die Irre zu führen versucht? Jetzt sollen wir über ein Schriftstück reden – dabei sind wir hier zusammengekommen, um ihn für Mord, Raub und das Zusammenrotten von Aufrührern zu verurteilen! Bestimmt ein Fünfzehnjähriger den Rat Vulgatas?«

Wütendes Gemurmel brauste auf.

Arrick flehte: »Hört mir zu! Warum sind wir nach Vanderbeyten geflohen? Wegen unseres Glaubens! Haben wir diesen Glauben noch? Die Häusernamen beweisen, daß unsere Vorfahren der Heiligen Schrift vertraut haben. Sie haben Vulgata darauf gegründet. Ich finde in der Heiligen Schrift aber keine 520 Gesetze, sondern nur 10! Wo auch immer ich sie aufschlage, spricht sie von Liebe! Was, wenn Gott als Herr des Lebens ganz anders ist, als wir ihn in Vulgata zu kennen meinen? Was, wenn er als die treibende Kraft die Liebe bestimmt hat und nicht das Gesetz?«

Nun brach endgültig Tumult aus. Kantur Gotha trat an Arrick heran und packte ihn im Genick. Mit einem perfiden Griff seiner Finger zwang er ihn in die Knie. Es war ein

Schmerz, dem Arrick nicht widerstehen konnte, er musste gehorchen, er musste tun, was ihm die Hand des Patriarchen auftrug. Laut ächzte er.

Eine Handglocke brachte die Familienoberhäupter zur Ruhe.

»Arrick Aargrefe, trittst du von deinen Behauptungen zurück und beugst dich unter das Urteil der Ältesten Vulgatas?«, fragte der Patriarch.

»Ich werde Gottes Weg nicht verlassen.«

Kantur Gotha sagte: »Dann sprecht, was mit ihm geschehen soll, Ratsälteste.«

»Sterben soll er!« – »Sterben.« – »Er muss sterben.« – »Sterben.« – »Sterben.«

Sterben! Arricks Herz begann, panisch gegen seine Rippen zu schlagen. Der Schutzgürtel – konnte er ihn auch vor Spießen bewahren? Und vor Klingen? Und konnte er ihm helfen, aus einem gut bewachten Haus zu entkommen? Wie leichtsinnig war er gewesen! *Dummer Heißsporn*, dachte er, *diesmal hast du es zu weit getrieben.*

Der kleine Greis aus der ersten Reihe stand auf. »Wartet einen Augenblick, liebe Älteste.« Er schwieg, bis es gänzlich still geworden war. Dann sagte er: »Dieser Junge macht uns den Vorwurf, von unseren Ursprüngen abgewichen zu sein und Gott nicht mehr auf die Weise die Ehre zu geben, wie er es wünscht. Das sind schwerwiegende Worte. Soll er schon heute zum Schweigen gebracht werden? Ich kenne uns. Wir würden seine Anklage heute Abend mit dem Zubettgehen vergessen, denn sie ist uns unangenehm, und wir sind froh, sie loszuwerden.«

»Was schlägst du also vor?«, fragte Arricks Großvater.

»Ich sage, lasst ihn leben. Für seine Gräueltaten soll er verbannt sein aus Vulgata. Er soll die gestohlenen Güter meinethalben behalten und versuchen, sich damit über den nächsten Winter zu retten mit seinen Aufständischen, aber Vulgata sollen sie nie wieder betreten. Ich will, dass er diese andere Lebensform ausprobiert, die er uns vorschlägt. Scheitert er, dann wissen wir, dass er ein Lügner war, und er selbst muss es einsehen, während er da draußen verhungert. Ist aber Gott auf seiner Seite – ihr Ältesten Vulgatas, wollt ihr euch gegen Gott stellen? Wenn es ihm gefällt, dass ein Fünfzehnjähriger uns Greise beschämt, so sei es. Es gibt ein altes Wort, das nur noch die wenigsten kennen: Prophet. Ich habe es von meinem Urgroßvater gelernt, der alte Worte liebte. Seine Bedeutung ist, dass ein Mann unter Gottes besonderer Führung steht und seinen Willen verkündigt. Wenn Arrick Aargrefe ein Prophet ist, möchte ich nicht Hand an ihn legen.«

Arrick sah auf zum Patriarchen. Dessen Gesicht war kühl und unnahbar. Reglos wie aus Stein waren seine Züge. Er kämpfte nicht gegen die Rede des Greises. Warum nicht?

Die Abstimmung fiel nun anders aus. »Verbannung«, sagten die Familienoberhäupter, einer nach dem anderen sagte: »Ich stimme für die Verbannung.« Nur selten hörte er noch: »Er soll sterben.«

Die Rebellen empfingen ihn mit Jubel. Arrick aber war niedergeschlagen. Sollte das Gottes Wille sein? Dass er ausgestoßen wurde, um ein karges, hartes Leben außerhalb der Siedlung zu führen? Er hatte sich den Weg der Wahrheit anders vorgestellt, er hatte gedacht, er würde die Terraner rufen und den Patriarchen stürzen, und dann würden mit den Maschinen der Terraner Wohlstand und eine glückliche Zukunft Einzug halten. Aber der Patriarch hatte den Rufer gut versteckt, und seine Macht war keineswegs gebrochen.

Arrick brauchte mehr Rückhalt. Er musste mehr Siedler um sich sammeln. Was, wenn das Jahre dauerte? Auch die anderen Geächteten würden bald die Folgen ihrer Entscheidung erkennen: Sie würden frieren, hungern, ihre Familien vermissen, einige von ihnen würden den Spinnen zum Opfer fallen, wenn sie am Waldrand Felder bestellten. Mehr Siedler zu sammeln, durfte er das wirklich erwarten? War es nicht eher wahrscheinlich, dass das Häuflein der Geächteten zusammenschmolz, weil etliche starben und der Rest versuchen würde, zur Siedlung zurückzukehren?

Schon die nächsten Monate belehrten ihn eines Besseren. Es war kein leichtes Leben, das nicht, aber als die ersten Hütten errichtet waren, sah Arrick immer öfter junge Menschen am Rand Vulgatas stehen und zu ihnen hinaufschauen, und bald kamen zwei, dann fünf, dann sieben, um mit ihnen zu leben.

Er erfuhr, dass die Kunde von seiner Rede im Haus Levitikus sich wie ein Brandfeuer verbreitet hatte, dass es niemanden gab in Vulgata, der nicht davon wusste und darüber sprach. Besonders die Jungen zürnten dem Patriarchen, der Arrick keine Rückkehr in die Siedlung erlaubte und der die Terraner fortgeschickt hatte, obwohl sie Maschinen und Neuigkeiten aus dem All bringen wollten.

Manche waren vorsichtiger und kamen zunächst nur, um Arrick predigen zu hören. Arrick erklärte ihnen: Nicht nur die Siedler, sondern das ganze Universum waren von Gott erschaffen. Einen Sohn hatte er auf Terra hinabgesandt, den man den Messias nannte, und damit die Todesstrafe aufgehoben, die jedem Gesetzesübertreter drohte. Selbst ein Mörder – und hier pausierte er immer, weil er die Zuhörer wissen lassen wollte, dass er sich seiner Schuld bewusst war –, selbst ein Mörder werde von Gott geliebt. Durch die Mission seines Sohngesandten drohe ihm kein ewiger Tod mehr, sondern er bekomme eines Tages die Unsterblichkeit verliehen, wie jeder, der sich zu Gott hinwende.

Viele Siedler begannen, Arricks Lehren zu glauben, manche im Geheimen, manche öffentlich. Die neue, alte Weltsicht rührte die Menschen an. Nur ein Bruchteil war allerdings bereit, das bequeme Leben in Vulgata aufzugeben.

Fünf Jahre nach der Verbannung wohnten vierhundert Geächtete mit Arrick auf dem Felsplateau. Sie trugen ihre Haare lang, nicht wie die Siedler kurz geschoren. Arrick hatte in der Heiligen Schrift gelesen, dass es einem Anführer gut anstand zu dienen, und so blieb er dabei, Feldarbeit zu verrichten wie die anderen auch. Eines Tages im Frühjahr, als der Boden getaut war und Arrick mit drei anderen Männern den Acker hinten im Wald pflügte – die drei gingen vor dem Pflug und zogen ihn, Arrick drückte ihn nieder in den Boden und achtete darauf, dass eine gerade Furche entstand –, erschien Murielle am Feldrand. Es war noch kalt, im beißenden Wind zog sich seine Gesichtshaut zusammen. Er spürte aber eine seltsame Wärme im Bauch, als er die Tochter des Patriarchen erblickte, wie sie da stand und den Saatpickern zusah, die im Schwarm hinter ihm herflogen, um aus der frischen Furche die Insektenlarven zu fressen.

Er konnte die Männer nicht allein lassen, um zu ihr zu gehen. Es half nichts, zuerst musste das Feld fertig gepflügt werden. Bei jeder Kehre am Ende des Feldes hoffte er, sie würde noch da sein, wenn er sich umdrehte. Und sie war da. Sie spazierte am Feldrand entlang, dann wieder lehnte sie eine Weile an einem Baumstamm und sah in die Krone hinauf. Fürchtete sie, dass sich eine Raubspinne anschlich?

Endlich war das Feld gepflügt. »Geh nur«, sagten die Männer, »sie wartet ja schon die ganze Zeit auf dich. Wir bringen den Pflug zurück auf den Felsen.«

Arrick ging auf Murielle zu.

Sie lächelte. »Du siehst gut aus«, sagte sie zur Begrüßung.

»Die langen Haare meinst du?« Er strich sie sich hinter die Schultern. Sie wuchsen nicht gelockt bei ihm wie bei den meisten anderen, sondern glatt. Er mochte das nicht. Was hätte er darum gegeben, Locken zu haben!

»Die Arbeit hat dich kräftig gemacht.«

Er deutete eine Verbeugung an. Sie gelang nicht. »Ich danke. Warum bist du hier?«

»Sind nicht oft Besucher bei euch?«

»Das schon. Dich habe ich aber in fünf Jahren kein einziges Mal gesehen.«

»Du hast gut aufgepasst.«

Verlegen kratzte er sich den Nacken. »Ich muss gestehen, dass ich darauf gehofft habe, dich wieder zu sehen. Aber dein Entschluss steht wohl fest – du bleibst bei deinem Vater.«

»Ich liebe ihn, Arrick. Ich liebe diesen alten Mann. Er versucht nichts anderes, als die Ordnung in Vulgata aufrechtzuerhalten. Du machst es ihm nicht gerade leicht.«

»So?« Was sie sagte, enttäuschte ihn. Dieses Lächeln eben hatte mehr verheißen. Er hatte erwartet, dass sie etwas anderes sagen würde, etwas, das ihn glücklich machte. »Vergeude nicht deine Zeit. Du wirst mich nicht davon überzeugen, die Richtung zu ändern.«

»Das will ich auch gar nicht. Ich bin gekommen, weil ich eine große Bitte habe, die nur mich betrifft.«

»Die wäre?«

»Ich möchte die Heilige Schrift sehen. Ich weiß, du gibst sie nie aus der Hand. Aber ich möchte selbst darin lesen, um herauszufinden, ob etwas dran ist an dem, was du jahrein, jahraus predigst.«

»Ein neuer Auftrag deines Vaters? Er würde dieses Buch lieber heute als morgen vernichtet sehen.«

Funken glommen auf in ihren Augen. »So denkst du von mir? Du solltest mich besser kennen.«

»Ich will dich nicht beleidigen. Aber deinem Vater sähe ein solcher Plan ähnlich.«

»Er ist zu alt, um einzusehen, dass er sein Leben auf das falsche Fundament gebaut hat. Wärst du in seinem Alter, würdest auch du vorziehen, es nicht herauszufinden.«

Arrick nickte. »Natürlich nimmst du ihn in Schutz.«

»Also schlägst du mir meinen Wunsch ab?«

Er dachte nach. Obwohl sie ihn ärgerte, war ihm die Vorstellung unangenehm, sie schon wieder gehen lassen zu müssen. »Ich zeige dir die Heilige Schrift«, sagte er. »Komm mit.«

Sie gingen durch den Wald auf dem Weg, den die Geächteten den Roten nannten, weil hier häufig Blut floss – immer musste man damit rechnen, von einer Spinne angefallen zu werden. Arrick hatte es sich zur Angewohnheit gemacht, ihn mit gezücktem Messer zu laufen.

»Ich sehe, du hast mein Mitbringsel noch«, sagte Murielle.

»Wir haben hier schon über ein Dutzend Menschen verloren. Und es schreckt die Spinnen ab, wenn sie eine Waffe sehen. Diese Biester sind klüger, als wir glauben.«

Murielle stieg neben ihm den Weg zum Felsplateau hinauf. *Ich könnte mich daran gewöhnen*, dachte er. Vor Scham schoss ihm das Blut in die Wangen. Er schämte sich auch, Murielle in seine Hütte zu führen. Eine Menge Leute sahen dabei zu. Er wollte besser nicht wissen, was sie darüber dachten.

Rasch schloss er die Tür hinter ihr und öffnete die Klappen der Phosphorsteine. Die Steine tauchten den Raum in grünes Licht.

Der Schakrakei beäugte misstrauisch die Besucherin. Er legte den Kopf schief und ging ein paar Schritte auf seiner Stange.

»Einen Schakrakei hast du dir gefangen? Du führst beinahe ein Leben wie unten in der Siedlung, was?«

»Eigenhändig gezähmt habe ich ihn. Mit Brotkrumen. Ich bringe ihm die alten Lieder bei, die traditionellen. Nach allem, was ich aus der Heiligen Schrift erfahre, könnten sie noch von unserer Zeit auf Terra stammen. Einige haben Worte, die nur aus dem Buch stammen können.«

»So?« Sie trat an die Sense heran, die an der Wand hing, und fuhr mit dem Finger über ihre Klinge. »Mutig von dir, das Ding über das Bett zu hängen. Hast du keine Angst, dass es in der Nacht herunterfällt und dich köpft?«

Da musste Arrick grinsen. »Die Klinge hängt am Fußende. Schlimmstenfalls werde ich also ein Krüppel. Und schau dir die anderen Wände an: Es war nirgends mehr Platz. Irgendwo müssen ja auch die Regalbretter für das Geschirr hin. Von einem Krug erschlagen zu werden ist sicher nicht besser.«

»Wo hast du das Buch?«

Seltsamerweise reizte es ihn, ihr das Versteck zu zeigen. *Eine Dummheit!*, schalt er sich, und doch öffnete er vor ihren Augen die Bodenklappe unter dem Bett und zog das Buch hervor.

Vorsichtig nahm sie es aus seinen Händen. Sie setzte sich auf das Bett und schlug das Buch auf.

Erst stand er. Dann, nach einer Weile, setzte er sich an den Tisch. Er konnte den Blick nicht von ihr lassen, wie sie da saß und las. Manchmal zuckten ihre Brauen, wenn sie etwas nicht recht verstand. Ihn, Arrick, hatte sie offenbar völlig vergessen. Sie war versunken in dieses Buch.

Die Schöne mit den weichen Gesichtszügen. Wie konnte sich hinter einem solchen Gesicht eine so willensstarke Frau verbergen?

Sie blätterte. Dann kratzte sie über eine Ecke am hinteren Einband. Etwas riss entzwei.

»Was machst du da?« Er sprang auf.

Eine Folie hob sie heraus. »Schau mal, das war in einer Tasche im Buchdeckel verborgen. Was ist das?«

Er nahm ihr die Folie weg. Eine Zeichnung war darauf abgebildet, es sah aus wie ein Haus mit einem Turm, aber überall standen Zahlen an den Wänden und seltsame Begriffe, die er nicht verstand. Oben auf dem Turmdach ragte ein Kreuz in den Himmel. Ein Kreuz, das Symbol der Gottessucher! »Kirche«, stand unter dem Bild. Und: »500 Personen«.

»Also?«, fragte Murielle.

»Ich glaube, die Siedler von Vulgata waren ursprünglich ganz anders, als ich immer gedacht habe. Sie wollten ein Haus für Gott bauen. Dies hier ist der Plan dafür.«

»Und was steht da auf der Rückseite?« Sie zeigte auf die Folie.

Er drehte sie um und las:

Denn zu dir hin hast du uns geschaffen,
und unruhig ist unser Herz,
bis es ruhet in dir.

Augustinus, Bekenntnisse
Erstes Buch, 1. Kapitel

»Das ist ein Auftrag Gottes, Murielle. Ich glaube, wir sollen diese ›Kirche‹ bauen.« Eine Welle von Begeisterung durchspülte ihn, am liebsten wollte er gleich hinausstürzen und mit der Arbeit beginnen. »Sie könnte den Geächteten helfen, Frieden und Kraft zu finden. Wir werden Feierstunden und Tänze darin abhalten, die an unseren Schöpfer erinnern! Stell dir vor, ein Gebäude auf Vanderbeyten, das nach einem terranischen, uralten Plan gebaut ist! Vielleicht gibt es noch mehr dieser ›Kirchen‹, überall im Universum verstreut?«

Murielle trat an ihn heran. So nah bei ihr zu stehen raubte ihm die Sinne. Was wollte sie? Waren das Tränen, die ihr über das Gesicht liefen? Warum weinte sie?

»Arrick«, sagte sie, »du bist so klar, du weißt genau, was du tun musst! Kein Mann Vulgatas ist so mutig wie du, keiner sieht so weit in die Zukunft.«

»Was macht dich daran traurig?«

»Ich weiß, es wird meinem Vater das Herz brechen. Aber ich kann nicht warten, bis er stirbt. Ich möchte bei dir sein.« Mit offenen Augen näherte sie sich seinem Gesicht, immer näher kam sie ihm, bis sich fast ihre Münder berührten, bis –

Arrick schluckte. Er spürte ihre Lippen auf seinen. Die Knie wurden ihm weich, und es war, als drehe sich alles in seinem Bauch. Er schloss die Augen.

»Darf ich?«, fragte sie, ohne die Lippen weit von seinem Mund zu entfernen. Da war ein Lächeln in ihrer Stimme. Sie wusste längst die Antwort.

8

DIE GEÄCHTETEN WAREN begeistert von der Idee, ein Haus für Gott zu errichten, ein Haus, in dem sie sich versammeln würden, um ihm zu begegnen. Sie arbeiteten ein halbes Jahr am Rumpf des Hauses und dann noch einmal fünf Monate am Turm. In dieser Zeit wuchs Murielles Bauch an. Drei Tage, nachdem die Kirche eingeweiht wurde, brachte sie einen Sohn zur Welt. Sie nannte ihn Sabo.

Sie waren nicht verheiratet. Das, zusätzlich zu dem Umstand, dass des Patriarchen eigene Tochter zu den Geächteten übergelaufen war, vergrößerte den Spalt zwischen den zwei Seiten auf Vanderbeyten noch weiter.

Während die konservativen Siedler die Geburt des unehelichen Kindes als Beweis für die Zuchtlosigkeit und mangelnde Gottesfurcht der Aufrührer sahen, feierten die liberalen Rebellen den Anbruch einer neuen Zeit. Das erste Mal waren Angehörige zweier weit entfernter Häuser zusammengekommen. In der Barackensiedlung auf dem Felsen gab es keine Testamentsgrenze mehr – nie war das so deutlich geworden wie jetzt.

Die langhaarigen Geächteten lebten in Freiheit. Sie durften sagen, was sie dachten, trieben untereinander freien Handel, und sie tanzten ehrfurchtsvoll in der Kirche und sangen dabei die Lieder ihrer Heimat Terra.

Es lockte weitere junge Leute aus Vulgata an. Die Siedler begannen, Arrick Aargrefe dafür zu hassen.

Dann kam es zum Streit mit Murielle. Während einer Predigt schrie der kleine Sabo so durchdringend laut, dass es Arrick erschien, die Zuhörer seien kaum in der Lage, seine Texte aus der Heiligen Schrift zu verstehen. Mit jedem Satz, der unverstanden im Geschrei unterging, ärgerte er sich mehr. Er fuhr Murielle an: »Bring ihn endlich raus! Merkst du nicht, wie sehr ihr stört?«

Sie wurde blass unter diesen Worten, und verließ ohne ein Widerwort die Kirche.

Sofort tat ihm leid, was er gesagt hatte. Als er nach der Feierstunde in die Hütte kam, sah ihn Murielle nicht an. Ihr Gesicht war angeschwollen und nass.

»Murielle«, setzte er an.

»Leise! Der Kleine schläft.«

»Es tut mir leid, ich –«

»Vergiss es, Arrick.«

»Aber du vergisst es nicht, richtig?«

»Du hast mich vor allen bloßgestellt. Sie halten sowieso schon nicht viel von mir, sie denken, ich habe dich verführt, dich, den ach so fehlerlosen Helden der Aufständischen. Ich gelte nichts hier.«

»Aber darum geht es doch nicht: etwas zu gelten.«

»Nein? Warum ist es dir dann so wichtig, dass jeder deine Predigt hört? Wir sind dir doch im Weg, dein Sohn und ich. Als allein stehender Rebellenführer hattest du mehr Ansehen.«

»Das ist nicht wahr.«

»O doch, Arrick. Und was mich wirklich verletzt: Dieses Ansehen ist dir wichtiger, als wir es sind.«

Was sie sagte, durchtrennte etwas in ihm, es erwischte ihn an einer Stelle, an der er empfindlich war. »Ich habe eine Aufgabe«, sagte er. »Und diese Aufgabe erfülle ich. Das wusstest du, als du herkamst. Tu jetzt nicht so, als hätte ich dir versprochen, für dich alles aufzugeben!«

»Wie abfällig du das sagst: ›für dich‹. Du redest so schön von Liebe. Wo ist sie in deinem Leben?« Ohne eine Antwort abzuwarten, verließ sie die Hütte.

Hoffentlich hatten die Nachbarn ihren Streit nicht mit angehört.

In der Nacht wachte der Kleine auf. Arrick beruhigte ihn, indem er den Schakrakei weckte und ihn ein Abendlied singen ließ. Er selbst aber konnte nicht wieder einschlafen. Er holte die Heilige Schrift hervor und las darin über Cherubim-Wesen.

Am nächsten Tag kamen hundert eiterhäutige Höllengeschöpfe nach Vanderbeyten.

9

Heute

WAS, WENN ER EINEN Fehler machte? Alles an diesen Wesen war eine Warnung. Wozu trugen sie spitze Reißzähne in ihren Schnauzen? Wozu hatten sie Hinterläufe wie Hunde? Um ihre Opfer zu jagen und zu zerreißen! Ihre Klauen täuschten Frieden vor, die messerlangen, scharfen Krallen waren eingefahren. Aber wozu dienten die Messerkrallen, wenn nicht dazu, zu verletzen und zu töten?

Hatte Gott diese Geschöpfe nicht absichtlich abstoßend geschaffen, damit andere vor ihnen gewarnt waren? Die eitrige, glänzende Haut – sie sahen damit den Unken ähnlich, die man nicht berühren durfte, weil das Gift ihrer Haut Schmerzen und Krämpfe bereitete. Die gebeugte Haltung! Sprungbereit waren sie. Und sie leckten sich fortwährend die Schnauzen, als müssten sie ihren Appetit zügeln, und befeuchteten die Nasen, um ihn besser wittern zu können.

Sein Instinkt sagte ihm, dass es sich um eine intelligente Form von Raubtieren handelte.

»Uns bleibt nicht viel Zeit.« Velved Karwai blähte die Nüstern. »Ich muss umgehend mit eurem Kommandeur sprechen, sonst bricht ein großes Unglück herein.«

»Ich verstehe.« Welches Raubtier bat darum, den Kommandeur sprechen zu dürfen? Er war doch vorbereitet worden auf diesen Augenblick! Niemand wusste so gut wie er, dass es andersartige Intelligenzen im Universum gab. Der Text über die Cherubim letzte Nacht – war es ein Zufall gewesen, dass er auf ihn gestoßen war? Sicher nicht. »Sage mir, wie heißt dein Volk? Wie nennt ihr euch?«

»Wir sind Galchinen.« Das Wort »Galchinen« sprach die Bestie merkwürdig aus. Sie bleckte die Zähne dabei und streckte ihre breite, pockenbesetzte Zunge nach vorn. Es war sicher ungewohnt für sie, ihr Volk in Interkosmo zu bezeichnen.

Hab Vertrauen!, sagte er sich. *Ihr Äußeres darf dir keine Angst einjagen. Du bist der einzige Mann auf Vanderbeyten, der mit ihnen umgehen kann, und an dich haben sie sich gewandt*. Er sagte: »Leicht wird es nicht werden, aber ich bahne für euch den Weg. Wartet hier auf mich.«

Erst kurz vor dem Tor im Palisadenwall wurde ihm bewusst, dass er Vulgata nicht betreten durfte. Und dass man ihm unmöglich glauben würde.

Velved Karwai fuhr mit der rechten Pranke über die Kornähren. Er fragte sich, warum die Terraner das minderwertige Gestrüpp kultivierten. Auf jedem anderen Planeten hätte es als Unkraut gegolten. Seinen Informationen nach waren die Terraner ein hoch entwickeltes Volk, das man ernst zu nehmen hatte. Der Außenposten auf Vanderbeyten jedoch wurde aus irgendeinem Grund von jeder technischen Fortentwicklung ausgeschlossen. War es möglich, dass es sich hier um eine Gefangenenkolonie handelte? Ohne Raumschiffe war es den Terranern unmöglich, vom Planeten zu entkommen.

Generäle der Terraner auf den hoch entwickelten Welten würden es nicht gern sehen, dass sich Galchinen unter ihre Gefangenen mischten. Sobald die Kolonne die Verfolgung aufgegeben hatte, mussten sie sich rasch Waffen bauen, um sich im

Zweifelsfall verteidigen zu können. Oh, es lag ein weiter Weg vor ihnen …

Was, wenn sich die ortsansässigen Beutetiere, diese achtbeinigen Baumbewohner, nicht schnell genug vermehrten, um als Nahrungsspender zu dienen? Im Notfall mussten die Galchinen auf Körnerfraß umsteigen. Verved Karwai zerdrückte die Ähren in seiner Pranke. Er dachte an die fetten Lammel, die sie an Bord ihres Schiffes gezüchtet hatten, und ein hungriger Knurrlaut entfuhr ihm. Aber es war zu riskant gewesen. Die Zuchttiere mitzubringen hätte bedeutet, der Kolonne einen Hinweis zu geben.

Von guter Nahrung hing viel ab. Aßen sie reichlich und gesund, so würden die Weibchen wieder häufiger Gelege absetzen, und die Galchinen würden endlich wieder mehr werden. Wenn sie erst tausend Galchinen waren, in fünfzig, sechzig Jahren, würde etwas mit der Psyche der Weibchen geschehen: Sie würden die tief liegende innere Verfassung der Ruhe gewinnen, die sich so schwer durch Medizin oder Suggestion hervorrufen ließ, und eines von ihnen würde über körpereigene Duftstoffe die anderen unterdrücken und statt des Geleges das königliche Ei absetzen. Dann würde er, Velved Karwai, es befruchten, und die Galchinen würden wieder einen König haben nach all den Jahrhunderten. Seinen Sohn. Der König würde die Ehre haben, drei Namen zu tragen: Velved Karwai Schakaza.

»Dieser eingebildete Terranerschwächling!«, sagte Aschuk. »Er hält sich für wichtig!«

»Er ist wichtig für uns, Krieger Aschuk.« Velved Karwai riss die Ähren endgültig ab und warf sie in die Luft. »Die Terranerkolonie muss ein Abbild des Friedens sein, wenn die Kolonne Vanderbeyten aufsucht. Und wir kennen die Terraner nicht gut genug, um sie im Zaum zu halten. Es genügt, wenn einer von ihnen die Beherrschung verliert, das weißt du.«

»Ich sage, wir töten einige und fressen sie roh. Dann werden sie schon gehorchen.« Aschuk spie einen Speichelbatzen auf den Boden. »Wer ist noch meiner Meinung?«

Sofort scharte sich eine Gruppe Galchinen um Aschuk. Sie fletschten die Zähne, um Angreifer zu warnen. Ihre Drüsen begannen, einen eigenen Rudelgeruch zu verströmen.

Velved Karwai zögerte nicht. Er durfte nicht darauf warten, dass sie Aschuk ihre Instinkte unterordneten, denn dann würde er das ganze Neurudel gegen sich haben. Mit einem Satz war er über ihnen. Er riss Aschuk von den Hinterläufen, duckte sich unter den scharfen Krallen eines Verteidigers hindurch und biss in Aschuks Hals. Den Krieger fest wie ein Beutetier umschlossen, sprang er aus ihrer Mitte. Er machte noch ein paar Sätze, um Entfernung zwischen sich und die Abtrünnigen zu bringen, dann legte er Aschuk ab und drehte sich um. Die Abtrünnigen zerstreuten sich.

Aschuk röchelte unter Velved Karwais Pranke.

»Ein falscher Blick, und ich beiße dir die Kehle durch«, sagte Velved Karwai.

Aschuk nickte.

»Stelle nie wieder meine Führerschaft in Frage, hast du mich verstanden? Nächstes Mal zeige ich keine Gnade.« *Seltsam*, dachte er. *Wir steuern ein komplexes Raumschiff und verstehen die Phänomene des Alls, aber wenn man uns zum Kampf herausfordert, übernehmen die Instinkte das Sagen.* Er hob die Schnauze in die Luft. Der fremde Geruch war zerstoben. Die Gefahr war vorüber.

Glücklicherweise sind tagsüber die Tore geöffnet, dachte Arrick. Vielleicht kann ich einfach hindurchspazieren. Sie werden ja nicht jedem ins Gesicht schauen.

In diesem Moment schloss sich das Palisadentor unten am Weg. Warnrufe echoten vom Berghang. Schließlich rief man sogar seinen Namen: »Arrick Aargrefe, bleib stehen, du Hund!«

»Ich bin allein«, antwortete er. »Wovor fürchtet ihr euch?« Er breitete die Arme aus, um zu zeigen, dass er keine Waffen trug.

Trotzdem sammelten sich immer mehr Wachen auf dem Wehrgang, während er sich dem Tor näherte. Von oben riefen sie: »Auf Beschluss des Rates darfst du Vulgata nicht betreten. Verschwinde!«

Er sagte: »Ich habe wichtige Nachrichten, die ganz Vanderbeyten betreffen. Ich muss den Patriarchen sprechen.«

»Nachrichten welcher Art?«

Beinahe hätte er gesagt: Es sind Besucher hier aus dem All.

Gerade noch rechtzeitig fiel ihm ein, welcher tragische Fehler das wäre. Die Siedler würden voller Neugier nach ihnen suchen, weil sie niemanden kannten außer freundlichen Terranern. Und wenn sie die Galchinen fanden, würden sie ihnen entweder mit panischer Angst oder mit Feindschaft begegnen, und wie die Galchinen darauf reagierten, mochte er sich gar nicht ausmalen. Dabei war es so wichtig, dass es eine friedliche Begegnung gab!

»Es wäre sicher nicht im Interesse des Patriarchen, wenn ich die bedeutende Neuigkeit zuerst euch kundtue«, sagte er. »Es weiß auch noch keiner der Geächteten davon. Die Art und Weise der Bekanntgabe liegt im Ermessen Kantur Gothas allein.«

»Ungewohnte Worte von einem Rebellen.«

»Eine ungewohnte Lage ist es, mit der wir umzugehen haben.«

Sie berieten sich. Dann kam die Antwort. »Warte hier, wir fragen Kantur Gotha nach seinen Wünschen.«

Mit Mühe zwang sich Arrick, keine wütende Grimasse zu schneiden. Warten sollte er! Konnten diese Männer denn keine Entscheidung treffen? Das war das Werk der 520 Gebote, die für jeden Fall eine Strafe vorsahen, und Kantur Gothas, der alle Entscheidungsgewalt an sich gezogen hatte.

Nach einiger Zeit entstand Bewegung auf dem Wehrgang. Eine Wache rief hinunter: »Der Patriarch hat entschieden! Du darfst deinen Arsch in Sicherheit bringen. Und zwar so lange, wie wir brauchen, das Tor zu öffnen. Bist du nicht weg, dann verpassen wir dir eine gehörige Tracht Prügel. Es ist eine Frechheit, dass du dich dem Ratsbeschluss widersetzen wolltest!«

Wie bitte? Es verschlug ihm den Atem.

Eine Beleidigung war das, eine Kränkung sondergleichen!

Er hörte den schweren Balken auf dem Boden aufsetzen, der das Tor verschloss. Es öffnete sich. »Auf ihn, Männer!«, riefen sie.

»Jetzt werdet ihr mich kennen lernen!« Er machte auf dem Absatz kehrt und rannte. Sie verfolgten ihn nicht. Eilig lief er zurück zum Roten Weg, durch den Wald, zum Feld hin, wo die Galchinen warteten.

Dort trat ihm Velved Karwai entgegen. »Hattest du Erfolg?«

Etwas stimmte nicht. Dem Galchinenführer klebte Blut an den Zähnen. Hatten sie einen der Geächteten gefressen? Arrick sah sich um nach einem Kleiderfetzen, einem Knochen. Dort hinten lag einer der Galchinen am Boden. Niemand kümmerte sich um das Geschöpf. »Was ist mit ihm?« Arrick wies auf den Liegenden. »Geht es ihm nicht gut?«

»Lass das meine Sorge sein.«

Dieses Blut an den spitzen Zähnen! Es ließ ihn erschaudern. Hatten sie vor Hunger einen der Ihren gerissen, und jetzt lag er dort, weil er, Arrick, sie bei ihrer Mahlzeit gestört hatte? So durften sie auf keinen Fall vor den Rat treten. »Selbstverständlich geht es mich nichts an, aber an deinen Zähnen, Velved Karwai, klebt Blut. Und es wird meinen … ähm … Kommandeur befremden, das zu sehen.«

»Also ist er bereit, uns zu empfangen?«

»Er wird euch empfangen. Wegen des Blutes –«

»Ich habe verstanden!«, knurrte Velved Karwai. Er sah sich um. »Nur leider habe ich im Augenblick keine Hygieneeinheit zur Verfügung, bedaure. Also gehen wir!« Er stieß einige Knacklaute aus, und zwei Galchinen eilten zu ihm hin.

Es ging Arrick zu schnell. »Nur, um dich vorzubereiten: Wir

werden Entsetzen hervorrufen bei den Siedlern. Bitte werte es nicht als Aggression, auch wenn man Spieße auf euch richtet. Mit der Zeit werden sie sich an euch gewöhnen.«

»Arrick Aargrefe, du verstehst den Ernst der Lage nicht. Zeit ist genau das, was wir nicht haben. Die Kolonne kann jeden Augenblick hier sein. Sorge dafür, dass unser Treffen mit dem Kommandeur unverzüglich stattfindet.«

Im Wald brachen Äste in den Baumkronen. Holzstücke fielen herunter. Laub raschelte. »Wieso spielen sie verrückt?« Arrick sah hinauf. Es war bisher immer still gewesen, wenn er mit gezückter Klinge den Roten Weg entlangkam. »Ich hoffe, die Spinnen greifen nicht an.«

»Spinnen, so nennt ihr sie?« Velved Karwai spähte ins Geäst. »Sie greifen nicht an. Sie fliehen.«

»Aber wovor?«

»Jedes halbwegs intelligente Beutetier wittert, dass ihm von uns Gefahr droht. Diese Spinnen – haben sie Augen?«

»Ja. Acht schwarze Augen unterschiedlicher Größe, vorn am Kopf.«

»Dann riechen sie es nicht nur, sie sehen es. Wir sind Jäger. Die Spinnen werden uns in Zukunft als Nahrungsquelle dienen. Dass wir ihnen mit Leichtigkeit den Garaus machen können, ist für sie offensichtlich.«

»Sei besser vorsichtig. Ihr Biss vergiftet. Er ist tödlich.«

Velved Karwai lachte. Es klang wie ein tiefes Grunzen. »Mach dir mal keine Sorgen. Beutetier ist Beutetier, ob es nun versucht zu beißen oder nicht. Das sind nur Verzweiflungstaten. Und Gift ... Wer sagt dir, dass eine Flüssigkeit, die für Terraner tödlich ist, den Galchinen nicht als Leckerbissen gilt? Das Fleisch der Spinnen wird würzig sein, ich rieche es bis hier herunter.«

Der Palisadenzaun kam in Sicht. Arrick sah zu Velved Karwai und seinen zwei Begleitern hinüber. Die Galchinen humpelten, sie setzten im Wechsel die Hinterläufe und einen ihrer langen Arme auf. Die eitrige Haut glänzte im Nachmittagslicht Vanders. Es waren immer noch Bestien, auch wenn er sie ein wenig zu verstehen lernte.

Diesmal schrie niemand auf dem Wall. Es war totenstill, als sie das Tor erreichten.

Arrick sah hinauf in die Gesichter der Wachen. Wie Puppen standen sie dort oben, unfähig, sich zu bewegen. Er verlangte: »Gebt uns Einlass!«

Niemand rührte sich. Die Wachen starrten herab. Einigen zitterte das Kinn.

Arrick rief: »Ich fordere ein Gespräch mit dem Patriarchen und dem Ältestenrat!«

Da schrie ein Scherge auf der Mauer, als habe man ihm einen glühenden Schürhaken in den Hals gesteckt. Andere fielen in das Geschrei ein. Die Wachen hasteten auf den Wällen davon.

»Was ist los?«, fragte Velved Karwai.

»Sie fürchten sich vor euch.«

»Und der Kommandeur? Hat er nicht den Befehl gegeben, dass man uns empfangen soll?«

Arrick zögerte. »Ich denke nicht, dass diese Männer noch in der Lage sind, klar zu denken und Befehle auszuführen.«

»Dann sollten wir nicht auf ihre Kooperation und das Empfangsritual warten. Gehen wir direkt zu ihm.«

»Das Tor ist geschlossen. Man kann es nur von innen öffnen.«

Velved Karwai wies auf den Palisadenwall. »Ist es ein Frevel, diesen Zaun auf anderem Weg hinter sich zu lassen? Hat das Tor eine hohe rituelle Bedeutung?«

Arrick stutzte. »Wie meinst du das?«

»Schon gut. Wir werden dir das Tor öffnen. Du musst die Gepflogenheiten deines Volkes nicht verletzen.« Er sprach einige Knacklaute. Die Galchinen kauerten sich nieder. Alle drei sprangen in die Höhe, weiter hinauf, als Arrick es je für möglich gehalten hatte. Sie schlugen ihre Messerkrallen in die Spitzen der Palisadenstämme und flogen über den Wall hinweg. Drinnen erschollen schrille Angstlaute. Töteten sie jemanden?

Er hörte den Riegelbalken des Tors zu Boden fallen. Es schwang auf. »Komm. Du kannst hindurchschreiten, wie es von dir erwartet wird.«

Geduldig standen die Galchinen da, während Arrick das Tor durchquerte. Fast mit Ehrfurcht beobachteten sie ihn dabei. »Und nun zum Kommandeur«, sagte Velved Karwai.

Arrick überlegte kurz. »Es gibt ein weiteres Ritual, das wir unbedingt einhalten müssen«, sagte er. »Wir müssen eine Glocke läuten.« Er führte die Galchinen zum Haus Levitikus. Überall auf dem Weg dorthin rannten die Siedler vor ihnen davon.

Die Treppe zum kleinen Glockentürmchen war von einer Tür versperrt, deren schweres Vorhängeschloss nur vom Patriarchen geöffnet werden konnte. Er schlug vor: »Uns mangelt es an Zeit, richtig? Wäre es möglich, dass einer von euch dort hinaufspringt und die Glocke bedient? Man muss nur an diesem Strick ziehen und ihn hin und her werfen. Der Ton ruft den Patri… Kommandeur und den Ältestenrat zusammen.«

Velved Karwai knackte einen Befehl. Sofort sprang einer der Galchinen auf das Dach des Hauses. Von außen langte er in das Türmchen hinein und packte den Glockenstrang. Er schüttelte ihn wild. Die Glocke läutete.

Es war ein Furcht einflößender Anblick: das Höllengeschöpf, das auf dem Dach kauerte und seinen dünnen, überlangen Arm in das Glockentürmchen reckte. Arrick fragte sich, ob überhaupt einer der Ältesten es wagen würde, hierher zum Haus Levitikus zu kommen. »Das genügt!«, rief er.

Der Galchine machte einige Sätze auf dem Dach und sprang dann leichtfüßig herab. Die Höhe schien ihm überhaupt nichts auszumachen. Sicher waren die Galchinen gute Kletterer. Gestattete man ihnen zu bleiben, würden sie erfolgreich Jagd auf die Spinnen machen.

Sie warteten.

Arrick setzte zu einer Erklärung an: »Der Kommandeur ist –« Erleichtert sah er Kantur Gotha um die Ecke des Hauses Josua biegen, bei ihm etliche der Ältesten. »Da ist er.«

Der Patriarch zeigte keine Furcht. Während die Ältesten sich ängstlich hinter ihm hielten, schritt er aufrechten Hauptes den Galchinen entgegen. Vielleicht hatte er seine Waffe im Ärmel verborgen und rechnete damit, die Bestien mühelos töten zu können, wenn das notwendig wurde.

Velved Karwai legte auf seltsame Weise den Kopf schief und bot dem Patriarchen seinen Hals dar. Währenddessen biss er sich selbst in die Klaue. War das ein Begrüßungsritual der Galchinen, das sie vollführten, wenn sie Respektspersonen begegneten?

Als der Patriarch stehen blieb und nicht auf das Ritual einging, richtete sich Velved Karwai auf. Er wuchs immer weiter in die Höhe, reckte den Kopf weit über Kantur Gotha und die anderen hinauf. Auch seine beiden Begleiter hielten die Schnauzen nun stolz aufgerichtet. Groß und kräftig standen sie mit ihren glänzenden, von Warzen bedeckten Bäuchen vor dem Patriarchen.

Arrick schluckte. Womöglich hätte der Patriarch anders reagieren müssen. Nun hielten sich die Galchinen für die Höhergestellten. Es war offensichtlich. »Dies«, sagte er und wies dabei auf die Galchinen, »sind Besucher aus dem Weltall. Intelligente Geschöpfe Gottes wie wir. Ich bitte –«

Ein scharfes Knurren Velved Karwais brachte ihn zum Schweigen.

Verunsichert sah er zum Galchinen hinüber.

»Ich kann für mich selbst sprechen«, sagte Velved Karwai. »Verehrter Kommandeur der Terraner von Vanderbeyten, wir sind hier, weil wir Asyl nehmen wollen bei euch.«

»Nicht hier«, sagte Kantur Gotha knapp. Er schritt an den Galchinen vorüber und öffnete die Tür zum Haus Levitikus. »Die Glocke hat geläutet, also versammeln wir uns im Ratssaal. Das Volk hat genug gelitten durch euren Anblick.«

Arrick beobachtete besorgt die Galchinen, aber wenn sie beleidigt waren, ließen sie es sich nicht anmerken. Sie duckten sich durch den Türeingang und folgten dem Patriarchen. Mit Arrick gingen schließlich auch die Ältesten hinein. Sie alle durchquerten die leere Verkaufshalle.

Gotha selbst hielt an ihrem Ende die Tür mit den geschnitzten Menschenfiguren auf, bis der Letzte den Ratssaal betreten hatte. Dann schloss er sie, wartete noch, dass sich die Ältesten auf ihre vorbestimmten Plätze setzen konnten, und sagte schließlich: »Unangemeldeter Besuch ist uns auf Vanderbeyten nicht willkommen.«

»Bitte verzeih.« Velved Karwai befeuchtete sich mit der pockigen Zunge die Nase. »Wir haben uns aus Sicherheitsgründen nicht angemeldet. Das Risiko war einfach zu groß, dass die Terminale Kolonne den Funkspruch aufzeichnet. Keine Unhöflichkeit also. Wir sind unangekündigt erschienen, um euch und uns nicht zu gefährden.« Er sah sich um. »Wunderschöne Exemplare gayavenischer Larvenbilder habt ihr da an den Wänden.«

»Lass die Schmeicheleien, Unhold. Habe ich mich ungenau ausgedrückt? Es gibt keinen Weg, sich anzumelden, und wir verabscheuen jedweden Besuch, ob nun angemeldet oder unangemeldet.«

Arrick bemerkte etwas sehr Beunruhigendes: Die Schnauzen der Galchinen verfärbten sich rot. Er sah, dass sich einer der beiden Begleiter Velved Karwais langsam und kaum merklich niederduckte.

»Verehrter Kommandeur«, sagte Velved Karwai, »du hast mich noch nicht angehört.«

Kühl erwiderte Gotha: »Meine Amtsbezeichnung lautet

Patriarch. Vulgata braucht keinen Kommandeur. Die 520 göttlichen Gebote regeln das Leben auf vortreffliche Weise. Wenn eure Kultur militärische Befehlshaber benötigt, so schließe bitte nicht von eurer bedauernswerten Lage auf uns. Und rede mich mit ›Ihr‹ und ›Euch‹ an, wenn du überhaupt dazu in der Lage bist.«

Da sprang der Galchine los. Er flog in hohem Bogen auf den Patriarchen zu, im Flug fuhren ihm die Messerkrallen aus den Pranken. Kantur Gotha riss den Arm hoch. Ein grüner Blitzstrahl schoss aus seiner Hand und traf den Galchinen in der Luft. Gotha trat beiseite. Wo er eben noch gestanden hatte, schlug der Galchine auf dem Boden auf und rutschte noch einige Armlängen weiter. Er hinterließ eine Spur von schwarzem Blut. Bewegungslos blieb er liegen.

10

VELVED KARWAI STIESS Knacklaute aus. Er wies den zweiten Galchinen hinter sich. Mit tiefer Stimme, fast knurrend, sagte er: »Ich bedaure diesen Zwischenfall zutiefst. Wir sind in friedlicher Absicht hier. Der Obkrieger hatte keine Anweisung von mir, dich anzugreifen.«

Einige der Ältesten waren aufgesprungen. Gotha befahl ihnen, sich wieder hinzusetzen. Er sagte: »Davon bin ich überzeugt. Bringen wir also die Sache hinter uns. Warum seid ihr hier?«

»Wir sind Deserteure der Terminalen Kolonne TRAITOR. Die Kolonne ist ein gewaltiger Heerwurm, der soeben in dieser Galaxis angekommen ist.«

»Was ist das Ziel dieses Heerwurms?«

»TRAITOR wird sich alle Völker untertan machen.«

»Will die Kolonne auch uns unterwerfen?«

»Nein.« Velved Karwai schüttelte den Kopf. »Vanderbeyten wird für die Kolonne niemals von Interesse sein.«

Ein Ältester erhob sich. »Du sprachst von Völkern. Gibt es noch mehr intelligentes Leben im Universum?«

Velved Karwai kratzte sich den glänzenden Eiternacken. »Mehr, als du glaubst, verehrter Terraner. Wir, die Galchinen, haben jedoch mit Krieg nichts im Sinn. Wir wollen ein friedliches Leben führen, ohne andere zu schädigen. Deshalb ersuchen wir die Bewohner von Vanderbeyten um Asyl.«

»Du lügst.« Von dem Platz, auf dem einst der gekrümmte kleine Greis gesessen hatte, erhob sich ein jüngerer Ratsmann, dessen kurz geschorenes Haar gerade erst zu ergrauen begann. »Du hältst uns vielleicht für dumm, weil wir nicht das Weltall bereisen und von jenen boshaften Völkern nichts wissen. Aber wir, die einzigen Geschöpfe Gottes, lassen uns nicht betrügen! Wenn ihr tatsächlich so friedlich seid und gute Absichten verfolgt, warum habt ihr euch dann dem Heerwurm angeschlossen? Diese Frage drängt sich doch auf! Friedliebende Lebewesen hätten das nicht getan. Und ihr seht, wenn ich mir diese Bemerkung erlauben darf, eher Furcht einflößend und abstoßend aus. Ich denke, ihr versucht nur, uns in Sicherheit zu wiegen. Tatsächlich aber seid ihr nichts anderes als der Spähtrupp jener Heereskolonne!«

»Ich fürchte, Terraner, du hast noch nicht ganz verstanden. Deshalb verzeihe ich dir deine Beleidigungen. TRAITOR zieht seit Urgedenken zermalmend und vernichtend durch das Universum. Der Heereswurm ist keine Erscheinung von vorgestern, der wir uns aus einer Laune heraus angeschlossen haben könnten. Meinst du, einer von uns war bei den Anfängen dabei? Seit Generationen schon werden die Galchinen in der Terminalen Kolonne mitgeschleift. Der Zweck, den sie innerhalb des unüberschaubaren Heerwurms einmal erfüllten, wurde vor Hunderten Jahren wegrationalisiert. Die Kolonne hat für die Galchinen längst keine Verwendung mehr. Du musst in anderen Zeiträumen denken, wenn du unser Schicksal verstehen willst.«

»Zeiträume erklären nicht alles.« Der Ratsherr blieb tapfer stehen, auch wenn er sich offensichtlich vor der Bestie fürchtete und seine zitternden Hände hinter dem Rücken verbergen musste. »Wenn der Heereswurm keine Verwendung mehr für euch hat, warum braucht ihr dann Asyl und seid nicht einfach nach Hause heimgekehrt zu euren Familien und Hausgeschlechtern?«

»Wir sind die letzten Überlebenden unseres Volkes. Es gibt niemanden, zu dem wir zurückkehren können. Und wer zur Kolonne gehört, darf diese niemals wieder verlassen. Das ist unumstößliches Gesetz. Wir waren also gezwungen, ihr mit unserem Schiff zu folgen, Generation um Generation. Die Zahl der Gelege ging zurück, weil unsere Weibchen unter den falschen Bedingungen lebten, so lange, bis nur mehr 110 Galchinen übrig waren. An diesem Punkt beschloss die letzte Generation, die Flucht zu versuchen.«

»Wo sind die anderen 108 Unholde?«, fragte der Patriarch.

»107.« Velved Karwai sagte es leise, beinahe traurig.

Kantur Gotha folgte seinem Blick auf den breiten Rücken des toten Galchinen. »Meinetwegen, 107. Wo sind sie?«

»Im Wald Vanderbeytens. Unser Raumschiff haben wir in eure gelbe Sonne geflogen und so einen Unfall vorgetäuscht. Es ist zerstört.«

Der Patriarch erbleichte. »Das heißt, ihr könnt nicht wieder verschwinden von hier?«

Laut redeten die Ältesten durcheinander. Sie sprangen auf und stürzten zueinander, um sich zu besprechen. Einer von ihnen rief: »Warum Vanderbeyten?« Sie hielten inne, um die Antwort des Galchinen zu hören.

Velved Karwai sagte: »Ohne euch kränken zu wollen, aber wir haben Vanderbeyten ausgewählt, weil es sehr unwahrscheinlich ist, dass irgendwer hierher flieht.« Er fügte rasch hinzu: »Dennoch wird ein Untersuchungskommando kommen, um das Schicksal der Galchinen aufzuklären. Wir haben ein Notsignal gesendet, bevor wir unser Schiff in die Sonne schickten.«

»Wie bitte?« Der Patriarch trat auf den Galchinen zu. Er musste weit hinaufblicken, um ihn anzuschauen. Seine Kiefer mahlten vor Zorn. »Welcher Unfug ist das? Damit habt ihr die Kolonne geradewegs hierher geführt!«

»Es war notwendig, Patriarch.«

Ein Ältester protestierte: »Wenn ihr untertauchen wollt, warum verratet ihr dann durch ein Notzeichen euren Aufenthaltsort?«

»Wir mussten die Kolonne von einem Unfall überzeugen.« Velved Karwai schnaubte. »Ohne Notsignal wüsste die Kolonne sicher, dass die Galchinen Deserteure sind, und würde auf Jahre hinaus unerbittlich jeden Stein nach unserem Verbleib umdrehen. Man würde uns früher oder später aufstöbern, egal, wo, es gäbe niemals Sicherheit. Der einzige Ausweg ist, dass die Kolonne uns als Verlust abschreibt. Nur dann können wir auf diesem Planeten, der für die Kolonne unwichtig ist, einen neuen Anfang machen.«

Der Patriarch zischte böse: »Ihr habt euer Raumschiff zerstört, ohne zuvor überhaupt in Erwägung zu ziehen, dass wir euch möglicherweise auf diesem Planeten überhaupt nicht haben wollen! Und nun erwartet ihr freundliche Aufnahme von uns?«

»Versteht mich doch!« Velved Karwai fuhr die Messerkrallen aus. Als er die erschrockenen Gesichter der Ältesten sah, bemerkte er es und zog sie wieder ein. »An Bord jeder Kolonneneinheit befinden sich Funkbojen, die verhindern, dass ein Kolonnenschiff sich absetzen kann. Gerüchte besagen, dass sich selbst in der Kleidung und in den Nahrungsspeichern Peilsender befinden. Wir mussten unsere Anzüge zurücklassen, unsere Waffen, unsere Ausrüstung und Nahrung.«

»Wenn ihr schon nicht ins All zurückkehren könnt, dann verlange ich, dass ihr wenigstens weit fortzieht von Vulgata.« Zornesadern zeichneten sich an den Schläfen des Patriarchen ab. »Geht auf die andere Seite des Planeten! Wir wollen niemals einen Galchinen zu Gesicht bekommen, hast du das verstanden?«

Velved Karwai schüttelte den Kopf. »Wir müssen hier bleiben, oder wir sterben. Ein Suchkommando der Kolonne wird nach Vanderbeyten kommen, um dem Notsignal nachzugehen.

Kolonnen-Suchschiffe verfügen über die Möglichkeit, Lebewesen zu orten. Das einzige mögliche Versteck für uns ist eure Siedlung Vulgata. Wir müssen uns unter die Terraner mischen, um die Orter zu täuschen. Eine andere Chance, zu überleben, bleibt uns nicht.«

»Und wenn wir euch den Unterschlupf verweigern?«

»In diesem Fall sind wir des Todes.«

Aschuk wehrte die Pranken ab, die ihn stützen wollten. »Lasst das.« Er war nicht so geschwächt, wie alle dachten. Das Röcheln hatte allein dazu gedient, Velved Karwai zu täuschen, damit er ihn zurückließ. Der Alte wurde nachlässig. Er hätte nie auf die vorgetäuschte Meuterei hereinfallen dürfen. Dass er Aschuks Pläne nicht durchschaute, zeigte deutlich, dass es Zeit war, ihn abzulösen.

Er ging in die Mitte des Feldes. Dort reckte er den Kopf zum Himmel auf und brüllte. Aus zusammengekniffenen Augen sah er sich um. Es wirkte. Die Galchinen erschauderten. Wie unter Zwang kamen sie herbei. Keines der jüngeren Männchen wagte es, ihn anzugreifen und ihm die Führerschaft streitig zu machen. Die Duftstoffe logen nicht. Er war nun der Stärkste. Es war dumm gewesen von Velved Karwai, das Rudel zu verlassen.

»Ihr seid hungrig«, sagte er. »Ich weiß das. Wir werden jetzt auf die Jagd gehen. Nicht alle Terraner sind so mager wie der, den wir heute gesehen haben. Fette, delikate Bissen werdet ihr schmecken.«

»Aschuk«, wandte ein Weibchen ein, »wir brauchen die Terraner, damit die Orter der Kolonne uns nicht entdecken.«

»So ist es. Und deshalb dürfen wir nicht riskieren, dass sie sich unseren Befehlen widersetzen. Wir müssen ihnen zeigen, wer die neuen Herrscher auf diesem Planeten sind, bevor sie sich auf ihre Kräfte besinnen.«

»Diese Terraner sind eine friedliche, unterentwickelte Kolonie, Aschuk. Sie werden uns unterstützen.«

»Velved Karwai vertraut darauf, ich weiß. Aber er täuscht sich in ihnen. Als er meinte, mit der Untersuchung des Planeten fertig zu sein, und schon alles für die Landung vorbereiten ließ, habe ich einen weiteren, viel genaueren Oberflächenscan durchgeführt. Ihr wisst, dass ich von Anfang an ein Gegner seines Planes war. Meine Argumente jedoch ließ er nicht gelten. Also habe ich es verschwiegen: Die Terraner tun primitiv, in Wahrheit jedoch verstecken sie hohe Technologie. Ich hatte keine Zeit, die Geräte genauer zu überprüfen. Es sind etliche. Wir müssen diese Terraner besiegen, ehe sie mit ihren Waffen gegen uns vorgehen und uns zu Knechten machen. Nie waren wir so schutzlos! Unsere Ausrüstung, unsere Waffen, alles haben wir zerstört. Welch ein Fehler von Velved Karwai!«

»Sollten wir nicht seine Rückkehr abwarten?«

Aschuk fauchte: »Der starrsinnige Alte ist womöglich längst tot! Generationen von Galchinen werden dankbar sein, wenn wir jetzt Mut beweisen. Noch glauben die Terraner, dass wir sie für unterentwickelt halten, und ihre Waffen liegen in den Verstecken. Wir müssen schnell sein und lautlos töten.«

Er lief voran über das Feld. Sobald er den Wald erreicht hatte, begann er, niedergeduckt in Richtung der Siedlung zu schleichen. Er witterte: Die Galchinen folgten ihm.

Velved Karwai täuschte sich in seinem Volk. Er wollte sie zu friedlichen Siedlern machen. Dabei waren sie Räuber. Schon immer waren sie Räuber gewesen.

Velved Karwai wischte sich den Staub von der nassen Haut. Er zog eine Lefze hoch dabei. Arrick fragte sich, ob er trauerte, weil er einen weiteren Angehörigen seines Volkes verloren hatte.

»Es ist wohl besser«, sagte Velved Karwai, »wenn ich euch nun allein lasse, damit ihr eure Entscheidung beraten könnt. Ich bitte euch, zügig einen Entschluss zu fassen. Die Kolonne wird bald hier sein.«

Arrick hielt die beiden Galchinen auf. Er sagte leise zu ihnen: »Wartet in der Einkaufshalle, gleich vor der Tür dieses Saales. Dort sollte euch niemand stören. Ich bleibe hier. Vielleicht kann ich den Streit zu euren Gunsten beeinflussen.«

Velved Karwai antwortete, ebenfalls mit gedämpfter Stimme: »Ich habe deinen Kommandeur unterschätzt, Arrick Aargrefe. Das war ein Fehler. Ich hoffe, es kostet unser Volk nicht die einzige Chance, die wir haben.«

Kaum hatte sich die Tür hinter den Galchinen geschlossen, setzte Kantur Gotha an: »Vierhundert Männer und Frauen haben wir bereits verloren an diesen Aufrührer. Jetzt bringt er erneut Unglück nach Vulgata. Was die Galchinen fordern, gefährdet unsere Kinder, unsere Ernte, ja, den Fortbestand der Siedlung! Wenn die Kolonne hierher kommt und alles durchsucht – was meint ihr, wird geschehen, sollte sie einen der 109 Galchinen entdecken? Das Strafgericht wird uns vernichten! Es wird uns auslöschen, als hätte es Vulgata nie gegeben.«

»Ihr habt recht, Eminenz«, sagte der Älteste des Hauses Johannes. »Sollen die Galchinen für sich selbst sorgen. Es ist nicht Sache der Siedler von Vulgata, dämonische fremde Wesen zu unterstützen. Womöglich haben sie ein Mittel, der Kolonne zu entgehen, von dem sie nichts sagen, weil es anstrengender für sie ist, dieses Mittel einzusetzen. Wie sollen wir wissen, dass diese Bestie die Wahrheit gesprochen hat?«

Der Älteste des Hauses Jeremia stand auf. »Auch ich lehne den Antrag der Fremden ab, aber aus einem anderen Grund: Ich glaube nicht an den Heereswurm! Davon hätte man gehört. Er ist eine Legende, die sie erzählen, um als Schmarotzer bei uns unterschlüpfen zu können und uns auszusaugen. Wir haben diese Kolonie im Schweiße unseres Angesichts aufgebaut, und wir werden sie nicht herschenken an ein paar dahergelaufene Unholde.«

Arrick musste sich Gehör verschaffen, irgendwie! Geschöpfe Gottes waren verpflichtet, einander zu helfen. *Liebe deinen*

Nächsten wie dich selbst, hieß es in der Heiligen Schrift. Die Galchinen waren ihre Nächsten, ob sie nun anders aussahen oder nicht.

Er räusperte sich, um Aufmerksamkeit zu erlangen. Da zuckte Kantur Gotha zusammen. Arrick sah deutlich, wie er sein Handgelenk zu bedecken versuchte. Unter dem Stoff blinkte etwas. Der Patriarch murmelte: »Bitte entschuldigt mich.« Er eilte an Arrick vorüber und verließ den Saal.

Der Rufer musste sich gemeldet haben!

Hastig folgte er dem Patriarchen. In der Verkaufshalle sagte er: »Velved Karwai, wartet weiter, es ist bald geklärt.« Ohne eine Antwort abzuwarten, ging er Kantur Gotha nach. Der Patriarch stürmte durch die Siedlung. Es war niemand auf den Straßen, die Fensterläden waren verriegelt und die Türen geschlossen. Man fürchtete sich vor den Kreaturen.

Zum Alten Haus Genesis, natürlich, dahin war Kantur Gotha unterwegs. Das Haus sah verändert aus: Sein Dach war mit dicken Brettern zugenagelt, und auch die Wände hatte man nachträglich verstärkt.

»Ihr könnt gehen«, sagte Gotha zu den zwei Schergen an der Tür.

Arrick sprang in eine Gasse, wartete, bis die beiden ihn passiert hatten. Dann ging er zu Gotha, der aufgeschlossen hatte und gerade durch die Tür trat. Bevor er sie hinter sich schließen konnte, stemmte Arrick seinen Fuß dagegen. Da erst bemerkte ihn der Patriarch. Gotha versuchte, ihn fortzustoßen. Er konnte Arricks Kraft aber nichts entgegensetzen. Die viele Feldarbeit machte sich bezahlt.

Arrick zog das gezackte Messer und setzte es Gotha an den Hals. Sofort erstarrte der Patriarch.

»Geht hinein«, sagte Arrick, »und lasst die Finger von Eurem Gewand. Wenn Ihr versucht, die Strahlenwaffe zu ziehen, schneide ich Euch die Kehle durch.«

Rückwärts und mit kleinen Schritten ging der Patriarch in

das Haus. Den Kopf hielt er dabei gerade, bemüht, den Hals an der Klinge nicht zu bewegen.

Arrick folgte ihm. »Was war das für ein Leuchten an Eurem Handgelenk?«

»Der Signalgeber des Automat-Orters.«

»Dieser Rufer, den die Terraner Euch geschenkt haben?«

»Ja.«

»Was bedeutet das Leuchten?«

»Dass das Gerät schon wieder etwas geortet hat.«

»Schon wieder? Wie meint Ihr das?« Arrick ließ die Tür um einen Spalt offen, damit er im Tageslicht den Patriarchen im Auge behalten konnte. Die Maschinen spiegelten das Blinken vom Handgelenk Kantur Gothas wider.

Der Patriarch schwieg.

Arrick drückte fester zu mit dem Messer. Die Haut spannte sich unter der Klinge. »Redet!«

»Vergangene Nacht hat er das erste Mal angeschlagen. Einige Stunden vor dem Morgengrauen.«

»Und? Was war die Ursache?«

»Ich bin daraufhin hierher geeilt und habe das Ortergerät der Terraner angeschaltet. Es hat die Anwesenheit eines fremden Raumschiffs im Vander-System angezeigt. ›Typ unbekannt‹, hat es gemeldet und gezeigt, dass das Schiff Kurs auf Vanderbeyten nimmt. Dann hat es gedonnert am Himmel, eine Sturmbö hat das Alte Haus Genesis erzittern lassen. Ich habe gebetet, dass das Schiff der Fremden nicht Vulgata ansteuern möge – und mein Gebet wurde erhört. Es ging laut Orter ein ganzes Stück abseits der Siedlung nieder. Dort blieb es eine kurze Weile. Dann flog es wieder auf, ohne dass etwas geschehen wäre. Nochmals donnerte es, nochmals rüttelte Wind am Haus, dann war das Schiff fort.«

Der Wind. Das Donnern. So erklärten sie sich also. Es musste das Schiff der Galchinen gewesen sein. »Ihr habt es nicht mehr gesehen daraufhin? Was hat der Orter gezeigt?«

Gotha zischte: »Du wirst nichts erreichen auf diese Weise, Arrick Aargrefe.«

»Was hat er gezeigt?« Arrick ritzte ihm die Haut. Blut floss seinen Hals hinunter.

»Sie haben die Sonne angesteuert«, sagte Kantur Gotha hastig. »Auf der Anzeige des Orters ist dort das Schiff verschwunden.«

»Also sagen die Galchinen die Wahrheit! Und Ihr wusstet es, die ganze Zeit!«

»Ziehe keine übereilten Schlüsse. Sie können die Sache vorgetäuscht haben. Vielleicht sind sie nur hinter die Sonne geflogen.«

An Gothas Arm blinkte der Armreif. »Geht«, sagte Arrick, »seht nach, was der Orter meldet.«

Gotha ging zu einem Kasten in der Mitte des Raumes.

Arrick folgte ihm, ohne das Messer von seiner Kehle zu nehmen. »Kniet nieder, schaltet ihn an.«

Mit bebender Hand betätigte Gotha einen Schalter. Lämpchen glommen auf. Eine Kugel schwebte aus dem Gerät hervor, strahlend gelb. Acht kleinere Kugeln umkreiste sie, und winzige Kügelchen umkreisten einige der kleinen Kugeln.

Rot leuchtete eine seltsame Scheibe. Sie hing zwischen den Kugeln, und eine Frau sagte: »Raumschiff geortet. Typ unbekannt. Diskusform. Durchmesser an weitester Ausdehnung: 610 Meter. Eintreffen auf Vanderbeyten in 32 Minuten.«

Das Suchschiff der Terminalen Kolonne. Arricks Kopf war plötzlich leer, er wusste, er musste etwas tun, etwas sagen, ohne Verzögerung musste er jetzt handeln – aber er konnte nicht. Er schluckte.

»32 Minuten, Arrick Aargrefe«, sagte der Patriarch. »Wir wenden dieses Zeitmaß selten an. Um es dir verständlicher zu machen: Das ist ungefähr so lange, wie du brauchst, um in einem Kessel Wasser zu kochen.«

11

ASCHUK KNURRTE. »Ich kann keinen Terraner wittern.«

Der Galchine, der neben ihm am Waldrand hinter dem Gebüsch kauerte, hob die Schnauze in die Luft. Kurz darauf zuckte er zusammen. Er formte die Augen zu schmalen Schlitzen. »Was ist das?«

Es war der stechende Geruch von organischem Material, das vor sich hin faulte. War das so schwer zu erkennen? »Das ist Fäulnis, du Lammel!«

»Wo kommt es her?«

»Von dem Kanal, der die Siedlung umgibt. Sie schützen sich damit. Kein Jäger kann ein Opfer wittern über diesem Gestank, der unsere Nasen betäubt.« Warum mußte er den anderen immer alles erklären? Hatten die denn keinen eigenen Kopf, den sie gebrauchen konnten?

Rhyt war von der besonders dummen Sorte. Eine Frechheit, dass ausgerechnet der kleinwüchsige, alte Galchine versuchte, sich bei ihm anzubiedern, und seine Nähe suchte. Er war mindestens einhundertundzehn Standardjahre alt, und weil er ein solcher Versager war, war er zur Reinigung des Raumschiffs abgeordert gewesen. Solange Aschuk denken konnte, hatte dieses Hutzelgalchinchen die Korridore und die Funktionsräume des Raumschiffs gesäubert, hatte aufgewischt, was andere fallen gelassen hatten, und sich Mühe gegeben, niemandem im Weg zu stehen. Was suchte der hier? Er würde ihn zurückbeißen müssen, damit sich seine Aura von Schwäche nicht auf ihn übertrug.

»Meinst du, sie haben sich hinter dem Wall und diesem Geruchsschild versteckt und warten auf uns?«

»Möglich ist es«, brummte Aschuk.

»Was, wenn sie bereits ihre Technologie aus den Verstecken geholt haben? Sie könnten Geschütze aufgebaut haben und Prallfeldschirme.«

»Wenn das so wäre, hätte Velved Karwai uns gewarnt. Er hat aber keinen Laut von sich gegeben.«

Rhyt zog die Lefzen kraus. »Du hast gesagt, er sei tot.«

»Ich sagte, er sei *möglicherweise tot.*«

»Und wenn er tot ist, und uns nicht warnen konnte?«

Rhyt hatte Recht. Lauerten die Terraner mit Waffen auf sie hinter ihrem Geruchs- und Sichtschutz, dann würde der Angriff kläglich fehlschlagen. Sie würden große Verluste erleiden. Und selbst, wenn die Siedler überrascht wurden – befand sich der Kommandeur der Terraner am anderen Ende der Siedlung, konnte er dort seine Gefolgsleute bewaffnen, während die Galchinen noch mit dem Totbeißen der ersten Opfer beschäftigt waren. Das durfte man nicht riskieren. Sie mussten zuerst den Kommandeur auslöschen. Dann würde das Terranerrudel führungslos sein und in die Häuser flüchten, anstatt sich auf seine Technologie zu besinnen. »Ich habe einen Auftrag für dich. Wenn du das vermasselst, beiße ich dir die Kehle durch, verstanden? Schleiche zu den Weibchen drüben am Hang. Sag ihnen, wir suchen zuerst den Kommandeur und töten ihn. Alle Kräfte müssen darauf ausgerichtet sein, auch ihre. Ist der Kommandeur tot, haben sie freie Jagd. Kannst du dir das merken? Paßt das in dein kleines Putzlappengehirn?«

Der Patriarch schloss die Augen. »Arrick, wir wissen beide, dass uns nicht mehr viel Zeit bleibt. Also nimm das Messer weg. Wir müssen zurückkehren zur Versammlung und Vorbereitungen treffen.«

»Sobald ich das Messer von Eurem Hals nehme, erschießt Ihr mich.«

Der Patriarch seufzte. Er erschien Arrick auf einmal sehr alt. So nah war er dem Gesicht Kantur Gothas nie gewesen, der pergamentenen Haut, den Altersflecken. »Wir lassen die Waffe hier«, sagte Gotha. »Einverstanden?«

»Gut.« Arrick stellte sich hinter den Patriarchen, so, dass er ihn nicht mit einer tückischen Handbewegung erschießen konnte. »Zieht sie langsam hervor.«

Der Patriarch nestelte an seinem Gewand. Ein kleines, silbernes Gerät kam zum Vorschein.

»Lasst sie fallen.«

Das Gerät fiel zu Boden.

»Und jetzt gebt der Waffe einen Tritt.«

Der Patriarch trat nach dem Gerät. Es rutschte einige Armlängen fort.

Vorsichtig löste Arrick das Messer von Gothas Hals.

Der Patriarch sagte: »Beten wir, dass es nicht zu spät ist.«

Arrick legte den Schalter am Orter um. Die Kugeln verschwanden. Sämtliche Lämpchen erloschen.

»Was soll das?«, fragte Gotha.

»Er wird den Ältesten die Dringlichkeit der Sache bewusst machen.« Arrick hob ihn sich auf die Schulter. »Gehen wir.«

Sie eilten durch den Ort. In der Verkaufshalle warteten Velved Karwai und der andere Galchine. »Etwa dreißig Minuten«, sagte Arrick, »dann sind sie hier. Hole schon einmal die Galchinen her, damit wir sie verstecken können, sobald der Ältestenrat seinen Beschluss gefasst hat.«

»Nein!« Der Patriarch blickte finster auf die Galchinen. »Es kommt mir kein weiterer von euch in die Siedlung, ohne dass der Rat es beschlossen hat.« Er öffnete die Tür mit den Menschenfiguren. »Rein da! Ich will euch im Auge behalten.«

Die Galchinen gehorchten.

Als der Patriarch vor den Ältesten den Orterkasten aufbaute und erklärte, was die rote Scheibe bei der Sonne und den Planetenkugeln zu bedeuten hatte, schlich sich Arrick näher an Velved Karwai heran und flüsterte ihm zu: »Er hat keine Waffe mehr. Ihr könnt gehen! Er kann euch nicht aufhalten.«

»Und dann?«, zischte Velved Karwai. »Sollen wir 109 Galchinen zwangsweise in den Häusern der Terraner verstecken? Die Tarnung gelingt nur, wenn die Terraner die Sache unterstützen. Arbeitet einer gegen uns, fliegt die Sache auf. Wir müssen auf die Entscheidung der Rudelführer warten.«

Der Patriarch sagte: »… und so ist die Lage eindeutig. Die Zeit reicht nicht mehr aus für das Einrichten von guten Verstecken. Wollen wir Vulgata aufs Spiel setzen im überstürzten Versuch, Unholde in Scheunen unter Stroh zu begraben? Ich sage: nein! Die Galchinenbesucher müssen die Siedlung verlassen und sollen selbst im Wald Verstecke für sich finden. Wir haben nichts, was wir dem Suchschiff der Heereskolonne entgegensetzen können. Die Galchinen hätten sich besser ein Volk auserwählt, das nicht friedfertig lebt wie wir. Für ihre Fehlentscheidung sollen sie selbst die Folgen tragen.« Er schaltete den Orter ab. Die Kugeln verschwanden. »Für weitere Wortmeldungen ist keine Zeit. Stimmen wir ab!«

»Augenblick!« Arrick sprang nach vorn. »Ihr Ältesten, hört mich an!«

Kantur Gotha schüttelte den Kopf. »Weder bist du Ältester noch Bürger von Vulgata. Du wirst vor diesem Rat nicht sprechen.«

»Lasst mich einen Satz sagen, bevor ihr entscheidet«, bat Arrick.

Die Ältesten verlangten vom Patriarchen, dass er Arricks Bitte stattgab. Mit finsterer Miene nickte der Patriarch.

Arrick holte tief Luft. Ein Satz. Ein Satz musste ihm einfallen, der sie umstimmte. *Hilf mir, liebender Gott!*, bat er in Gedanken. *Es geht um deine Geschöpfe!* »Was ist Vanderbeyten, wenn es kein Asyl ist?«, fragte er.

Die Ältesten wiegten die Köpfe. »Erkläre dich«, befahl einer. Andere stimmten zu: »Ja, erkläre dich.«

Arrick wartete nicht auf eine Reaktion des Patriarchen. »Dieser Planet war unser Asyl, als wir vor neunhundert Jahren von Terra flohen«, sagte er. »Wir selbst waren Flüchtlinge, denen Verfolgung drohte. Wollt ihr allen Ernstes nun die in den sicheren Tod schicken, die uns um Obdach und Hilfe bitten? Wir glauben an den einen Gott, der alles geschaffen hat. Meint ihr, er habe die Galchinen nicht sorgfältig erdacht? Sie sind seiner Hände Werk, so wie wir! Und wir sollten ihnen mit Liebe begegnen, jetzt, wo sie in Gefahr sind. Ihr habt mich vor sechs Jahren beauftragt, dieses Gebot der Liebe auszuleben, weil ihr sehen wolltet, ob es tragen kann. Ich danke euch für diese Entscheidung. Ihre Frucht ist nicht allein die neue Siedlung auf dem Felsen. Ihre Frucht ist auch, dass ich heute vor euch stehe und für das Leben der Galchinen bitte.«

Er sah die Blicke der Ältesten zu den Galchinen wandern. Das Äußere der Unholde war nicht gerade ein gutes Argument.

»Ja, sie essen Fleisch«, sagte er rasch, »und man sieht es ihnen an. Ich habe mit ihnen darüber gesprochen. Die Galchinen sind bereit, Jagd auf die Spinnen zu machen. Sie fürchten nicht ihr Gift, wie wir es fürchten. Wenn wir die Galchinen aufnehmen, werden sie die Spinnen zurückdrängen. Wir werden den Planeten erobern. Wir haben Platz, Platz zur Genüge für zwei Völker! Unser Gott ist ein Gott der Liebe. Glaubt ihr, dass er die Galchinen nicht liebt? Er liebt sie genauso wie uns. Und es ist unsere Pflicht, ihnen freundlich zu begegnen. Wer Gottes Geschöpfe beleidigt, beleidigt ihren Schöpfer.«

Arricks Großvater erhob sich: »Ihr mögt mich dafür verachten, aber ich sage: Mein Enkel spricht die Wahrheit.«

Weitere Älteste standen auf. »Asyl«, sagten sie.

»Asyl.«

»Asyl.«

Kein Einziger stimmte für Verbannung. Bis am Ende Kantur Gotha selbst seine Stimme abgab: »Verbannung«, sagte er.

Arrick rief: »Damit ist die Sache entschieden. Vulgata verbirgt die Galchinen vor ihren Verfolgern.« Er drehte sich zu Velved Karwai um. »Rasch, rufe dein Volk her, damit wir sie verstecken können, bevor das Schiff auftaucht!«

Der Galchine hob den Kopf. Seine Nasenflügel blähten sich. »Sie sind schon hier«, sagte er.

»Was soll das heißen?« Arrick sah sich um. »Ich sehe niemanden.«

»Ich kann sie wittern«, sagte Velved Karwai. »Sie riechen fremd. Aschuk muss sie aufgehetzt haben.«

»Das verstehe ich nicht.«

»Es gibt einen Aufpeitscher in meinem Rudel, einen, der Blut fließen sehen will. Wo ist der Desintegrator des Patriarchen?«

»Desinte… was?«

»Desintegrator. Seine Waffe.«

»Im Alten Haus Genesis«, sagte Arrick. »Weit weg.«

In diesem Augenblick hörte man von draußen Schreie und Geräusche, die sich anhörten wie das Zerreißen von Kleidung und Fleisch.

Die Ältesten erhoben sich. Kantur Gotha wich von der Tür zurück.

Da zerbarst sie. Holzstücke flogen in den Raum. Galchinen sprangen ihnen hinterher, Galchinen, wie er sie bisher nicht gesehen hatte: geifernde Bestien, die sich mit blutunterlaufenen Augen umsahen, knurrend, fauchend. Fleischfetzen hingen ihnen von den Zähnen.

Eine der Bestien sagte in Interkosmo: »Wer ist der Kommandeur?« Sie schlich auf Kantur Gotha zu. Es musste Aschuk sein.

Natürlich erkannte Aschuk den Patriarchen. Der stand vor den Ältesten, allein, herausgehoben.

Velved Karwai kauerte sich nieder. Er fletschte die Zähne und gab ein Grollen von sich. Sprang Aschuk in den Weg.

Es waren zu viele. Unmöglich konnte Velved Karwai sie alle besiegen. Vulgata war in ihrer Hand, wenn Arrick nicht rasch etwas tat. Nur was?

Er hastete hinüber zum Ortergerät. »Ich würde nicht angreifen«, rief er laut. »Jeder hier im Raum besitzt einen Desintegrator. Wir rösten euch binnen Augenblicken, wenn ihr es wagt, den Patriarchen anzurühren!«

»Du lügst«, fauchte Aschuk genüsslich. »Eure Technologie ist noch in den Verstecken vergraben. Ihr seid wehrlos.«

»Ach ja?« Damit schaltete Arrick den Schutzgürtel ein. Flimmernde Luft umgab ihn. Die Galchinen in seiner Nähe richteten sich erschrocken auf. Immer mehr wurden es, die ihn erblickten und zurückschreckten. »Schau dir das an, Aschuk!« Er schaltete den Orter ein. Lämpchen glommen auf. Kugeln schwebten empor und eine rote Scheibe nahe Vanderbeytens. Eine Frauenstimme sagte: »Raumschiff geortet. Typ unbekannt. Diskusform. Durchmesser an weitester Ausdehnung: 610 Meter. Eintreffen auf Vanderbeyten in neun Minuten.«

Einige Galchinen gaben fiepende, hohe Laute von sich.

Arrick sagte: »Ist das *keine Technologie*, Aschuk?«

Velved Karwai schnellte nach vorn. Er schlug Aschuk die Messerkrallen in die Brust. Aschuk biss nach ihm, aber Karwai wich aus, schleuderte den Widersacher von sich. Aschuk schlitterte über den Boden und schlug gegen die Wand. Mit einem Satz war Velved Karwai wieder über ihm. Er biss ihm die Kehle durch. Blut spritzte an die Wand des Ratssaals. Aschuk sackte in sich zusammen.

Arrick rief: »Uns bleiben neun Minuten. Jeder von euch Ältesten nimmt einen Galchinen mit sich in sein Haus. Versteckt sie so, dass Menschen in ihrer Nähe sind, damit sie nicht geortet werden können.« Er rechnete. »Velved Karwai, sondere dreiundvierzig Galchinen ab. Nehmt den toten Körper mit, und folgt mir auf den Felsen. Ich werde euch unter meinen Geächteten verstecken. Ihnen ist die Nächstenliebe ein Begriff, sie wird ihre Furcht besiegen.«

Draußen kamen sie an menschlichen Überresten vorbei. Es schüttelte ihn bei diesem Anblick. Er musste sich abwenden. »Nehmt mit, was da liegt«, würgte er hervor. »Wir müssen es vergraben, sonst erweckt es Verdacht.«

Er sah nicht hin, hoffte, dass die Galchinen seinem Wunsch entsprachen. Den Gürtel schaltete er wieder aus.

Mit einer großen Meute von Galchinen erklomm er den Felsen. Auch seine Geächteten schrien vor Furcht, als sie die neue Siedlung betraten. Er musste laut rufen, um die Angstschreie zu übertönen: »Kommt her! Kommt zurück!«

Man floh in die Hütten und über die Südrampe.

»Ich bin es, Arrick!«, rief er. »Diese Geschöpfe sind unsere Gäste! Sie stellen keine Gefahr dar. Geächtete Vulgatas, ich befehle euch, kommt sofort hierher! Im Namen Gottes, ihr werdet gebraucht! Terbo! Sumgar! Riescho! Wir haben keine Zeit, es muss schnell gehen.«

Vorsichtig kehrten die Ersten zurück.

Arrick erklärte: »Diese Wesen werden verfolgt, und ihre Verfolger sind gleich hier. Wir müssen sie verstecken, und zwar so, dass immer jemand von uns in ihrer Nähe ist. Ich gehe jetzt von Hütte zu Hütte und bringe sie unter. Es ist unsere Pflicht! Beweisen wir Nächstenliebe gegenüber unseren Mitgeschöpfen!«

In der ersten Hütte hieß er einen der Galchinen, unter den Tisch zu kriechen. Die Bewohner legten ein Laken darüber und setzten sich darum herum. In der nächsten Hütte verbarg sich der Galchine im Schrank. Kinder wurden auf den Schrank gesetzt, die Erwachsenen setzten sich mit Stühlen davor.

In Scheunen versteckte er Unholde im Stroh und ließ Männer in ihrer Nähe sitzen. Unter Holzstöße ließ er sie kriechen, unter Decken, hinter Öfen, in Ziegenställe. Immer sorgte er dafür, dass Geächtete bei ihnen waren, und ließ sie schwören, dass sie sich nicht von der Stelle bewegen würden, was auch immer geschah.

Velved Karwai versteckte er unter seinem eigenen Bett und bat Terbo, sich darauf zu legen. »Atme laut, wenn sie kommen«, sagte er, »damit sie die Atemzüge Karwais nicht hören.«

Velved Karwai sagte von unter dem Bett: »Wie kann ich dir nur danken, Arrick Aargrefe?«

Der Schakrakei zeterte. Arrick nahm den Käfig und trug ihn hinaus. »Später«, sagte er über die Schulter hinweg. Wo war Sabo? In der Kirche hatte Arrick ebenfalls Galchinen verborgen, dort waren Murielle und der Kleine nicht mehr gewesen.

Er blickte sich um. Von den Unholden war nichts zu sehen. Die neue Siedlung lag friedlich da. Nur die Kinder wimmerten in den Hütten.

Ein Schatten fiel auf sein Gesicht. Er sah hinauf. Wie Gottes Faust tauchte am Himmel ein gewaltiges Raumschiff auf. Lautlos und erschreckend schnell raste es herab, füllte bald den ganzen Himmel über Vulgata aus.

Das Raumschiff hielt an. Es verdunkelte als tief hängende Gewitterwolke den Himmel. Glatt war es und schwarz. Von seiner Mitte zogen sich grellweiß leuchtende, etliche Schritt breite Furchen bis zur Kante, gleichmäßig angeordnet, wie die Speichen eines Wagenrads.

Es herrschte völlige Stille. Kein Vogel schrie, keine Ziege rührte sich, selbst der Wind verstummte. Was taten die Wesen in jenem Raumschiff? Suchten sie mithilfe von Ortungsgeräten die Siedlung ab?

Plötzlich brach eine wahre Hölle los: Ein Sturm toste wie das schlimmste Unwetter, und es donnerte in Arricks Ohren. Hatten sie die Kolonne bereits erzürnt? Hatte man einen Galchinen entdeckt? Er musste hinunter, er musste in Vulgata nachsehen, ob alle gut versteckt waren. Arrick rannte los. Der

Sturm drohte immer wieder, ihn von den Füßen zu reißen. Sein Hemd flatterte, und er glaubte, er würde taub werden von dem Lärm. Wollten sie die Siedler einschüchtern?

Endlich ließen Lärm und Wind nach. Die Stille nach dem Getöse betäubte ihn. Es war, als hätte man ihm Wasser in die Ohren gegossen. Arrick rannte weiter, durch den Torbogen in die Siedlung hinein. Sah er einen Galchinen? Befleckte noch Blut die Straße?

Wo waren Murielle und Sabo? Sie mussten sich zu Tode ängstigen.

Weiße Lichtflecken tanzten über den Boden. Was war das? Er sah hinauf. Aus dem Raumschiff regnete eine Wolke von glitzernden Dingen herab. Die tief stehende Sonne leuchtete sie an.

Die Dinge brausten näher, wurden größer. Im Bogen kamen sie in die Straßen geflogen. Arrick erschrak. Männer waren es! Und doch Maschinen. Sie waren aus demselben schwarzen Stoff gemacht wie das Raumschiff. Sie flogen.

In ihren Köpfen trugen sie runde Augen, die sie wie Stiele ausfuhren, an jeder Seite des Kopfes befanden sie sich, sie mussten ihn nicht drehen und konnten doch überall hinsehen. Suchmaschinen. Waren das künstliche Geschöpfe ohne Leben? Ein feines Summen lag in der Luft, wann immer die Suchmaschinen sich ihm näherten.

Sie berührten nicht den Boden. Obwohl sie keine Flügel trugen, strichen sie durch die Luft wie Vögel. Einige blieben hoch oben über den Straßen stehen und spähten abwärts. Andere drangen in die Häuser ein, durch Fenster, Stalltüren, Dachluken.

Eine Suchmaschine kam auf ihn zugeflogen. Sie summte bedrohlich. *Die Ausrüstung!*, schoss es ihm durch den Kopf. Velved Karwai hatte doch gesagt, dass sie nach Maschinen ausspähten! Eilig löste er die Fiebel des Gürtels, und noch während er ihm die Beine hinunterrutschte, stieß er ihn hinter sich. Der Grassichler polterte zu Boden.

Da war der fliegende Mann auch schon bei ihm. Er blieb in der Luft stehen, richtete sein vorderes Stielauge nach oben auf Arricks Kopf und ließ es dann langsam hinunterwandern. Als er unten am Boden den Gürtel und den Grassichler bemerkte, gab der fliegende Mann zwitschernde, pfeifende Laute von sich. In einem flinken Bogen kam er um Arrick herumgeflogen. Blasse Blitze drangen aus seiner Haut und trafen auf den Gürtel und die kleine Waffe. Beides verschmorte unter den Blitzen. Rauch stieg auf.

Würde ihn der fliegende Mann bestrafen?

Er tat es nicht. Ohne Arrick weiter zu beachten, flog er davon. Sie suchten tatsächlich nur die Galchinen. Und sie waren zielstrebig, als wüssten sie genau, dass sie sie hier finden mussten.

Ein durchdringendes, hohes Schreien war zu vernehmen. Sabo! Arrick lief los in die Richtung, aus der er das Schreien hörte. Er setzte über den Testamentswall hinüber, bog in die Allee Moses ein. An ihrem Ende sah er Murielle, die den Kleinen auf dem Arm trug. Neben ihr ging Kantur Gotha. Was taten sie?

Hinter ihnen lag das Alte Haus Genesis. Eine schwarze Rauchwolke quoll aus seiner Tür, und der Widerschein von Blitzen leuchtete auf. Die fliegenden Schergen mussten die Maschinen gefunden haben und vernichteten sie.

Gotha und Murielle steuerten auf den Eingang des Hauses Levitikus zu. Was wollten sie dort? Sie gingen nicht schnell genug, um den Eindruck einer Flucht zu vermitteln. Offenkundig hatten sie bereits festgestellt, dass die fliegenden Schergen die Menschen unbehelligt ließen.

Der Rufer.

Er rannte los.

Kantur Gotha hatte nicht aufgegeben. Er ging zum Rufer, um die Galchinen zu verraten. Wenn der Rufer die Terraner erreichen konnte, wurden seine Botschaften sicher auch von der Kolonne gehört. Hatte nicht Velved Karwai davon gesprochen, dass sie die Nachrichten abfingen?

Arrick gab alles. Seine Beine schmerzten, er hatte keinen Atem mehr, und doch rannte er weiter. In den Eingang des Hauses Levitikus flog er förmlich hinein. Er raste durch die leere Einkaufshalle und stürmte in den Ratssaal.

Der Patriarch kniete vor dem Kasten. Er schaltete ihn ein. Lämpchen glühten auf.

»Tut das nicht!«, rief Arrick. »Sie werden uns alle töten!«

Murielle sah ihn verwirrt an. Hatte Gotha ihr nicht erklärt, was hier geschah?

Unbeirrt betätigte Kantur Gotha einen weiteren Schalter und beugte sich über die Maschine: »Hier ist Patriarch Kantur Gotha von Vulgata«, sagte er. »Könnt ihr mich hören?«

Arrick stürzte voran, um Gotha vom Gerät wegzureißen.

Der Patriarch drehte sich um und richtete den Arm auf ihn. Er hielt ein kleines, silbernes Ding in der Hand.

Im letzten Augenblick bremste Arrick ab. Er trug keinen Gürtel mehr. Gotha hatte sich den Desintegrator geholt. Er würde ihn umbringen.

»Nein, Vater!« Murielle fiel auf die Knie. »Lass ihn am Leben. Er ist mein Mann! Er ist der Vater Sabos! Und ich liebe ihn!«

Gotha sagte: »Er ist für den Untergang Vulgatas verantwortlich.«

»Wenn du ihn tötest, dann töte auch mich!« Murielles Lippen bebten.

Der Alte zögerte. Er sagte: »Bleib, wo du bist, Arrick Aargrefe. Du wirst mich nicht aufhalten. Wenn du näher kommst, schieße ich.« Er sprach zur Maschine: »Hier ist Kantur Gotha. Hört ihr mich?«

Eine kalte Stimme meldete sich. »Was willst du?«

»Ich bin der Vorsteher der Menschen auf dem Planeten Vanderbeyten. Eure Maschinen durchsuchen gerade unsere Siedlung.«

»Die Terminale Kolonne TRAITOR führt eine Routineoperation durch. Ihr kooperiert, oder ihr sterbt. So einfach ist das. Ende des Gesprächs.«

»Warte! Ich möchte etwas erklären.« Er sah auf.

Summen erfüllte den Raum. Zwei fliegende Schergen hielten auf Gotha zu.

Der Patriarch sagte: »Wir wollen nicht gegen euch rebellieren. Wir sind betrogen worden.«

Die fliegenden Männer schwebten vor ihm und pfiffen streng.

»Was wollt ihr? Lasst mich in Frieden!« Er richtete den Arm mit dem Desintegrator auf sie. Aber bevor er abdrücken konnte, hatten Blitze seine Hand, seinen Arm umfasst, den Rufer, seine Brust. Sie verschmorten ihn. Er zuckte, wand sich. Rauch stieg auf.

»Vater!« Murielle stürzte zu ihm hin, den schreienden Kleinen immer noch auf dem Arm.

Die Maschinen schwebten davon.

Fetzen von Gothas Kleidung hingen im Blasen treibenden Fleisch. Er lag am Boden, stöhnte. Murielle nahm seine Hand.

»Töchterchen«, ächzte Gotha. »Ich wollte meine Siedler vor Strafe schützen.« Sein Atem ging in Stößen. »Sicher werden diese … fliegenden Wächter … einen der Unholde finden, und … dann geht Vulgata unter …«

»Sie finden sie nicht«, sagte Arrick. »Wir haben sie gut versteckt.«

Gotha sah zu ihm hoch. Er musste die Augen verdrehen dafür. »Ich wollte – nur – das Beste.«

»Ich weiß«, sagte er. Er nahm die andere Hand des Patriarchen.

Der Alte schloss die Augen. Er presste die Lippen zusammen. Der Mann musste rasende Schmerzen verspüren. Immer noch blähten sich Blasen in seinem verbrannten Fleisch.

Gotha führte die Hände von Murielle und Arrick zusammen. Dann fiel sein Kopf zur Seite.

Von draußen ertönten Jubelrufe. Arrick stand auf. Er ging langsam in Richtung Tür.

»Warte auf mich«, sagte Murielle. Sie folgte ihm und nahm seine Hand.

Durch die Einkaufshalle gingen sie, traten nach draußen. Eben erhob sich das Raumschiff und entfernte sich gen Himmel.

»Sie haben nichts gefunden«, sagte Arrick.

Die ersten Menschen traten auf die Straße. Dann kamen, einer nach dem anderen, die Galchinen aus ihren Verstecken gekrochen. Sie spähten besorgt zum Himmel hinauf, und als sie das Raumschiff nicht mehr ausmachen konnten, schlugen sie sich mit ihren Pranken auf die Brust und knackten dazu, schnalzten und knackten mit ihren dicken, warzenbesetzten Zungen, bleckten die Zähne, knurrten, fauchten. Erschrocken wichen die Siedler zurück.

Menschen und Unholde würden sich aneinander gewöhnen müssen. Es lebten nun zwei Völker auf Vanderbeyten.

ZWEITER TEIL

1

JEDEN TAG DACHTE RHYT an das Raumschiff. Er ging die dunklen, feuchten Korridore ab, berührte in seiner Vorstellung die Sensorfelder, lauschte dem Surren der Triebwerke. Sogar den Geruch gerösteten Lammelfleisches konnte er noch in sich wachrufen, der in der Umgebung der Kantine in den Winkeln genistet hatte. Er hatte nichts vergessen. Nicht die wohltuenden Dampfkabinen, nicht das Knarzen der Netzmatte, auf der er Nacht um Nacht Frieden gefunden hatte.

Wann immer er an das Raumschiff dachte, durchströmte ihn ein Gefühl von Heimat. Hier hatte er die biegsame, durchsichtige Eihülle durchstoßen, hier hatte er die ersten Schritte getan, das erste Mal die Messerkrallen ausgefahren, das erste Mal ein Beutetier getötet. Das Raumschiff war sein Zuhause gewesen. Er hatte sein ganzes Leben darin verbracht, 114 Standardjahre. Dieses Zuhause hatte man ihm genommen.

Vanderbeyten war ein Abgrund, ein Ort des Todes. Vanderbeyten war fremd. Rhyt würde auf diesem Planeten zugrunde gehen, das spürte er. Biologisch gesehen konnte er noch gute vierzig Jahre leben. Nicht aber an diesem verdorbenen Ort.

Viele passten sich an. Seine Heizerkollegen beispielsweise. Sie gingen nach draußen, wenn sie Pause hatten, genauso wie die Galchinen, die das Eisen bogen, oder die aus dem Nebenraum, die die Nieten einschlugen. Als würde die trockene, kranke Luft des Planeten sie erfreuen. Sie redeten sich ein, es sei nicht so schlimm, vielleicht glaubten sie sogar, der Wind sei eine Erholung nach der Arbeit an den heißen Feuern. Er, Rhyt, blieb an seinem Platz. Er brauchte keine Pause. Er brauchte das Raumschiff.

Rhyt stand auf. Er warf sich gegen das Kurbelrad. Verbissen drückte er es voran, bewegte die Kurbel um eine, zwei, drei Umdrehungen. Seile ächzten. In der Ferne, außerhalb der Mauern der Baustelle, plätscherte Wasser. Es wurde über eine komplizierte Schöpfvorrichtung in den hölzernen Kanal eingefüllt. Schon hörte er es heruntergluckern. Es spülte in den Arbeitsraum. Rasch hielt er die Pranke in den Kanal. Das Wasser drückte kühl dagegen und umfloss seine Fingerglieder. Er benetzte sich das Gesicht, leckte über die Nase. Feuchtigkeit. Je älter er wurde, desto stärker wurde das Verlangen nach Feuchtigkeit. Seine Nase trocknete aus, und die Augen brannten von der kranken Vanderbeytenluft.

Er öffnete die Schleuse am Ende des Kanals und ließ den Wasserschwall in einen Kübel fließen. Hiermit würde man nachher die Werkstücke abkühlen. Er schöpfte mit beiden Pranken Wasser aus dem Kübel und schleuderte es ins Feuer. Das Wasser verpaffte. Dampf wölkte in den Raum, wie in den Erholungskabinen des Raumschiffs, nur heißer. Er schmerzte auf der Haut.

Hinter ihm ein Geräusch. Er wirbelte herum. Ein Terraner setzte am Raumeingang seine Kiepe ab. Sie war bis zum Rand gefüllt mit unförmigen Kohleschindeln.

»Das reicht nicht«, sagte Rhyt. »Schaff mehr heran. Bis Vander untergeht, muss das Feuer stark bleiben. Die Eisenplatten sind dick heute.«

»Warum wirfst du Wasser in die Flammen, wenn das Feuer stark bleiben soll?«

»Das geht dich nichts an. Tu, was ich dir gesagt habe.«

Schweigend verließ der Mensch den Arbeitsraum. Er hatte etwas sagen wollen, sein Schweigen drückte es aus, und das, was der Terraner nicht ausgesprochen hatte, machte Rhyt wütend, obwohl er nicht wusste, was es war. Er brüllte: »Spute dich, Faulpelz!«

Für ihn schuftete er hier. Für ihn und die anderen stinkenden Terraner. Er konnte sich selbst ernähren, konnte Spinnen jagen und Waldgetier. Die Terraner aber waren unfähig dazu. Sie brauchten Maschinen, damit sie ihre Äcker bestellen und das kümmerliche Getreide ernten konnten. Diese Maschinen hatte Velved Karwai ihnen versprochen, wenn sie beim Bau der Fabrik halfen.

War es möglich, dass er der einzige Galchine war, dem die Widersinnigkeit der Lage auffiel? Sie richteten sich dauerhaft auf einem Planeten ein, der nicht ihren Lebensbedürfnissen entsprach. Sie halfen einem Volk, das sich glücklich schätzen müsste, ihnen zu dienen – so unterlegen war es in Verstand und Kraft.

Die Kollegen kehrten zurück. Heute waren es nur die fünf Männchen. Das Weibchen fehlte. Die Galchinen stellten sich an die Blasebalge, kehrten Asche zusammen, hoben Eisenplatten vom Handkarren. Rhyt begann, Kohle in das Feuer zu schippen. Es lohte auf.

»Und, schön gewesen draußen?«, fragte er.

»Halt das Maul, Rhyt.«

Funken stoben aus dem Ofenschlund. Sie setzten sich auf Rhyts empfindliche Haut und verloschen mit einem kurzen, beißenden Schmerz.

»Habe gehört«, sagte er, »dass eines der Weibchen bald ein Gelege absetzt. Wer es wohl befruchten darf?«

»Oh, sicher du, Rhyt, mit deinen Stummelbeinen.«

Sie lachten.

»Ich habe noch nie ein Gelege befruchtet. Es wäre möglich, dass Velved Karwai diesmal an mich denkt.«

Eine Galchinenpranke knallte ihm an den Hinterkopf. »Halt das Maul, Rhyt. Du kannst froh sein, dass du dich in unserer Nähe aufhalten darfst. Überspann den Bogen nicht.«

Stumm arbeitete er weiter. Er hasste sie. Schon immer hatten sie ihn herumgestoßen. Auch während der guten Jahre im Raumschiff. In frühester Jugend, nachdem er den Überlebenskampf seines Geleges nur mit Mühe und Not durchgestanden hatte, war er zur Reinigung des Raumschiffs abgeordert worden. Von da an war es seine Aufgabe gewesen, durch die Flure und Funktionsräume zu ziehen und aufzuwischen, was andere fallen gelassen hatten. Um nicht die Achtung vor sich selbst zu verlieren, hatte er sich das Raumschiff als ein Lebewesen vorgestellt, das er pflegte. Er und das Raumschiff, sie hatten Freundschaft geschlossen, das riesige Schiff war sein treuer Verbündeter geworden. Er hatte es gekannt bis in den letzten Winkel.

Wäre ich nur an Bord geblieben und mit ihm in die Sonne geflogen, dachte er. War das nicht seine Pflicht gewesen? Was sollte er hier auf diesem Planeten!

Die Galchinengeschwister drehten krumme Dinger. Fünf Männchen, ein Weibchen. Nie sah man alle sechs zusammen. Immer fehlte einer von ihnen. Sie stammten aus ein und demselben Gelege und teilten Geheimnisse. Hatten sie untereinander abgesprochen, dass immer einer von ihnen nicht zur Arbeit erschien? Den Baumeister würde das überhaupt nicht freuen, wenn er davon erfahren würde. Rhyt stellte sich vor, die Geschwister auffliegen zu lassen. Es bereitete ihm Genugtuung.

Wenn sie wüssten, wie nahe sie am Abgrund standen! Er hatte sie in der Hand. Er konnte ihnen Ärger machen. Der Gedanke tat ihm wohl. Man hielt ihn für schwach, aber man täuschte sich, jawohl, man täuschte sich!

»Hier, schaff die Asche raus«, sagte einer der Brüder.

»Schon wieder ich?«

»Wer sonst?« Der Blick des Galchinen ließ keinen Zweifel

daran aufkommen, dass er Rhyt mit der Gewalt seiner Zähne zwingen würde, wenn er noch ein falsches Wort von sich gab.

Rhyt nahm die beiden Eimer und schleppte sie nach draußen. Die Sonne stand tief, sie blendete ihn. Es schien fast, als sei das Scheppern der Schmiedehämmer lauter hier draußen. Auch die Blasebalge hörte er stampfen. Er stellte die Eimer ab und drehte sich um. Die Fabrik. Ein dunkler Steinwall, aus dessen Schloten Rauch quoll. Die Winkel und Ecken der Fabrik wucherten bis an die Felswand heran und von dort bis zum Flussbett, wo ein Galchine die Schöpfvorrichtung bewachte.

Rhyt schüttete die Eimer aus. Feine, graue Ascheteilchen stiebten ihm in die Augen. Er nieste und schüttelte sich. Warum musste er diese Arbeit tun? Sie ließen ihn für sich schuften. Sie verachteten ihn.

Er dachte: *Ich müsste einen Heldentod sterben. Dann würden sie erkennen, wie sie sich in mir getäuscht haben all die Jahre.* Verreckte er nicht sowieso bald auf diesem Planeten? Was war sein Leben denn noch wert?

Rhyt krampfte die Pranken um die Eimerhenkel. Immer war er feige gewesen, hatte gekuscht, gehorcht, gebuckelt. Einmal mutig zu sein! Einmal alle zu erstaunen! Es verlangte ihn danach, beinahe so stark, wie ihn der Verlust des Raumschiffs schmerzte. Wenn ihm sein Leben nicht mehr kostbar war, konnte er da nicht alles auf ein Triebwerk setzen?

Lange genug hatte er sein armseliges Los hingenommen. Er spürte, dass er mehr verdient hatte und mehr leisten konnte, als man ihm immer zugetraut hatte. Er würde den Beweis antreten. Der Gedanke ließ ihn erschaudern. *Nie wieder feige, von jetzt an*, dachte er. *Ich werde ihnen zeigen, wer ich wirklich bin. Und wenn es das Letzte ist, was ich tue.*

Er betrat wieder die Fabrik. Vor der Tür zu seinem Arbeitsraum blieb er stehen. Hatte er die Tür zugemacht? Nein. Man hatte sie hinter ihm geschlossen. Was besprachen sie da drin? Hatten sie ihn loswerden wollen?

Er stutzte. Im Schummerlicht des Ganges hätte er es beinahe übersehen. Da war ein Zeichen in die Tür geritzt. Kein Interkosmo. Es war der Buchstabe »Tnak« des Galchinenalphabets.

Sicher gehörte das zu den Machenschaften der Geschwister.

Er hörte gedämpft seinen Namen sagen. Die Galchinen lachten nicht. Sie redeten über ihn, ernsthaft, wie über ein Problem. Nun, das würde er werden.

Arrick sog zischend Luft ein. Er hatte sich die Lippen verbrannt. Das fehlte ihm gerade noch. Er hatte großen Hunger, und die Suppe roch verführerisch, aber sie war zu heiß. Er stand auf.

»Isst du nicht?«, fragte Murielle. Sie schöpfte Suppe in Sabos Schüsselchen.

»Ich will mir nicht den Mund verbrennen. Pass mit Sabo auf!«

Sabo warf seinen kleinen Löffel zu Boden. Murielle bückte sich danach. »Du musst noch warten, Kleiner«, sagte sie, »Mama pustet, ja?« Sie blies auf die Suppe.

»Ich werde hungrig sein, wenn ich wiederkomme. Lasst mir etwas übrig.« Er sah dieses Zucken der Brauen, das verläßlich anzeigte, dass Murielle sich ärgerte. »Was ist?«

»Zu kalt soll sie nicht sein, zu heiß soll sie nicht sein. Wie kann man es dir recht machen?«

»Ich habe doch überhaupt nichts gesagt!«

»Nein, hast du nicht.«

Er ging zur Tür.

»Arrick«, rief sie und kam ihm nach. Sie sah ihm in die Augen. »Ich möchte nicht mit dir streiten.«

»Und ich nicht mit dir.« Es klang kühl. Er sah in ihrem Blick, dass der Tonfall sie verletzte. Aber er wusste nicht, woher er eine warme Stimme holen sollte.

»Wird es wieder Streit mit den Galchinen geben?«

»Gut möglich. Dafür sind die Gerichtssitzungen da. Wir

müssen den Streit zur Sprache kommen lassen und ihn dann schlichten. Was untergründig brodelt, ist gefährlich.«

»Ich habe kein gutes Gefühl, Arrick. Diese Galchinen – sie sind tückisch. Sie hintergehen uns.«

Er verzog den Mund. Konnte sie nicht, oder wollte sie nicht? Sie betrachtete die Lage nicht sachlich. Seit Sabo auf der Welt war, tat sie das nicht mehr. »Was soll ich deiner Meinung nach tun?«, fragte er gereizt. »Die Galchinen fortschicken? Wir haben uns für diesen Weg entschieden, und es gibt kein Zurück mehr. Ich habe es mir auch einfacher vorgestellt.«

»Ich ... Ich meine nicht die Gerichtssitzungen.«

»Was dann?«

Sie schlug den Blick nieder. »Sie haben keine Achtung vor uns. Das macht mir Sorgen.«

»Murielle, in den vergangenen Monaten haben die Galchinen Tag um Tag Interkosmo geübt, Interkosmo in Sprache und Schrift, stundenlang. Meinst du, das war ein Vergnügen? Velved Karwai will, dass sich sein Volk mit unserem Volk verständigen kann. Er hat es so weit gebracht, dass es praktisch keinen Galchinen mehr gibt, der nicht flüssig unsere Sprache beherrscht. Wie kannst du ihnen vorwerfen, dass sie uns verachten?«

»Ich sehe ihre Blicke. Ich spüre es einfach, wenn ich einem von ihnen über den Weg laufe.«

Er seufzte. »Lass uns später darüber reden, ja? Man wartet im Ratssaal auf mich.«

Sie nickte.

Kaum hatte er die Haustür hinter sich geschlossen, bereute er es. Sie hatten so dicht beieinander gestanden. Hätte er ihr nicht wenigstens einen Kuss auf die Stirn geben können? Ihre Hand drücken, ihr etwas Gutes sagen? Aber dass sie darauf wartete, so inständig darauf hoffte, machte es unmöglich für ihn.

Er eilte durch die Siedlung. Sie war tagsüber wie ausgestorben. Die Menschen waren auf den Weideflächen unterwegs, um Eisenerz zu sammeln. Sie holzten Bäume ab für die Kohlenmeiler, brannten Kohle für die Schmelzöfen. Der Rest arbeitete im Inneren des Felsens, trieb mit Spitzhacken Tunnel in die Tiefe.

Arrick glaubte nicht mehr daran, dass dort Erz gefunden werden würde. Wieso sollte es im Stein Erz geben? Sie hatten das Eisenerz für die Arbeit ihrer Schmiede immer auf dem Boden gefunden, kleine Brocken, die im Gras lagen. Die Galchinen mussten sich getäuscht haben. Sollten sie doch endlich ihren Stolz überwinden und den Fehler eingestehen.

Er betrat das Haus Levitikus, durchquerte die überdachte Markthalle. Die Tür zum Ratssaal stand offen. Velved Karwai war von einer Gruppe Galchinen umringt. In Knacklauten redeten sie auf ihn ein. Auf Arrick stürmten die Menschen zu, kaum, dass er einen Schritt in den Saal getan hatte.

»Endlich«, rief einer. »Du musst dafür sorgen, dass mir der Schaden ersetzt wird!«

»Er soll bestraft werden!«, zischte eine Frau und zeigte auf einen der Galchinen.

Ein alter Mann seufzte: »Ich will nur Gerechtigkeit. Ist das zu viel verlangt?«

Arrick brachte sie zur Ruhe. Er setzte sich auf den bereitstehenden Stuhl. Velved Karwai trat neben ihn. Karwai saß nie bei Gericht, er hatte es Arrick so erklärt: Ein Galchine, der einen anderen bestraft, müsse sich in kampfbereiter Haltung befinden, sonst sei es eine unerträgliche Demütigung für den Bestraften. Wer nicht bedroht werde und dennoch klein beigebe, verliere seine Selbstachtung. »Auf ein Neues, Freund«, sagte Karwai.

»Auf ein Neues.« Arrick ließ seinen Blick über die Stoffbilder wandern, die in kräftigen roten und violetten Farben leuchteten, ungetrübt, obwohl die Terraner sie vor knapp eintausend Jahren von ihrer Reise durch das All mitgebracht hatten. »Sag, Velved, du glaubst doch auch nicht mehr daran, dass wir Erz finden werden im Felsgestein, oder?«

»Es wird welches darin sein.«

»Warum bist du dir so sicher?«

»Mein Baumeister hat es gesagt. Du wirst mir verzeihen, hoffe ich, dass ich das sage, aber er ist das klügste Wesen, das wir auf Vanderbeyten haben. Der ehemalige Schiffsingenieur. Was er sagt, darauf ist Verlass.«

»Jeder irrt sich einmal. Auch der Klügste.« Arrick hob die Handglocke und läutete. Es wurde still im Saal. »Wer ist der Erste?«, fragte er.

Die Frau trat vor, die ihn eben schon bedrängt hatte. Sie wies auf einen Galchinen. »Dieser dort, er hat meinen Hund Torben gefressen. Hat ihn gepackt und zerrissen. Das arme Tier! Er hat den guten Torben bei lebendigem Leibe verschlungen. Ich fordere, dass er hart bestraft wird!«

»Er soll den Hund ersetzen«, seufzte Arrick.

»Niemand kann mir den geliebten Torben ersetzen. Ich habe ihn aufgezogen, ein Welpe war er, als ich ihn eingetauscht habe gegen sechs Ziegenkäse. Dass er so schrecklich sterben musste, das muss bestraft werden! Ich will, dass dieser Galchine seine Tat bereut. Er soll Stockschläge erhalten, wie wir früher.«

Velved Karwai rief den Galchinen nach vorn. »Sind die Anschuldigungen der Terranerin wahr?«

Der Galchine bleckte die Zähne. Es sah aus, als grinse er. Seine Schnauze aber färbte sich rot vor Wut. »Karwai, ich verstehe es nicht. Diese Frau hat dieses Tier, aber sie frisst es nicht, nein, sie füttert es zum Spaß! Ich habe Tag um Tag beobachtet, wie sie ihm kleine Bissen zugesteckt hat. Es hat mich wütend gemacht. Die Beute darf fressen, und ich soll Hunger haben? Warum soll ich ein Beutetier nicht essen dürfen, wo doch die Terraner sowieso nichts mit ihm anfangen?«

»Sieh es als Diebstahl«, sagte Karwai. »Der Hund gehörte der Terranerin.«

»Aber wozu? Dann kann ich auch behaupten, mir gehört ein Baum oder ein Stein. Was sie nicht benutzt, das gehört ihr auch nicht! Sind wir nicht eine Mannschaft geworden, wie in einem gemeinsamen Raumschiff? Wie kann dann ein Teil der Kantine für uns verboten sein?«

»Genauso verhalten sie sich!«, brüllte ein Mann. »Mir wurden zwei Schafe gerissen, zwei von fünf kostbaren Schafen!«

»Und mir die einzige Ziege!«

Arrick wendete den Blick ab. Ein Tumult, wie gestern auch und den Tag davor und den Tag davor. Er verlor langsam die Kraft dafür. Sollten sie sich erst einmal heiser schreien. Diese geknüpften Bilder an den Wänden – Karwai hatte ihm erklärt, dass sie auf einem fernen Planeten namens Gayaven hergestellt wurden, aus Insektenlarven. Man hakte die Mundwerkzeuge der Larven ineinander, und die Tiere ließen nicht mehr los. Sie verhungerten in dieser Haltung. Abertausende winziger Larven waren miteinander verhakt in einem solchen Bild, Larven unterschiedlichster Farben. Ob die Terraner gewusst hatten, dass sie tote Tiere an die Wand hängten? Arrick war einmal nahe herangetreten an eines der Bilder. Man konnte keine einzelnen Larven ausmachen, sie waren zu klein. Gayavenen mussten sehr feine Werkzeuge ihr eigen nennen. Und doch war es ein grausames Volk, das den Tod zum Schmuck aufhängte.

Andererseits: Waren sie besser, wenn sie Ziegenhäute vor ihre Fenster spannten, auf Ziegenhaut schrieben, sich mit Fellen zudeckten in der Nacht? Traditionen verloren über die Jahrhunderte ihre Bedeutung, sie wurden einfach ausgeübt, ohne sie zu hinterfragen.

Einst hatte man auf Terra den Tod nicht gekannt. Gott hatte eine Welt geschaffen, in der es keinen Tod gab. Es war alles gut gewesen. Inzwischen aber hatten sich die Menschen so an das Töten und Sterben gewöhnt, dass es sie nicht mehr erschaudern ließ. Sie zürnten, wenn es außerhalb der festgesetzten Ordnung geschah, sonst nichts. Schafe und Ziegen wurden auch von ihnen geschlachtet, aber sie wollten selbst den Zeitpunkt bestimmen. Hunde starben, nur sollte es nicht vor der Zeit geschehen, die ihnen durch das Altern gesetzt war.

Was taten die Galchinen anderes, als ihren Traditionen zu folgen? Beutetiere waren für sie Beutetiere. Das Gericht kämpfte gegen jahrhundertelang eingeschliffene Denkmuster. Allmählich fragte sich Arrick, ob dieser Kampf überhaupt zu gewinnen war.

2

SEIT EINER STUNDE schwiegen sie. Rhyt beobachtete die Kollegen. Er war aufmerksam. Beim Aufkehren, Feuern, Kohleschippen spähte er aus. Die zwei an den Blasebalgen warfen sich heimliche Blicke zu, Blicke, die er nicht bemerken sollte. Die anderen, die auf die glühende Eisenplatte einhämmerten und sie mit Zangen bogen, schienen aggressiver zu sein in ihrer Arbeit. Ihre Schläge knallten auf das Metall, als wollten sie es bestrafen.

Früher hätte er gefragt, ob er etwas falsch gemacht hatte, und sich entschuldigt. Heute wusste er: Sie machten den Fehler. Sie beleidigten ihn, Rhyt, zum hunderttausendsten Mal. Er würde es nicht länger schweigend über sich ergehen lassen. Rhyt stellte die Kohleschaufel an die Wand. Er sagte: »Ich möchte, dass ihr euch bei mir entschuldigt.«

»Wie bitte?«

»Entschuldigt euch bei mir.«

Die Galchinen zischten einander zu: »Ist er jetzt völlig übergeschnappt?« Der Älteste fragte ihn, drohend: »Wofür entschuldigen, Rhyt, du kleiner Pennlammel?« Lange Messerkrallen fuhren aus seinen Pranken.

Rhyt sah auf die Reißzähne im Maul des Galchinen. Ein Zittern fuhr ihm durch die Glieder. Der Entschluss, nie wieder feige zu sein – er durfte nicht wanken! Rhyt steifte den Hals.

»Für einhundertundvierzehn Jahre Schikanen. Für euer verächtliches Benehmen.«

Den Galchinen standen die Mäuler offen. Sie starrten ihn an, als sei er ein Wesen, das sie noch nie gesehen hatten.

Der älteste Galchine sagte: »Wenn du noch einmal solchen Schwachsinn redest, sorge ich dafür, dass du nie wieder ohne Schmerzen gehst. Hast du mich verstanden? Du nimmst jetzt diese Kiepe« – er zeigte auf den entleerten Flechtkorb des Terraners – »und holst Kohle vom Meiler. Sag den Terranern, dass du künftig diese Aufgabe übernimmst für unser Feuer. Und wenn du in den nächsten Tagen ein einziges Mal das Maul aufreißt, um einen dämlichen Spruch abzulassen, ich schwöre, Rhyt, ich schlitze dir den Bauch auf.«

Rhyt spürte, dass seine Lippen warm wurden. Er kannte dieses Gefühl nicht. Strömte tatsächlich Blut in seinen Mund und zeigte den Gegnern seinen Kampfeswillen an? War auch er zu solchen Reaktionen fähig? Er sah den großen Galchinen um eine Winzigkeit zurückweichen. Kein Zweifel, er hatte es bemerkt. Und es war nicht das, womit er gerechnet hatte. Rhyt bleckte die Zähne. »Warum so lange warten? Komm her, versuche es!« Aus seinen Pranken schossen die Krallen mit solcher Wucht, dass er selbst erschrak.

»Du hast keine Chance gegen mich«, sagte der große Galchine. Er senkte den Körper und ging in Lauerhaltung. »Rhyt, das ist dein Ende.«

Ich bin über hundert Standardjahre alt und er kaum vierzig. Seinen Kräften habe ich nichts entgegenzusetzen, dachte Rhyt. Der große Galchine hockte dicht vor dem Feuer. Man müsste ihn verbrennen. Rhyt sah zur Seite. Waren die Stützen des Wasserkanals dünn genug? Er warf sich mit aller Kraft dagegen und brach ihn frei. Gleichzeitig stieß er das Holzgerüst in die Höhe, auf den Galchinen und das Feuer zu. Der Galchine wich aus, mühelos. Wasser spülte ins Feuer. Der heiße Dampf umfing den Galchinen. Vor Schmerzen brüllte der Große auf.

In diesem Augenblick sprang Rhyt voran und hieb ihm die Krallen in den Leib. Sie drangen durch die Lederkleidung und gruben sich in das weiche Fleisch des Galchinen. Rhyt wich zurück. Die Antwort würde fürchterlich ausfallen. Er wartete, zitternd. Der Galchine kam nicht. War er tot?

Der Dampf hob sich zur Decke hin. Der große Galchine kauerte, schwer atmend, und presste die Pranken auf zwei tiefe Wunden in seinem Bauch. Blut floss an ihm hinunter.

»Was hast du getan?«, fauchte einer der Brüder.

Er durfte seinen Bruder nicht rächen, solange dieser noch lebte, so gingen die alten Gesetze. Noch befanden sich Rhyt und der Große im Zweikampf.

Die Tür sprang auf. Rhyt fuhr herum. Er sah sich Hazzahk gegenüber. Stumm musterte ihn der Obkrieger. Das Blut an Rhyts Krallen, der verletzte Galchine am Feuer – es konnte keinen Zweifel geben, was vorgefallen war.

»Der Kampf war nicht genehmigt«, sagte Hazzahk. »Er ist hiermit abgebrochen. Du wirst dich vor Velved Karwai verantworten, Rhyt. Jetzt sofort.«

Etwas war merkwürdig an Hazzahks Verhalten. Angespannt sah er aus. Warum war er im Flur stehen geblieben, wo er doch zu den Galchinen im Arbeitsraum sprach? Nicht um die Breite einer Kralle bewegte er sich in den Raum hinein. Wollte er vermeiden, die Luft zu atmen, die sich die kämpfenden Galchinen geteilt hatten? Wovor hatte er Angst?

Rhyt kniff die Augen zusammen. Doch nicht etwa vor ihm? Er sah noch einmal auf seine blutigen Krallen hinunter. Sie waren inzwischen halb wieder eingezogen, die Erregung des Kampfes ließ nach. Er sagte: »Ich bleibe hier.«

Hazzahk fauchte. »Wenn du nicht augenblicklich Gehorsam leistest, wirst du mit deinem Leben bezahlen. Komm heraus!«

»Warum sollte ich?«, fragte Rhyt.

Der Obkrieger blähte zornig die Nüstern, aber er blieb stehen.

»Du kannst nicht hereinkommen, um mich zu holen, nicht wahr?« Es war absurd. Er, der kleine, alte Galchine, verweigerte einem gestählten Obkrieger den Gehorsam – und der Obkrieger stand hilflos da. Was war mit ihm, dass der sich vor ihm fürchtete? Rhyt leckte sich das Blut von den Krallen, ruhig, ohne Eile, bis sie völlig sauber waren. Sie ragten jetzt nur noch um ein Viertel aus den Pranken. Dann ging er selbstsicher auf die Tür zu. »Weißt du was? Ich lege sogar Wert darauf, mit Velved Karwai zu reden.«

Kaum war er über die Schwelle getreten, hackten zwei gezielte Schläge auf ihn nieder, und er fiel in ein helles Licht.

Auch wenn er inzwischen bald ein Jahr hier lebte, das Haus Offenbarung war nicht Arricks Zuhause geworden. Die mit Ruß geschwärzten Wände, die Fackeln, die sie umtanzten – für ihn sprachen sie noch immer von der Herrschermacht des alten Patriarchen und nicht von Familie und Heimat. Dass die Schlote der Fabrik dem zweigeschossigen Haus endlich den Rang abliefen, das höchste Gebäude Vulgatas zu sein, tat Arrick wohl. Dennoch wirkte das Kuppeldach des Hauses wie eine finstere Schattenkrone.

Arrick seufzte. Wie sah das aus, dass er hier vor seinem eigenen Haus stand und an der Fassade hinaufblickte, als sehe er sie das erste Mal! Er verspürte aber nicht die geringste Lust, einzutreten. Sabo würde schon im Bett liegen. Murielle würde ihn bitten, von der Gerichtssitzung zu erzählen. Dann würde sie sich an irgendeinem Wort aufhängen, würde ihn mit scharfer Stimme dazu befragen. Er würde sich herausgefordert fühlen. Das Gespräch würde beide von ihnen verletzen. Und sie würden wieder ein Stück auseinander rücken. Es kam ihm vor, als hätten sie ihre Liebe vor langer Zeit in ein Grab gelegt und warfen seitdem jeden Tag eine Schaufel Erde darauf.

Er hasste es, zu fühlen, wie die Zuneigung langsam erstickte. Er hasste es, in sich selbst Wut und Ablehnung zu spüren gegenüber der Frau, die er einmal geliebt hatte. Die Ausweglosigkeit ihrer Lage kostete ihn mehr Kraft als das ganze restliche Tagesgeschäft eines Patriarchen.

Komm schon, sagte er sich. *Sei stark. Sie hat dich damals geliebt, weil du stark warst.* Er drückte die Tür auf. Murielle saß am Tisch bei einer ärmlichen Funzel und stopfte ein Loch am Knie von Sabos Beinlingen. Sie sah Arrick nur kurz an. Dass sie nicht lächelte, ja, dass sie beinahe enttäuscht aussah, in ihrer Stille von ihm gestört zu werden, versetzte ihm einen Stich.

Er zog sich einen Stuhl heran und setzte sich. Ein Gedeck hatte Murielle stehen gelassen, Teller, Teekrug, Tasse. Er nahm die Tasse in die Hand. »Einmal hätte ich alles gegeben, um diese Tasse nicht austrinken zu müssen.«

»Wovon redest du?«

»Nichts.«

»Willst du jetzt noch Suppe?«

Er schwieg. Nach einer Weile sah Murielle wieder auf ihren Stopfpilz nieder und führte die Nadel durch das Fadenwerk. Sie zog den Faden mit der Nadel zu sich heran, unnachgiebig, mit sanfter Strenge.

»Was ist mit uns los?«, fragte Arrick.

Ihre Hände sanken nieder. Sie sah ihn nicht an. Stumm blickte sie zu Boden.

»Ich meine, haben wir uns nicht geliebt? Wir waren dankbar, wenn wir Zeit zusammen verbringen konnten. Jetzt strengt es uns an, den anderen zu sehen. Wie konnte das passieren?«

Sie rührte sich nicht.

»Als hätte sich eine Wand von Schmerzen zwischen uns geschoben. Weißt du, ich habe das Gefühl, was immer ich auch sage, es tut dir weh. Und umgekehrt verletzt mich die kleinste Bemerkung, die du machst.«

Murielle schwieg.

»Sagst du gar nichts dazu? Ist dir das gleichgültig?« Das war es. Das war der Grund. Sie redeten nicht mehr miteinander.

Warum sollten sie auch? Bestand doch immer die Gefahr, dass das Gespräch in einen Streit mündete. Es fehlte das entspannte Plaudern, der ruhige Blick in die Gedankenwelt des anderen, so wie früher.

Fünf Augenblicke mit Murielle in einem Raum, dachte er, *und ich fühle mich wie weich geprügelt.* Sie musste nur wenig dafür tun: Ein, zwei Blicke, ein, zwei Worte, und schon schmerzte sein ganzer Körper. *Wenn ich hier bleibe, gehe ich zugrunde.*

Er erhob sich. Immer noch saß Murielle reglos da. Fürchtete sie sich, etwas falsch zu machen? Oder war es eine mühsame Beherrschung, die sie jeden Augenblick zu verlieren drohte? Was auch immer – wenn sie es ihm nicht sagte, konnte er es nicht wissen. Sie lehnte ihn ab, das spürte er deutlich. Müde ging er die Stufen hinauf. Die Tür zu Sabos Zimmer war nur angelehnt. Sabo schlief nicht gern im Dunkeln.

Arrick schob sich leise ins Zimmer und trat an das Bett. Da lag er, sein Sohn. Die dunklen Wimpern zeichneten sich ab auf dem hellen, weichen Gesicht. Ein Ärmchen ruhte neben dem Gesicht, die kleinen Finger zusammengebogen. Arrick strich mit dem Handrücken über Sabos Stirn. »Schlaf, mein Schatz«, flüsterte er.

Er nahm den Käfig des Schakrakeis mit nach nebenan. Dort holte er das Buch aus seinem Versteck in der Kleidertruhe. Er stieg die Treppe hinab, das Buch unter den Arm geklemmt, den Käfig in beiden Händen. Der Schakrakei nahm von innen das Tuch in den Schnabel und zerrte es herunter. Neugierig sah er sich um. Als sie am Fuß der Treppe ankamen, sagte der Schakrakei leise: »Muri gibt einen Leckerbissen.«

Murielle saß noch so, wie er sie verlassen hatte. Ihr Gesicht war tränennass.

Er hatte ein Lammelknöchelchen übersehen. Ausgerechnet vor der Kabine des Schiffsingenieurs! Der Schiffsingenieur war darauf getreten, hatte sich verletzt, es war ein spitzes Knöchelchen gewesen, ein scharfkantiges womöglich. Rhyt versuchte noch, durch eine Unterlegenheitsgeste Gnade zu erwirken, aber man packte ihn, warf ihn zu Boden. Sie gossen den Bottich schmutzigen Wischwassers über ihn. Er bekam keine Luft. Keine Luft!

Rhyt bäumte sich auf. Kaltes Wasser spülte in seinen Rachen. Er riss die Augen auf. Das Raumschiff? Nein, die Fabrik. Er sah einen Galchinen über sich aufragen, breit und massig, die Hinterläufe seitlich auseinander gebogen, um den schweren Körper zu stemmen. Altersgrau glänzten die Warzen am Hals. Der ehemalige Schiffsingenieur, inzwischen Karwais rechte Hand. Man nannte ihn ehrfürchtig »Baumeister«, denn er verstand Maschinen, physikalische Gesetze und Baupläne wie kein Zweiter. Viele betrachteten ihn als die Rettung. Der Rest betrachtete ihn als zweiten Anführer nach Velved Karwai, dessen Befehle man besser befolgte, wenn man nicht in die untersten Ränge verstoßen werden wollte. Rhyt bot ihm den Hals dar und biss sich selbst in die Klaue.

Der Baumeister verpasste ihm den rituellen Schlag mit der Pranke. Er akzeptierte Rhyts Unterwerfung. Der Schlag aber war mit Kraft ausgeführt: eine Warnung und ein Zeichen seiner Ungeduld.

Rhyt duckte sich, wischte das Wasser aus seinem Gesicht. Er saß in einer Pfütze. Vorsichtig drehte er sich um. Der Obkrieger Hazzahk stand hinter ihm mit einem hölzernen Eimer in den Pranken. Was war geschehen? Hazzahk hatte den Arbeitsraum nicht betreten wollen. Sobald aber Rhyt die Schwelle überquert hatte, musste er ihn niedergeschlagen haben. Und nun waren sie bei Schur Manarr, dem Baumeister. Wenn er ein Urteil sprach über Rhyt, es hatte Geltung, als sei es von Velved Karwai verhängt worden.

»Ein nicht genehmigter Zweikampf«, sagte Schur Manarr. »Ich hoffe, Rhyt, du hast einen guten Grund dafür.«

Rhyt erhob sich aus der Pfütze. Die neue Zeit! Die Zeit der

Stärke! Er durfte nicht nachlassen, nicht jetzt, wo er endlich angehört wurde von einem der angesehensten Galchinen. »Den habe ich. Ich werde ihn dir aber erst nennen, wenn wir ungestört und allein sind.«

»Soso.« Schur Manarr beugte sich zu ihm hinunter und besah ihn aufmerksam. »Du denkst, du hast etwas so Erstaunliches zu berichten, dass es sich lohnt, dafür den stolzen Obkrieger Hazzahk zu beleidigen?«

Rhyt schluckte. »So ist es«, hauchte er.

»Ich bin überaus gespannt.« Schur Manarr streckte den Rücken. »Hazzahk, er soll seine Chance erhalten. Laß uns allein.«

Der Obkrieger verzog keine Miene. Er verließ den Raum.

Ziegenhäute hingen an den Wänden, auf die mit Kohle Baupläne gezeichnet waren. Auf einem Tisch lagen fremdartige Werkzeuge aus Eisen, dazu Kohlestücke und ein Messer.

»Also?«, fragte Schur Manarr. »Du hast einen Galchinen aufgeschlitzt. Einen von kostbaren 108 erwachsenen Galchinen, die uns noch verblieben sind.«

»Er ist am Leben.«

»Das verdankst du Hazzahk, der euren Kampf unterbrochen hat. Ich kenne dich, Rhyt. Du warst der kleine, schwächliche Pfleger unseres Raumschiffs. Du bist Kämpfen aus dem Weg gegangen, weil du wusstest, dass du sie verlieren würdest. Plötzlich greifst du einen kräftigen Galchinen an. Aus welchem Grund?«

Dass Schur Manarr mit ihm sprach – es verschaffte Rhyt das Gefühl, endlich ernst genommen zu werden. Zugleich aber geschah es in kühler, abschätzender Weise. Er musste dem Baumeister zeigen, was er konnte! Hier war ein Galchine, der in der Lage sein würde, es zu würdigen. »Du kennst die sechs Geschwister, die mit mir arbeiten?«

»Natürlich.«

»Sie hintergehen dich. Sie drehen eine krumme Sache.«

»Was soll das sein?«

»Ich weiß es nicht. Aber ich sehe, dass nie alle sechs zur

Arbeit erscheinen. Es fehlt entweder einer der Brüder, oder die Schwester ist nicht da. In unsere Tür haben sie den Buchstaben ›Tnak‹ gekratzt. Die Art, wie sie schweigen, wenn ich dabei bin, verrät, dass sie etwas verheimlichen.«

»Deshalb hast du den Kampf begonnen?«

»Nein. Ich habe mich gegen Schikanen gewehrt, die sie seit langer Zeit mit mir treiben.«

»Natürlich wird keiner von ihnen sie bezeugen.«

»Nein.«

Schur Manarr fasste ihn in einen scharfen Blick. »Du hast einen Fehler gemacht, Rhyt. Du hättest dich mit deinem geringen Rang zufrieden geben sollen. Nun wird es schmerzhaft werden für dich.«

Ein flauer Zug wehte durch Rhyts Magen. Hatte ihm der Baumeister nicht zugehört?

»Ich gebe dir drei Tage«, sagte Schur Manarr. »Wenn der verletzte Galchine im Verlauf dieser drei Tage nicht zu mir kommt und um Gnade bittet für dich, dann lasse ich dir alle zehn Krallen ausreißen.«

Rhyts Pranken pulsten. Er sollte ein Krüppel werden! Ein wehrloses, verstümmeltes Männchen! »Hast du nicht gehört? Sie gehen Machenschaften nach, sie haben böse Geheimnisse!«

»Hirngespinste. Du wirst alt, Rhyt. Du hättest dich zusammennehmen sollen. Jetzt geh, ich habe viel Arbeit. Deine Strafe wirst du tragen müssen.«

Am tiefblauen Abendhimmel blinkten Sterne. Ein frischer Wind strich Arrick über das Gesicht. Zu einer anderen Zeit hätte er ihn gefreut – heute aber gab er ihm das Gefühl von Einsamkeit. In seinem Bauch brannte eine Feuerskugel. Zur alten Hütte zog es ihn, sie würde ihm Obdach bieten. Vielleicht konnte er dort einen Zipfel der alten Tage erhaschen, eine Erinnerung daran, wer er einmal gewesen war: ein mutiger, selbstbewusster Mann.

Der Schakrakei sträubte das Federkleid. Unter den weißen Federn zeigte sich schwarzgraue Haut. Der Vogel schüttelte sich.

»Kalter Wind, hm?«, sagte Arrick. »Hättest doch besser die Decke nicht herunterzerren sollen.«

Der Schakrakei wiederholte: »Kalter Wind, hm?«

»Kalter Wind.« Arrick fröstelte. Das Tor im Palisadenwall stand nun Tag und Nacht offen, es bedurfte keines Wächters mehr, seit die Galchinen die Spinnen weit in die Wälder zurückgetrieben hatten. An der Fabrik entlang lief Arrick zum Felsenweg. Der Vogelkäfig wurde ihm schwer. »Du wiegst ganz schön was, weißt du das?«

Er sah einen Galchinen aus dem Fabrikgebäude humpeln. Der Galchine war von kleinem Wuchs. Das Maul hielt er geöffnet. Im schwachen Mondlicht schimmerten die Zähne blau.

Was starrte er so? Arrick stockte. Es war ungewohnt, einem Galchinen auf diese Weise in die Augen zu schauen. Von einem Moment zum anderen erschien er ihm fremd, wie die absonderlichste Kreatur. Der Galchine passte in die Nacht. Er war ein Nachtgeschöpf, ein Albtraum.

Der Blick des Galchinen wanderte zum Buch unter Arricks Arm. Schnell nahm er es auf die andere Seite. Wusste der Galchine, welche Bedeutung dieses Buch für die Terraner hatte? Etwas Lauerndes lag in der Haltung der Kreatur, etwas Unentschlossenes. Arrick dachte, es wäre gut, den Galchinen anzusprechen, ein Gespräch zu beginnen, das könnte dem Augenblick die Anspannung nehmen. Aber er brachte nichts über die Lippen.

Er ging weiter. Am Fuß des Felsenweges sah er über die Schulter. Der Galchine war verschwunden. Kalter Schweiß brach ihm aus, während er höher und höher hinaufstieg. Der Schakrakei wippte mit jedem Schritt, manchmal sah es so aus, als laufe er Gefahr, auf seiner Stange das Gleichgewicht zu verlieren.

Still war es rings um die Kirche. In einem der Häuser weinte ein Kind und erinnerte ihn schmerzhaft an Sabo. Er trat vor seine alte Hütte, schob die Tür auf. Den Käfig setzte er auf dem Tisch ab. Das Buch legte er daneben. Holzstaub schwebte in der Luft, er kitzelte in der Nase. Mit gewohnten Griffen zog er die Klappen von den Phosphorsteinen. Die Steine leuchteten hell. Es war ein sonniger Tag gewesen. Durch die Dachöffnungen hatten sie viele Stunden Licht gesammelt.

Im grünen Schein sah er sich um. Dort hing die Sense über dem Bett, immer noch. Seit es täglich Ratssitzungen oder Gerichtsversammlungen gab, arbeitete Arrick nicht mehr auf dem Feld. Vielleicht war das der Fehler? Zermürbte ihn das viele Diskutieren, und er war grob zu Murielle, ohne es zu bemerken?

Er langte zu einem der Regalbretter hinauf und fuhr mit dem Finger über das Geschirr. Den aufgewischten Staub rollte er zwischen Daumen und Zeigefinger zu einer Walze und ließ sie fallen.

Damals hatten sie gemeint, sie bräuchten mehr Platz. Das geräumige Haus Offenbarung aber, das sie jetzt bewohnten, war seelenlos. Vielleicht ging es ihnen zu gut? Früher hatte es viel zu tun gegeben. Sie hatten jeden Tag mit verdorbener Nahrung und kaputten Werkzeugen kämpfen müssen, hatten kaum Kleidung besessen und mussten sämtliches Wasser mühsam vom Fluß herauftragen. Jetzt hatten sie alles, und sie stritten sich.

»Kalter Wind«, krächzte der Schakrakei. »Muri ist traurig.«

Muri ist traurig? Wer hatte ihm diesen Satz beigebracht? Arrick trat an den Käfig heran. »Wer hat dir das beigebracht?«

Der Schakrakei legte den Kopf schief und hob eine der himmelblauen Krallen, als wollte er einen Schritt machen. Er hielt sie in der Luft.

»Ich habe nichts hier, was ich dir geben kann.« Arrick zeigte seine leeren Handflächen.

Der Schakrakei senkte die Kralle wieder.

»Woher hast du diesen Satz: Muri ist traurig?«

Der Schakrakei sagte: »Muri ist traurig.« Er sagte es leise.

»Du hast sie weinen gesehen. Sagst du das deshalb?«

Der Vogel schwieg.

Was, wenn das Tier intelligenter war, als er immer angenommen hatte? Aber das war unmöglich. Beinahe jeder Haushalt in Vulgata besaß einen Schakrakei. Irgendwer hätte es längst bemerkt. Die Vögel selbst hätten sich als kluge Geschöpfe zu erkennen gegeben.

Arrick setzte sich auf einen Schemel und schlug das Buch auf. Er las einige Verse, aber nichts blieb haften. Es war, als könnte er die Bedeutung der Wörter nicht mehr entschlüsseln. Immer hatte ihm die Heilige Schrift Frieden gegeben, indem sie seine Gedanken auf das große Geschehen im Universum lenkte und ihn der Liebe des allmächtigen Schöpfergottes versicherte. Half jetzt nicht einmal mehr das? Er klappte das Buch zu.

»Arrick«, sagte der Schakrakei.

Arrick fuhr auf. Hatte der Vogel je seinen Namen genannt? *Er hat ihn jeden Tag gehört*, versuchte er, sich zu beruhigen. *Es ist kein Wunder, dass er ihn sich gemerkt hat.*

»Arrick, sieh dich vor.«

3

RHYT FAUCHTE LEISE. Die Krallen würden sie ihm ausreißen! Allein die Vorstellung der Schmerzen jagte ihm Schauer über den Rücken. Er fühlte sein Herz flattern. Eine Kralle nach der anderen, ritsch, ratsch, ritsch, ratsch!

Er spürte einen Wahn in sich aufsteigen, eine Wut, eine tosende Wut. In die Ecke gedrängt hatten sie ihn. Er wollte töten. Er wollte kämpfen.

Der Anführer der Terraner, Arrick Aargrefe – was schlich er in der Nacht bei der Fabrik herum? Ihn zu jagen und zur Strecke zu bringen, ihm den Kehlkopf herauszureißen, die Zähne in sein Fleisch zu schlagen!

Ich verliere den Verstand, dachte Rhyt. Er musste zur Ruhe kommen, musste sich gut überlegen, was er tat. In Raserei fällte man die falschen Entscheidungen. Wie konnte er den Blutdurst besänftigen?

In großen Sätzen sprang er vom Felsen fort. Er brach in den Wald ein. Äste peitschten sein Gesicht, Dornen rissen die Haut auf. Es tat ihm wohl. Tief drang er vor, tief in das Dickicht und die Schatten und die Nacht. Dann hielt er abrupt an, hob den Kopf und nahm Witterung auf. Nichts. Er hüpfte weiter, witterte erneut. Schwach der Geruch einer Spinne. Dem Duft folgend, schlich Rhyt durch das Unterholz, bis das Aroma stärker und stärker wurde, bis es ihn schier benebelte mit seiner verlockenden Würze.

Schließlich konnte er die Spinne sogar hören. Ihre Beine schabten leise über Rindenfurchen. Kein Zweifel: Sie saß oben in jener Baumkrone. Abrupt wurde es still. Sie hatte ihn bemerkt. Rhyt knurrte leise. Die Vorstellung, dass sie sich angsterfüllt in eine Astgabelung drückte, schürte sein Verlangen.

Die Krallen schossen ihm aus den Pranken. Mit einem Satz sprang er den Stamm hinauf, schlug die Krallen in das Holz, setzte nach, kletterte, sprang einen Ast an, schwang sich höher hinauf, höher, zur Spinne hin, zum zitternden, wartenden Beutetier. Endlich sah er sie. Ihre acht Augen glitzerten im Mondlicht. Dumm, empfindungslos. Die behaarten Beine saßen auf zwei auseinander strebenden Ästen an einer Gabelung, der Spinnenkörper schwebte dazwischen, dick, köstlich.

Rhyt schnellte vor. Er prallte gegen den Baumstamm. Wo war die Spinne? Sie musste abgestürzt sein! Er umfasste den Stamm mit den Pranken, sah hinab und lauschte. Fleißige Spinnenbeine scharrten über den Waldboden. Die Beute versuchte zu fliehen.

Nun, es machte die Sache nur spannender. Rhyt setzte zum nächsten Baum über. Dann zu einem weiteren. Er flog hoch oben über der Spinne entlang. Mit jedem Sprung kam er tiefer hinab, und endlich ließ er sich auf sie niederfallen, drückte sie mit seinem Körpergewicht zu Boden, biss ihr den Kopf ab.

Er begann sofort zu fressen. Während er das würzige, warme Spinnenfleisch schluckte, dachte er: *Sie war klug. Sie hat mich absichtlich in die Baumkrone hinaufgelockt, um sich dann fallen zu lassen.* Und doch stand er, Rhyt, mit seiner Intelligenz weit über der ihren. Sie hatte nichts von Raumschiffen gewusst, vermutlich nicht einmal etwas von dem Raum über der Planetenatmosphäre, der zu Reisen einlud und zu fernen Welten führte.

Und der Schiffsingenieur? Stand er nicht so weit über Rhyt, wie Rhyt den Spinnen überlegen war? Schur Manarr konnte

Triebwerke konstruieren. Das Raumschiff hatte für ihn offen und verständlich dagelegen mit seinen Computern, Kraftfeldern, Lebenserhaltungssystemen, Waffen. Womöglich sah Schur Manarr das Universum auf eine gänzlich andere Art als er, Rhyt. Galaxien mochten ihm kleiner erscheinen, geordneter.

Rhyt stockte.

Hatte der Baumeister wirklich nichts von den Geheimnissen der Geschwister gewusst? Konnte einem wie ihm so etwas entgehen? Er hatte kaum Fragen gestellt, er hatte Rhyt fortgeschickt, ihn abgewimmelt. Wollte er etwas vertuschen?

Vielleicht hatte Schur Manarr selbst mit den Machenschaften der Geschwister zu tun.

Murielle spürte Sabos kleine Finger an ihrem Hals. Sie tätschelten, kniffen zu.

»Nicht, Sabo«, sagte sie und schob das Händchen fort.

»Mama«, sagte Sabo. »Papa su-chen.«

»Ja, wir gehen zu Papa.«

Es war ein warmer Tag. Sanft legte sich Vanders Schein auf die Haut. Der Herbstwind spielte mit Sabos Haarflaum.

»Papa weg.«

»Nein, Sabo, Papa ist nicht weg. Wir finden ihn.«

»Schaka-kei!«

»Den finden wir auch. Papa ist bestimmt in die alte Hütte gegangen. Er wollte ein bisschen allein sein, weißt du?« Sie würde sich entschuldigen. Sie würde ihn irgendwie zurückgewinnen. Was aber, wenn er sich ernsthaft von ihr trennen wollte? Der Gedanke daran drehte ihr den Magen um. Er war ja gestern an Sabos Bett gewesen, der knarrende Fußboden hatte es verraten. Was, wenn er sich von Sabo verabschiedet hatte? Und warum nahm er den Schakrakei mit, wenn er nur für ein paar Stunden allein sein wollte?

Sie ging schneller. Vor der Kirche standen einige Frauen. Sie grüßten freundlich. Murielle grüßte zurück. Die Hütte. *Bitte,*

bitte lass ihn da sein, betete Murielle, *und hilf, dass wir uns versöhnen können!* Sie schob die Tür auf. Die Hütte war leer.

Auf dem Tisch stand der Käfig – ohne Schakrakei. Hatte Arrick seinen geliebten Schakrakei etwa fliegen lassen? Aber warum würde er so etwas tun? Schweiß brach ihr aus. Sie setzte Sabo auf dem Boden ab und kniete nieder. Mit den Händen tastete sie unter dem Bett nach der losen Planke. Sie hob sie heraus, fühlte in die Tiefe. Das Buch war da. Arrick war ohne das Buch gegangen.

Das Bett knarrte. »Haben!«, rief Sabo. »Mama, haben!«

Sie sah auf. Sabo stand auf dem Bett, streckte sich an der Wand hinauf und langte nach der Sensenklinge.

»Nein, Sabo«, sagte sie. Sie packte ihn und hob ihn vom Bett herunter. »Das ist nichts für dich. Es ist gefährlich.«

Er fing an zu weinen, versuchte, sich aus ihrem Griff freizuwinden. »Haben!«, rief er und streckte die Arme nach der Sense aus. »Haben!«

»Nein, Sabo.«

Er schrie lauter. Tränen rollten über seine Wangen, und das Gesicht färbte sich rot.

»Sabo, das geht nicht. Du würdest dich verletzen.« Sie hob ihn auf den Arm und stand auf. Er ließ es geschehen, ohne sich zu wehren, heulte aber unvermindert laut. Es gellte in ihren Ohren.

Die Tür schwang auf. Arrick stand da, den Schakrakei auf der Schulter. Arricks Blick war fremd. Dunkle Felder lagen unter seinen Augen. Er sagte: »Was macht ihr hier?«

Es klang nicht freundlich. Es klang, als würde er Murielle fortwünschen. Sie zuckte zusammen. *Ich habe dich gesucht,* wollte sie sagen. *Ich möchte mich entschuldigen.* Aber sie brachte es diesem Fremden gegenüber nicht heraus.

Er schloss die Tür hinter sich. »Warum schreit Sabo?«

Murielle drehte sich so, dass der Kleine seinen Vater sehen konnte.

»Papa!« Sabo streckte sich nach ihm aus, und sie reichte ihn hinüber.

»Vorsicht«, sagte Arrick. »Der Schakrakei will dort sitzen.« Er hielt Sabo auf der rechten Seite, während der Vogel ans Ende der linken Schulter zurückwich, das Kind misstrauisch beäugend.

»Du hast ihn freigelassen?«, fragte sie.

»Schaka-kei!«, sagte Sabo und schlug nach dem Vogel.

Der Schakrakei flog auf. Er setzte sich auf seinen Käfig und ordnete umständlich die Flügel.

»Ich wollte wissen, ob er im Freien bei mir bleibt.«

»Offensichtlich tut er es. Du hast ihn gut gezähmt.«

»Das ist es nicht. Er ist intelligent, Murielle. Ich dachte immer, ich hätte ihn einfach auf eine Lautfolge getrimmt. Wenn ich ›ein Nachtlied‹ sage, singt er ›O bleibe Herr‹ oder ein anderes der Abendlieder, weil ich ihn immer belohnt habe, wenn er das getan hat. Aber was, wenn die Dinge anders liegen? Möglicherweise versteht er sehr gut, was ›Nacht‹ und ›Lied‹ bedeuten.«

Sie sprachen miteinander, und waren sachlich dabei, ja, beinahe begeistert klang Arrick, ohne Vorbehalte, ohne einen misstrauischen Tonfall in der Stimme. Hoffnung keimte in ihr auf. »Du meinst, er versteht, was wir jetzt gerade reden?«

»Ich weiß es nicht.«

»Wenn er uns versteht, könnte er doch darauf antworten oder irgendwie reagieren.«

»Ich habe ihn gefragt. Er reagiert nicht, jedenfalls nicht eindeutig.«

»Dann versteht er uns nicht.«

»Ich glaube, doch.« Arrick sah sie an. »Er hat Angst.«

Aus seinem Gesicht las Murielle, dass er überzeugt war von dem, was er sagte. Sie sah hinüber zum Vogel. Sein glänzendes weißes Gefieder, die gelben Schmuckfedern am Flügelrand – er war schön. Aber war er klug? Die wasserblauen Augen starrten sie an wie immer. Wenn er so starrte, dachte sie jedes Mal, dass er hungrig war. Konnte der Schakrakei denken? »Wovor sollte er sich fürchten?«

»Manchmal ist es klüger, sich dumm zu stellen.«

»Aber die vielen Vögel in Vulgata! Meinst du, sie verstellen sich alle? Wenn das so wäre, hätte sich doch irgendeiner verraten.«

»Nicht unbedingt. Ich habe darüber nachgedacht. Es wäre vorstellbar, dass ein Schakrakei seine Klugheit in den hintersten Zipfel des Verstandes zurückdrängen kann, dass er sich schlafen legt, sozusagen. Und mein Eindruck ist, dass unser Vogel aus irgendeinem Grund erwacht ist. Vielleicht hat er sich selbst geweckt.«

Der Schakrakei flog auf. Er setzte sich wieder auf Arricks Schulter.

Murielle wollte etwas sagen, aber Arrick brachte sie mit einer Handbewegung zum Schweigen. Und dann hörte sie, wie der Schakrakei leise sagte: »Galchinenbrut.«

Der Galchine hauchte Rhyt ins Gesicht: »Wie ich mich auf übermorgen freue!« Er fletschte die Zähne zu einem Grinsen. Sein Bauch war über der Lederkleidung mit Leinen umwickelt. Blutflecken trockneten darauf.

Nur ein Stoß, dachte Rhyt, *und er jault vor Schmerzen.* Aber es galt, sich zusammenzunehmen. Er hatte einen Plan gefasst, und nach dem würde er sich richten. Schweigend kehrte er die Asche zusammen.

»Er hat dich abgewiesen«, feixte der Galchine. »Der Baumeister will dein Krötengesicht nicht sehen. Er wartet auf ein Gnadengesuch von mir. Aber das wird nicht kommen!«

In Kürze würde Schur Manarr sehr wohl für ihn zu sprechen sein. Dem Fettwanst würde das Lachen vergehen. Rhyt sagte: »Ich schaffe die Asche raus.« Er leerte die Kehrschaufel in den Aschekübel und trug den Kübel hinaus. Er war erst halb voll. Der Galchine würde es als Flucht betrachten – aber das war im Augenblick zu ertragen.

»Du solltest dir wieder einen Wischeimer nehmen«, rief er ihm hinterher, »und hier mal so richtig sauber machen, Rhyt!«

Im Gang wendete sich Rhyt nach links. Er würde nicht nach draußen gehen. An zwei Türdurchgängen musste er vorüber, aus denen das Knacken lebhafter Galchinenunterhaltung drang. Man beachtete ihn und seinen Aschekübel nicht. Endlich die breite Passage zur Halle der Terranerschmiede. Hitze schlug ihm entgegen wie ein feuchtes, schweres Tuch. Er trat ein.

In der Mitte der Halle stand der große Schmelzofen, eine gewölbte Lehmkuppel, die mit Holzkohle und Erz gefüttert wurde. Drei Galchinen führten ihr mit Hilfe von Blasebalgen Luft zu. Aus einem Loch tropften glühende Eisenfladen in ein Becken. Sie wurden von den Terranerschmieden an Zangen aufgenommen und auf Ambossen ausgeschmiedet, so lange, bis die ungewollten Zusatzstoffe herausgehämmert waren.

Die fünf Terraner trugen keine Kleidung am Oberkörper. Ihre helle Haut glänzte von Schweiß. Ruß befleckte sie. Es waren starke Terraner, Muskeln wölbten sich an Armen und Schultern. Sie schwangen die Hämmer ohne Erholungspausen.

Rhyt trat an einen der Terraner heran und sagte: »Draußen steht eine Frau, die will dich sprechen.«

Der Schmied setzte den Hammer ab. Anstatt dass es ihn erleichterte, wirkte er verärgert. »Was will sie von mir?«

»Das wollte sie nicht sagen. Aber es ist wohl dringend. Sie war aufgebracht.«

Mit einem Knurrlaut ließ der Schmied den Hammer liegen und wendete sich zum Ausgang. Rhyt wartete, bis er gegangen war, und griff dann nach dem Werkzeug. *Es sind sowieso meine letzten Tage*, dachte er. *Zum Schluss sollen sie endlich sehen, wozu ich in der Lage bin!* Er umschloss den Griff des Hammers so fest mit der Pranke, dass es schmerzte, und trat an den Ofen heran.

Weit holte er aus. Er schmetterte den schweren Eisenhammer auf die Wölbung der Ofenkuppel nieder. Lehmsplitter spritzten auf. Rhyt holte erneut aus. Er legte alle seine Kraft in diesen Hieb. Der Hammer donnerte nieder und brach ein Loch in den Ofen. Drinnen glühte Feuer. Rauch quoll aus der Öffnung.

Die Galchinen fingen an zu brüllen, und die Terranerschmiede stimmten mit ein, aber Rhyt hörte nicht, was sie schrien. Er schlug auf den Ofen ein, wieder und wieder, bis ein Viertel der Kuppel eingebrochen war.

Er fühlte sich von starken Pranken gepackt und nach hinten gezwungen. Man entwand ihm den Hammer. Schlug ihm ins Gesicht. Er wurde hinausgezerrt. Seine Beine schleiften über den Boden. Ab und an gelang es ihm, einige Schritte mitzustolpern, aber die Galchinen stießen ihn nieder und zerrten ihn so brutal voran, dass er immer wieder auf dem Rücken landete.

Schließlich wurde er niedergeworfen. Der Baumeister. Wie er es geplant hatte. Sie erzählten seine Untat. Hier lag der einzige Schwachpunkt seiner Überlegungen: Was, wenn ihn Schur Manarr auf der Stelle tötete? Wenn er keine Gelegenheit zum Sprechen erhielt?

Rhyt hielt ihm zitternd den Hals hin und steckte sich die Klaue in den Rachen.

Der erlösende Schlag, der ihm das Leben schenken sollte, blieb aus. »Warum?«, brüllte Schur Manarr. »Hast du den Verstand verloren?«

Rhyt sah auf. Die Schnauze des Baumeisters war rot verfärbt. Er musste überaus zornig sein. Die Klingen waren ihm aus den Pranken gefahren, sie waren doppelt so lang wie seine, Rhyts. Und der Schlag, der seine Unterwerfung akzeptieren würde, blieb aus. Offenkundig war Schur Manarr entschlossen, ihn umzubringen.

»Es ist eine Frage«, sagte Rhyt.

»Du hast mich lange genug zum Narren gehalten!« Der

Baumeister beugte sich herunter zu ihm, packte ihn im Genick. Schmerzhaft bohrten sich die scharfen Krallen in Rhyts Fleisch.

»Ich tat es, um dir eine Frage zu stellen, da du mich nicht empfangen wolltest. Warum hast du mich angelogen, ehrwürdiger Baumeister?«

Schur Manarr fauchte: »Denkst du, ich fürchte mich vor dir? Denkst du das?« Der schmerzhafte Stich seiner Krallen wurde stärker.

»Nein«, sagte Rhyt.

Der Baumeister ließ ihn los. »Tretet zurück, damit euch das Blut dieses Ehrlosen nicht bespritzt!«, befahl er und stellte sich breitbeinig vor Rhyt.

Rhyt stand auf. Er ließ sich bewusst Zeit damit. Als er stand, wie um den tödlichen Kehlschlag zu empfangen, sagte er ruhig: »Glaubst du wirklich, ich habe für diese Lage nicht vorgesorgt?« Innerlich jubelte er. Der Baumeister hatte ihn nicht durchschaut! Er würde sich wundern, wie klug er war. Er, Rhyt, war immer klug gewesen, das hatte ihm die Haut gerettet, schon damals, wieder und wieder hatte ihn sein Verstand am Leben erhalten.

Schur Manarr zögerte.

Rhyt sagte: »Wenn du mich tötest, wird binnen Stundenfrist ein Terraner eine Botschaft zu Velved Karwai bringen, die dir sehr unlieb sein dürfte. Ich bin bereit zu sterben. Bist du es?«

Für einen kurzen Moment flackerte Unsicherheit in Manarrs Augen. Dann brach er in Gelächter aus. »Die Unterhaltung beginnt, mir Freude zu machen, Würmchen.« Er befahl: »Geht hinaus, lasst mich mit dem Unwürdigen allein, ich möchte noch ein wenig seine Gesellschaft genießen.«

Die Galchinen verließen den Raum.

Kaum hatten sie die Tür hinter sich geschlossen, sagte Schur Manarr: »Du glaubst also, klüger zu sein als ich? Du meinst, etwas begriffen zu haben? Sag an, was ist es?«

»Wenn Velved Karwai erfährt, dass du ihn hintergehst, bist du des Todes.«

»Ich hintergehe ihn?«

Rhyt sagte nichts. Seine Maulwinkel zuckten verächtlich. Versuchte der Baumeister, ihn für so dumm zu verkaufen?

»Er erfährt es nicht«, sagte Schur Manarr. »Du wirst diesen Raum nicht lebendig verlassen.«

»Dann wird der Terraner ihm meine Warnbotschaft überbringen, und mein Tod wird sie nur umso glaubwürdiger machen.«

»Deinen Terraner lasse ich einfangen.«

»Unter Zehntausend willst du in einer Stunde den Richtigen finden?«

Der Baumeister gab einen warnenden Zischlaut von sich. »Warum sollte ich dir einen Triumph schenken? Du wirst sterben. Und dann sehe ich, wie ich mit Velved Karwai fertig werde.«

»Es gibt eine andere Möglichkeit. Es geht gegen Karwai, also geht es gegen die Terraner, richtig? Weihe mich in euer Geheimnis ein – und du hast einen Mitstreiter gewonnen.«

In einer blitzschnellen Bewegung war Manarr heran. Rhyt sah nur kurz die Pranke auf sich zurasen, dann schlug sein Kopf auf dem Boden auf. Alles drehte sich, er fühlte seinen Schädel pochen. Schur Manarrs Atem schlug ihm ins Gesicht, als der Baumeister flüsterte: »Mitstreiter? Hast du Mitstreiter gesagt? Rhyt, alles, was du bisher getan hast, war, unser Anliegen aufzuhalten! Du meinst, es schadet den Terranern, wenn du die Fabrik sabotierst? O nein, die Fabrik ist das Zentrum des Widerstands gegen sie!«

Rhyt schwirrte der Kopf. Er versuchte aufzustehen. Die Fabrik, die Pflugmaschinen, die Erntemaschinen – das sollte gegen die Terraner gerichtet sein?

»Schaff deinen Terraner hierher. Er soll mir schwören, keine Nachricht überbracht zu haben, und mir die Ziegenhaut übergeben, die du beschrieben hattest. Du hast doch eine Ziegenhaut beschrieben?«

»Wenn ich ihn rufe, bin ich dir ausgeliefert.«

»Das bist du so oder so. Ein Aufsehen passt mir aber nicht im Augenblick. Also sollst du leben. Wenn der Terraner hier war, erfährst du, auf welche Weise wir die Terraner auslöschen werden. Und statt deiner wahnwitzigen Taten beugst du dich meiner Gewalt und dienst künftig dem Werk der Befreiung.«

4

ALS SIE SICH DER Felswand näherten, flatterte der Schakrakei los. Mit lautem Kreischen drehte er ab und flog davon, zum Wald hin.

»Was hat er?«, fragte Murielle.

Arrick sah ihm nach. »Ich weiß es nicht. Vielleicht fürchtet er die Galchinen.«

Nun wurde auch Murielle unwohl. Tiere hatten in der Regel einen guten Instinkt.

Vander tauchte die Felswand in warmes, ockerfarbenes Licht. Goldfunken glommen auf den Blättern der Pflanzen, die die Felswand erobert hatten. Unter dem Felsen standen fünf Galchinen beisammen. Das Knattern ihrer fremdartigen Sprache schallte herüber. Arrick steuerte auf sie zu, also musste dort auch die Grube sein, in der die Galchinen ihre Brut aufzogen. Mit weichen Knien folgte ihm Murielle. Waren die Fünf Weibchen, Ammen also? Sie unterschieden sich in ihrer derben Lederkleidung nicht von den Galchinen, die sie sonst sah.

Die Galchinen unterbrachen abrupt ihr Gespräch und näherten sich. »Bleibt, wo ihr seid! Hier haben Terraner keinen Zutritt.«

Arrick ließ sich nicht beirren. Er lief weiter.

Die Galchinen bauten sich nebeneinander auf und stellten sich ihm in den Weg. »Hast du nicht gehört?«

»Ich bin Arrick Aargrefe«, sagte er, »der Patriarch der Terraner. Ich bin ein Freund Velved Karwais und ein Freund der Galchinen. Ich möchte nach dem Wohlergehen eurer Brut sehen.«

Eine der Kreaturen wies mit der Pranke auf Murielle. Sie knackte einige Laute zum Galchinengeschöpf neben sich.

»Redet Interkosmo!«, forderte Arrick. »Was hast du gerade gesagt?«

Die Kreatur antwortete: »Ich sagte, dass ihr selbst ein Frischgeschlüpftes bei euch habt und wohl kaum auf Kämpfe aus seid. Wir werden Velved Karwai trotzdem Meldung machen von eurem Auftauchen hier. Wir gestatten euch, an die Grube heranzutreten. Aber untersteht euch, etwas hineinzuwerfen!«

Arrick nickte. Er ging voran, und Murielle folgte ihm. Sie traten an den Rand einer Grube, die etwa anderthalb Schritt tief in den Boden reichte. An ihren Rändern waren hölzerne Unterstände errichtet, in deren Schatten Galchinenbrütlinge schliefen, eng aneinander geschmiegt wie junge Welpen. Die Mitte der Grube aber war angefüllt mit Geschnatter und Gewimmel. Galchinenjunge hüpften von einer Grubenwand zur anderen, kletterten übereinander, sprangen auf die Dächer der Unterstände, ließen sich wieder hinabfallen. Sie sahen aus wie ihre erwachsenen Eltern. Nur, dass sie nackt waren. Alles war dran an ihnen: die langen Arme, die wie bei einem Hund geformten Hinterläufe, Reißzähnchen im Maul, glänzende Warzen auf Brust und Kopf. Ihre eitrige Haut war noch hell, aber die breiten Schnauzen und der humpelnde Gang erinnerten an ausgewachsene Galchinen.

Kleine Bestien, dachte sie, *aus denen eines Tages große Bestien werden.*

Sabo wies mit seinem Zeigefinger in die Grube und sagte: »Wau-Wau!«

»Nein, Sabo, das sind keine Hunde. Das sind Galchinen.«

»Jahinen.«

»Ja, Galchinen. Du musst vorsichtig sein, wenn du ihnen begegnest, hörst du?«

Arrick sagte: »Hör auf, ihn so zu verunsichern, Murielle.«

»Ich möchte nur, dass er ihnen mit Respekt begegnet.«

»Lüge mich nicht an. Wenn es nach dir geht, hält er sich fern von ihnen. Das ist etwas anderes als Respekt. Es ist Abneigung.«

»Der Schakrakei fürchtet sich nicht ohne Grund vor ihnen. Tiere haben ein Gespür für Gefahren.«

»Offenbar hat er sich geirrt. Ich kann hier nichts Gefährliches sehen. Es ist ihre Kinderstube. Wir würden unseren Nachwuchs auch bewachen.«

In diesem Augenblick ertönte aus der Grube ein schriller Schrei. Einer der kleinen Brütlinge blutete. Hatte man ihn gebissen? Er hielt seine Kralle in die Höhe. Schwarzes Blut rann daran herunter.

»Hier ist einer verletzt«, rief Arrick.

Die Galchinenwächter kamen heran. Sie sahen in die Grube hinab und nickten.

Wieder ein Schrei. Der Blutende war einem Galchinen auf die Schultern geklettert und biss ihn in den Kopf. Huckepack thronte er auf ihm, während das Opfer durch die Meute der Brütlinge hüpfte, unfähig, seinen Angreifer abzuschütteln.

Ein weiterer Galchine schrie. Und noch einer. Die schlafenden Brütlinge erwachten, gaben Knacklaute von sich und hüpften in die Menge. Plötzlich wurde überall gebissen. Kleine, messerscharfe Krallen fuhren den Brütlingen aus den Pfoten. Sie schlitzten sich damit gegenseitig die Leiber auf.

»Tut etwas!« Arrick stieß die Galchinenwächter an. »Die bringen sich um!«

»Es ist die natürliche Auslese. Nur die Stärksten überleben.«

»Aber es ist eure kostbare Brut! Im Namen Velved Karwais verlange ich –«

»Velved Karwai würde die Brütlinge gewähren lassen.«

Murielle blickte voller Grausen in die Grube hinab. Dort

wälzten sich Galchinenbrütlinge im Staub, so fest ineinander verbissen, dass sie beinahe ein Körper geworden waren. Andere rammten wieder und wieder ihre Krallen in einen Gegner, der sich längst nicht mehr bewegte.

»Niemals«, widersprach Arrick. »Karwai will, dass die Galchinen sich vermehren! Jeder einzelne ist ihm kostbar!«

Er erntete einen spöttischen Blick. »Velved Karwai hat mehr Galchinen getötet als jeder andere von uns. Darum ist er der Anführer des Rudels. Er ist der Stärkste.« Der Galchine wies auf das Gemetzel der Brütlinge. »Als er so klein war, fing das an.«

Murielle erschauderte. Sie hatte es die ganze Zeit geahnt, aber Arrick verschloss die Augen davor. Diese Kreaturen waren Jäger, Blutschläger, Mordeskinder. Sie waren mit dem Tod verwandt. Arrick hatte sich getäuscht in ihnen, die ganze Zeit hatte er sich getäuscht.

Unten in der Grube lösten sich die Kämpfenden und fielen nun gemeinsam über die Toten her. Sie fraßen sie, schlangen sie Stück für Stück hinunter. Murielle drückte Sabos Kopf an ihre Brust und trug ihn fort. »Vergiss, was du da gerade gesehen hast, Sabo. Vergiss es schnell!«

Immer tiefer drang Rhyt in die Sümpfe vor. Hier war er noch nie gewesen. Pflanzenstämme mit großen, fleischigen Blättern wuchsen zwischen schimmernden Moorlachen. Aus dem Geäst der Bäume hingen grüne Fäden herab. Insekten schwirrten umher, stabförmige Räuber mit vier Flügeln, die auf der Stelle flattern konnten. In den Wasserlachen saßen fette Kröten, die man, so sagte ihm sein Instinkt, besser nicht aß. Sie schnappten nach den Insekten. In der Ferne krächzten sie, und wenn er näher kam, wurden sie still. Manche von ihnen tauchten ab, andere duckten sich nur und ließen noch die Augen aus dem Moorwasser herausschauen.

Schur Manarr hatte ihm nicht alles erklärt, aber wenigstens

hatte er eine Einführung erhalten. Die Verschwörer waren in Zellen eingeteilt wie ein Organismus. Keine Zelle besaß mehr als fünf Mitglieder. Dies war eine notwendige Vorsichtsmaßnahme – rotteten sich nämlich zu viele Galchinen zusammen, dann entstand ein verräterischer neuer Rudelgeruch. Die einzige Zelle mit sechs Mitgliedern waren die Geschwister aus seinem Arbeitsraum. Zur Sicherheit vermieden sie es, sich zu sechst an einem Ort aufzuhalten.

Auch sollten sich die Galchinenverschwörer verschiedener Zellen untereinander nicht treffen, um keinen neuen Rudelgeruch zu erzeugen. Der Buchstabe »Tnak« an der Tür verbot Verschwörern, die nicht zur Gruppe »Tnak« gehörten, den Raum zu betreten. Allein Schur Manarr entschied, wann der Zeitpunkt gekommen war, dass sie die Deckung aufgeben und sich alle Verschwörer zum Vernichtungsschlag zusammenfinden würden.

Er, Rhyt, durfte eine neue Zelle gründen. Hier im Sumpf sollte er seinen ersten Mitstreiter treffen. Einen Untergebenen. Denn Rhyt würde die Zelle anleiten, er würde den Kontakt zu Schur Manarr halten und die Befehle nach unten weitergeben. Er fühlte sich stark. Auch wenn sein Genick ihm große Schmerzen bereitete. Schur Manarr musste tief zugestochen haben.

Rhyt lauschte. Die Wassertiere verstummten in der Ferne. Wie kam das? Näherte sich jemand von dort? Er würde seinem Untergebenen gleich eine kleine Lektion erteilen. So, wie Schur Manarr es mit ihm getan hatte, um ihm zu zeigen, wer das Sagen hatte. Rhyt schlich zu einem dicken, morschen Baum und verbarg sich hinter dem Stamm. Er witterte. Kam der Galchine näher?

Statt Galchinengeruchs stieg ein beißender, Ekel erregender Gestank in seine Nase. Eine armlange Echse tappte auf ihn zu. Sie blieb stehen, streckte ihre gespaltene Zunge aus, zog sie wieder ein, streckte sie wieder aus. Unschlüssig betrachtete sie ihn.

Du stinkst, sagte er in Gedanken. *Verzieh dich! Wie soll ich ihn wittern, wenn du hier deinen Verwesungsgeruch verbreitest?* Er überlegte, ob er nach ihr treten sollte. Aber was, wenn sie dann einen Laut von sich gab und ihn damit verriet?

Vorsichtig neigte er den Kopf nach vorn und spähte in die Richtung, aus der der Galchine kommen musste. Und tatsächlich, er sah ihn. Es war Obkrieger Hazzahk.

Der Baumeister musste ihn gesandt haben, denn nur er wusste, wo Rhyt sich aufhielt. Aber schickte er den Obkrieger, damit er sich Rhyt unterwarf? Einen stolzen, angesehenen Galchinen wie ihn? Niemals.

Rhyts Herz setzte aus. Dann pumpte es in einem rasenden Tempo wieder los. Er begriff: Hazzahk war hier, um ihn zu töten.

Rhyt brauchte ein Versteck. Er blickte sich panisch um. Laufen durfte er nicht, jede Bewegung würde Hazzahks Aufmerksamkeit auf ihn lenken. Konnte er versuchen, den Baum hinaufzuklettern, hinter dem er versteckt war? Der Stamm war umfangreich, er würde ihm Deckung bieten. Als Rhyt am Baum hinaufsah, sank seine Hoffnung. Der Baum war abgestorben. Die Rinde fahl, die Äste gebrochen. Womöglich war er im Inneren verfault. Dieser Baum würde ihn nicht tragen.

Und wenn er in einem Satz zum nächsten Baum sprang? Es war eine schnelle Bewegung, die Hazzahks geübte Kriegeraugen sofort wahrnehmen würden. Rhyt musste hier bleiben und auf ihn warten. Auf seinen Tod warten.

Das war nicht das heldenhafte Ende, das er hatte erreichen wollen. Einsam im Sumpf zu sterben? Man würde vermutlich erzählen, er sei im Wald auf der Spinnenjagd verschollen. Sie würden denken: Natürlich, wenn die simple Spinnenjagd einen Galchinen überfordern konnte, dann Rhyt. Sie würden ihn für einen kläglichen, armseligen Galchinen halten. Das würde sein Andenken sein.

Rhyt stieß im Zorn die Krallen aus der Pranke und schlug

sie in das Holz des Baumes. Die Rindenkruste zerbrach. Der Stamm war hohl? Er sah hinein. Feuchter Holzstaub beschwerte die Luft. Wenn er nun ein größeres Loch machte und hineinkroch? So konnte ihn Hazzahk auch dann nicht sehen, wenn er um die Bäume herumging – solange er sich nicht direkt vor diesen stellte.

Der Obkrieger würde ihn wittern. So jagten sie. Und er war heute das Beutetier.

Sein Blick fiel auf das Reptil, das immer noch da stand und ihn anstarrte aus seinen kalten Augen. *Du kleiner Stinker, jetzt kommst du mir gerade recht.* Er durfte ihn nicht töten, es konnte einen Todesschrei geben. Vorsichtig beugte Rhyt sich hinab. Sein Genick schmerzte dabei. Er griff dem Reptil unter den Bauch und nahm es hoch. Es bewegte sich nicht, strampelte nicht einmal mit den Beinen, als sei es gewöhnt, aufgehoben zu werden, oder als fühlte es sich sicher, weil es nicht essbar war, genauso wie die krächzenden Wassertiere. Wer würde auch ein Tier fressen, das so widerlich stank?

Mit der freien Pranke brach er weitere Rindenstücke aus dem Stamm. Dann stieg er gemeinsam mit dem Tier in den Baum. Er setzte es auf den feuchten, schwammigen Boden im Inneren, langte heraus und hob die Bruchstücke auf. Alle von ihnen, die er erreichen konnte, holte er nach innen.

Er wartete.

Hazzahks Humpelschritte näherten sich. Rhyt konnte hören, wie Hazzahk stehen blieb, ganz in der Nähe. Er versuchte sicher, Witterung aufzunehmen. Konnte er einen Restgeruch von Rhyt ausmachen, der den Gestank der Echse überlagerte? Das Echsentier grub zu seinen Füßen im moderigen Holz. Da waren auch andere Tiere, die ihn an den Füßen kitzelten, gepanzerte Insektenköpfe, die nach oben drängten und ihn stießen.

Hazzahk ging wieder. Das Humpelgeräusch entfernte sich. Rhyts Angst erlosch. An ihrer Stelle meldete sich eine Hitzewelle von Enttäuschung und Zorn. Dafür stand also das Wort des Baumeisters! Statt ihn eine Zelle gründen zu lassen im Widerstand gegen das Terranerbündnis, wollte er ihn tückisch ermorden lassen. Er hatte ihn verleitet, ihm den Terraner und die Warnbotschaft an Velved Karwai preiszugeben, und nun brauchte er Rhyt nicht mehr. Im Sumpf sich seiner zu entledigen, ohne großes Aufsehen – wie hatte Rhyt es Schur Manarr so leicht machen können!

Er würde von jetzt an die Dinge selbst in die Hand nehmen. Der Baumeister würde seinen Verrat bitter bereuen. Und diesmal würden alle Galchinen sehen, wie sehr sie Rhyt unterschätzt hatten. Er hatte genug Zeit verloren. Er würde die Terraner an der empfindlichsten Stelle treffen, ja, in wenigen Tagen würde er auf Vanderbeyten die Befehle geben.

Arrick sah Murielle nach. Da hatte sie also ihre Bestätigung, nach der sie so lange auf der Suche gewesen war. Die Galchinen waren böse Bestien, die Abkömmlinge Terras hingegen friedliche Siedler, und am besten trennte man die Völker voneinander. Nach dem, was sie gerade gesehen hatten, würde Murielle noch hartnäckiger auf dieser Ansicht beharren.

Auch wir töten, dachte Arrick. Das noch vor einem Jahr gepflegte Gedankengebäude der Siedler von Vulgata war nun wirklich nicht über jeden Zweifel erhaben, im Gegenteil. Wie konnte Murielle die Galchinen so leichtfertig verurteilen? Es gab Probleme, die nach Lösungen schrien, und diese zu finden war ein schweres Geschäft. Aber es war seine Aufgabe. Deshalb war er der Patriarch.

Er sah noch einmal in die Grube. Die Brütlinge hatten sich beruhigt. Vereinzelt leckte sich noch einer die Krallen oder stritt fauchend mit einem Kontrahenten um einen Knochen, aber es legten sich bereits die ersten wieder in den Schatten, um zu dösen.

»Wo ist Karwai?«, fragte Arrick.

Die Galchinen hörten nicht auf ihn. Sie zeigten mit ihren dünnen Armen – Galchinenweibchen hatten dünnere längere Gliedmaßen – auf einzelne Brütlinge und diskutierten in Knacklauten. Suchten sie nach den stärksten Frischgeschlüpften? Schlossen sie Wetten darüber ab, wer die Kinderstubenzeit überleben würde?

Er fragte erneut: »Wo ist Karwai?«

»Er ist zu den Stollen gegangen«, sagte eine der Galchinen. Sie sah Arrick nicht an dabei. Stattdessen legte sie sich auf den Bauch, robbte an den Rand der Grube heran und langte hinunter. Sie nahm einen Brütling heraus. Der Brütling fauchte böse. Ein knackendes Galchinenlachen war die Antwort. Eine nach der anderen nahm den Brütling in die Hand.

Arrick wendete sich ab. Er lief am Felsen entlang, hinter der Fabrik vorbei. Stimmte es, was sie über Karwai sagten? Wenn es der Wahrheit entsprach, dass er zahllose Galchinen getötet hatte, dann war zumindest auf Vanderbeyten ein Sinneswandel bei ihm eingetreten. In ihren Gesprächen redete er nicht vom Kampf und nicht vom Töten. Er redete von einer gemeinsamen Zukunft für Galchinen und Terraner.

Vor den dunklen Höhleneingängen, die in den Felsen hineinführten, standen in Trauben die Menschen. Was ging hier vor? Ihre Spitzhacken hatten sie an die Felswand gelehnt, Schaufeln, Meißel, Hämmer, alles lag und stand ungenutzt herum. Verweigerten die Menschen die Arbeit?

Nahe den Schächten machte Arrick Karwai aus und bei ihm einen Hünen von Galchinen, dessen Hinterläufe breit auseinander liefen. Der Hüne stritt mit einigen Terranern, zeigte auf einen Höhleneingang, hielt zwei seiner Fingerglieder hoch.

Jetzt erst fiel Arrick auf, dass die Menschen nass waren, einige bis zu den Knien, andere bis zur Hüfte. Ihre Beinlinge klebten an den Schenkeln. Manche hatten den Stoff hochgekrempelt.

»Was ist passiert?«, fragte Arrick.

Bevor Karwai antworten konnte, rief einer der Arbeiter: »Wasser, Patriarch. Wir können nicht weitermachen. Die Stollen sind mit Wasser voll gelaufen, es ist so viel, das kriegen wir nicht rausgeschöpft. Es kommt immer neues nach.«

Karwai warf ungeduldig die Pranken in die Luft. »Wie oft muss ich das noch sagen? Die Fabrik wird es lösen! Wir werden das Wasser herausschaffen. Wichtig ist, dass ihr uns mehr Eisenerz bringt. Wir stehen wenige Tage vor dem Durchbruch. Geht zurück an die Arbeit!«

»Aber die Kornvorräte gehen zur Neige«, widersprach ein anderer Arbeiter. »Wir müssen jetzt auf die Felder raus und die Ernte einholen, ehe die Herbststürme einsetzen!«

»Wovon redet er?«, wendete Karwai sich an Arrick.

»Er hat Recht.« Arrick sprach etwas leiser, um Karwai nicht vor den wütenden Arbeitern bloßzustellen. »Wir werden eine Hungersnot haben, wenn wir nicht die Ernte einholen. Für gewöhnlich haben wir die Felder zu dieser Zeit des Jahres längst abgeerntet. Ist das Korn erst einmal nass, dann verfault es auf den Halmen.«

Der Hüne schüttelte das Haupt. »Ihr sorgt euch um Halme und Körner – dabei könntet ihr Maschinen haben, von denen ihr nicht einmal zu träumen wagt.«

War das Schur Manarr, der Baumeister, von dem Velved Karwai so oft sprach? Arrick hatte ihn sich als dürres, gekrümmtes Galchinenmännchen vorgestellt. Jemand, der so intelligent sein sollte, konnte nicht zugleich stark und breitschultrig sein.

»Wie lange bräuchtet ihr für die Ernte?«, fragte Karwai.

»Zwei Wochen.« Arrick sah nach den Spitzhacken. »Und ihr müsstet die Schmiede freigeben. Seit unsere fünf Schmiede nur noch Schlacke aushämmern und die rohen Blöcke zurichten für euch, haben die Erntewerkzeuge keine Erneuerung gesehen. Es sind etliche Sensen herzurichten.«

»Das ist alles nicht nötig«, sagte der Hüne. »Das Eisen ist jetzt wichtig. Wenn wir das Eisen haben, bauen wir euch Maschinen, die die mühsame Feldarbeit übernehmen. Eure Vorräte sind nicht so mager, wie die Minenarbeiter behaupten.«

»Du meinst das Saatgetreide«, widersprach Arrick. »Das darfst du nicht zur Nahrung zählen. Wenn wir es den Menschen zu essen geben, können wir im nächsten Jahr keine Felder bestellen.«

Der Hüne leckte sich mit der warzigen Zunge über die Nüstern. »Ihr müsst nur noch einige Tage aushalten. In zwei Tagen könnte schon die erste Maschine stehen. Gib ihnen einen Teil der Saat zu essen. Wenn es zu Knappheit kommt im nächsten Jahr, schaffen die Galchinen euch Fleisch heran. Wir sind gute Jäger.«

Bei der Vorstellung, Spinnenfleisch zu essen, drehte es Arrick den Magen um. »Warum ist es dir so eilig mit der Fabrik?«

Karwai antwortete anstelle des Hünen. »Je mehr Terraner in der Mine arbeiten, desto schneller haben wir das Eisenerz und desto eher habt ihr eure Feldmaschinen. Sie sollen noch etwas tiefer in den Felsen eindringen. Das Wasser ist in einigen Tagen kein Problem mehr. Glaube mir, der Baumeister hat alles berechnet. Du kannst dir nicht vorstellen, was er als führender Raumschifftechniker auszutüfteln hatte! Gleichungen, die deine kühnsten Ideen übertreffen. Er ist überaus klug. Er kann die Zukunft berechnen, so könnte man es sagen!«

5

ZWEI TAGE SPÄTER wollte Vander nicht aufgehen. Es war ein finsterer, schwarzer Morgen. Dick quollen Wolken auf am Himmel. Sturmböen rissen Äste aus dem Wald rings um Vulgata, sie zerrten an den Dächern der Siedlung, bliesen losgelöste Strohfetzen vor sich her. Die Schakrakeie in den Häusern schwiegen: Heute weckte kein Gesang ihre Besitzer. Das Heulen des Sturms hatte diese Aufgabe übernommen.

Tropfen fielen auf die Straßen herab und zerplatzten im Staub. Hunderte wurden es, Tausende. Dann schwoll der Regen zu einem Getöse an, das die Siedler Vulgatas sorgenvoll zum Dach hinaufschauen ließ. Wasser sickerte in die Stuben. Die Luft schmeckte danach. Draußen rutschten Wäschestücke von den Leinen und klatschten zu Boden.

Auf den Feldern rings um die Siedlung krümmten sich die Halme. Die Ähren sogen sich voll Wasser und wurden niedergedrückt auf das nasse Erdreich, wie Geschöpfe, die sich vor einem übermächtigen Herrscher verbeugten.

Schwarz rann das Wasser am Palisadenzaun Vulgatas hinab, bildete kleine Bächlein, sammelte sich an den Durchbrüchen, die der Testamentswall seit einem Jahr aufwies, und spülte anschließend durch die untere Siedlung. Am Haus Offenbarung erloschen zischend die Fackeln.

Neben der Ziegenweide des Hauses Esra kauerte ein Galchine. Die Ziegen drückten sich mit angstvoll verdrehten Augen ans andere Ende ihres Geheges. Er beachtete sie nicht. Er wischte sich über den kahlen, warzigen Kopf, als könnte er das Regenwasser so von sich abstreifen. Atemzüge wölkten vor seinem Maul. »Vorgestern wolltet ihr mich töten«, sagte er. »Heute sollen mir die Krallen ausgerissen werden. Aber ihr könnt mich nicht finden! Ihr seid zu dumm dafür! Ich vollbringe das Meisterstück. Ihr seid ja zu feige.«

Er stand auf, spähte um sich und humpelte vorwärts, leicht nach vorn gebeugt. »Die Terraner! Als ob das eine Hürde wäre. Heldentod oder Sieg, sage ich.«

Einige Straßenzüge weiter stand Arrick am Fenster und ballte die Fäuste. *Ein Wort, Murielle*, dachte er, *und ich springe dir an die Kehle.* Es erschreckte ihn, wie sehr er seine Frau hasste. Er hätte nicht zurückkehren sollen ins Haus Offenbarung. Es wurde nur schlimmer, wenn sie Zeit zusammen verbrachten, das hatte er doch gewusst! Warum konnte er sie nicht endlich aufgeben?

Murielle schwieg. Sie wiegte Sabo in ihrem Arm. Der Kleine lauschte angespannt auf den Sturm.

War es nicht ein friedliches Bild, die Frau und sein Sohn? Sie brauchten seinen Schutz! Warum schmerzte ihn der Anblick? Warum trieb es ihn fort? Er verstand sich selbst nicht. Hatte er sie nicht innig geliebt noch vor Monaten? Und konnte denn Sabo etwas für die Wut seines Vaters?

Der Kleine wand sich aus Murielles Armen und rutschte von ihrem Schoß herunter. Er wankte einige Schritte, hielt sich an der Tischkante fest bis zum Rand des Tisches und tappte weiter, zur Haustür hin.

»Arrick«, sagte Murielle. Ihr Blick deutete auf Sabo.

»Ich sehe ihn«, sagte er gereizt. »Er ist neugierig. Er kennt keinen Regen.«

»Du sollst nur aufpassen, dass er nicht fällt.«

»Er wird noch oft hinfallen im Leben. Es schadet nicht, wenn er das kennen lernt.«

Murielle stand auf. Ihre Brauen zuckten. »Du ärgerst dich«, sagte sie. »Aber nicht über mich, sondern darüber, dass draußen auf den Feldern das Korn verfault. Lass also bitte deine Wut nicht an mir und Sabo aus.«

»Du und Sabo. Ihr seid die Guten, ja? Und ich bin der böse Vater, der alles falsch macht?«

»Die Galchinen halten ihr Wort nicht. Die erste Maschine sollte heute fertig werden.«

»Es ist gerade Morgen, und du weißt schon wieder alles besser. Selbst wenn die Maschine erst übermorgen fertig gebaut ist oder nächste Woche –«

»Achtung, er drückt die Tür auf!«

Arrick sah kurz zu Sabo hin. Na und? Dann wurde der Kleine eben einmal nass. Murielle sah einfach die Wirklichkeit nicht mehr. Die Wirklichkeit bedeutete, dass es draußen regnete, dass man sich mit den Galchinen zu einigen hatte, dass die Lage für die Menschen erst einmal schlechter werden würde als noch zu Zeiten ihres Vaters. Man musste damit umgehen, sich den Dingen stellen. »Du hältst es für meine Schuld. Du denkst, ich bin für die Hungersnot verantwortlich, die uns jetzt treffen wird, nicht wahr?«

Murielle stürzte zur Tür hin. »Sabo, komm sofort wieder rein!«

Arrick sah den Kleinen hinfallen. Er blieb auf allen vieren hocken und patschte mit der Hand in den Schlamm. Der Regen, der auf ihn niederprasselte, schien ihn nicht zu stören.

In diesem Moment raste ein grüner Blitz heran und riss Sabo mit sich. Arrick wirbelte herum. Ein Galchine! Ein Galchine sprang die Straße hinunter. Er hatte sich Sabo unter den Arm geklemmt.

Arrick war wie gelähmt. Er starrte ihm hinterher. Endlich gehorchten seine Beine. Er rannte los. Der Boden war weich unter seinen Füßen. Schlamm spritzte ihm bis ins Gesicht. »Stehen bleiben!«, brüllte er. Seine Füße stampften den Boden, er gab alles, er rannte, so schnell er konnte. Der Galchine war nicht einzuholen. Das Geschöpf sprang mit einem riesigen Satz über den Palisadenwall.

Er hastete zu einer Leiter hin, erklomm den Wall.

»Arrick«, rief Murielle von unten.

Der Galchine lief mit Sabo zum Wald. »Er flieht in den Westwald«, sagte Arrick, »Murielle, hole Hilfe, gehe zu Velved Karwai! Beeile dich!« Damit kletterte er über die Spitzen der Palisaden und sprang in den Wassergraben. Den Gestank der Jauche nahm er kaum wahr, er watete hindurch mit aller Kraft, erklomm das entgegengesetzte Ufer und rannte weiter, dorthin, wo der Galchine im Wald verschwunden war.

Sabo weinte, seine Stimme übertönte schwach das Tosen des Sturms. Arrick folgte ihr. Er rutschte auf dem glatten Untergrund aus, stieß sich den Kopf an etwas Hartem. Sofort war er wieder auf den Beinen und kämpfte sich weiter. Die Beine schmerzten, sie wollten nicht hergeben, was er ihnen abforderte. Warm lief es über seinen Mund und tropfte vom Kinn. Er wischte darüber. Blut. Er musste sich die Nase angeschlagen haben.

Plötzlich verstummte der Kleine.

»Sabo!«, rief Arrick.

Der Wald schwieg, nur die Äste ruderten im Wind. Er biss die Zähne aufeinander. Er durfte nicht daran denken, was der Galchine mit seinem Sohn tat, er musste diese Gedanken vertreiben, musste sich darauf konzentrieren, wie er ihn finden konnte.

Er konnte es wieder fühlen, wie sehr er ihn liebte, ihn und Murielle. Es war, als sei ein Gefäß verborgen gewesen tief in ihm drin, ein Gefäß, das alle Liebe zu seinem Sohn und seiner Frau enthielt, und jetzt war es zerbrochen. Eine feuerheiße Flüssigkeit strömte durch seinen Bauch.

Er sank auf einen umgestürzten Baum nieder. Er musste es sich eingestehen: Sein Sohn war nicht mehr am Leben. Er konnte ihn nicht finden, der Galchine konnte überall sein. Und ein Galchine fackelte nicht lange, wenn er eine Beute riss. Arrick grub das Gesicht in die Hände. Erst fürchtete er, nicht weinen zu können. Dann aber flossen die Tränen, heiß, als kämen sie geradewegs aus seinem Inneren.

Murielle war nass bis auf die Haut. Dornengestrüpp hatte ihr Kleid zerrissen. Die Hände waren fleckig schwarz, und es klebten ihr Haarsträhnen im Gesicht. Sie rief nach Sabo. Heiser klang es, müde. War es ein Fehler gewesen, nicht auf Arrick zu hören? Hätten die Galchinen ihnen vielleicht geholfen, hätten sie Sabo gefunden? Sie hatte so nicht handeln können. Wie konnte Arrick von ihr verlangen, dass sie den Galchinenführer suchte, während ihr Kind in den Klauen dieser Bestie war? Nein, anders war es nicht möglich gewesen: Sie war in den Wald geeilt und suchte und suchte und suchte ihren Sohn.

Sie befand sich in Gefahr, das wusste sie. Je weiter sie sich von der Siedlung entfernte, desto eher würde sie einer Raubspinne in die Fänge geraten. Mit Herzklopfen sah sie hinter jedem Strauch nach, hinter jedem von der Nässe schwarz gesogenen Baumstamm, in jeder Senke. Keine Spur. Sie ahnte, dass sie Sabo und den Galchinen nicht mehr finden würde. Dennoch suchte sie weiter – sie war nicht bereit, ihren Sohn aufzugeben, nie würde sie dazu bereit sein. Lieber wollte sie hier von einem giftigen Spinnenbiss sterben.

Murielle schreckte hoch. War das nicht Sabos Stimme?

Sie hastete voran in die Richtung, aus der das Geräusch gekommen war. Am Rand einer kleinen Lichtung blieb sie wie angewurzelt stehen.

Der Galchine hatte sich hoch auf die Hinterbeine erhoben. Vor seine Brust hielt er Sabo, eine Pranke auf den Mund, die andere an den Hals gelegt mit silbern glänzenden, scharfen Krallen, die die zarte Haut des Kindes spannten. »Wenn du schreist, bring ich es um.«

Sie konnte sich nicht bewegen. Da war der geliebte Sohn, so nah, dass sie ihn beinahe berühren konnte. Er war unverletzt, durchnässt und starr vor Angst. Aber sie konnte ihm nicht helfen. Wenn sie eine falsche Bewegung machte, würde ihm der Galchine Schreckliches antun.

»Hast du mich verstanden?«

Sie nickte.

»Reiße dir einen Stoffstreifen vom Kleid.«

»Was?«

»Du hast mich gehört. Reiße einen Stoffstreifen von deinem Kleid.«

Sie kauerte sich nieder und riss den Saum entzwei. Als sie einen Streifen abgetrennt hatte, erhob sie sich wieder. »Bitte, er ist mein Sohn, mein geliebtes Kind. Es würde mir das Herz brechen, wenn ihm etwas geschieht.«

»Ich weiß, dass ihr Terraner eure Brut über alles schätzt. Binde dir den Stoff um die Augen. So, dass du nichts siehst! Wenn du mir gehorchst, wird deinem Frischgeschlüpften nichts passieren.«

Sie verband sich die Augen. Der nasse Stoff lag kühl und fest auf ihrem Gesicht. Plötzlich prallte etwas gegen ihre Wange und stieß ihren Kopf zur Seite.

»Gut, du siehst wirklich nichts. Jetzt geht voran.« Eine schwere Pranke legte sich ihr auf die Schulter und schob sie vorwärts.

Es war ein ekelhaftes Gefühl, die Bestie zu spüren. Ihre Pranke berührte da, wo das Kleid zerrissen war, Muriells nackte Haut. Die Galchinenpranke war schwielig und warm. »Hab keine Angst, Sabo«, sagte sie, »deine Mama ist bei dir. Hörst du? Hab keine Angst.«

Sie liefen lange so. Der Sturm ließ nach, auch der Regen

wurde schwächer. Sie hörte Sumpfkröten unken. Fleischige Blätter streiften ihre Schenkel. Waren das Unkenbüsche? Der Galchine führte sie ins Moorgebiet! Er ließ sie nicht geradeaus laufen. Sie liefen weite Bögen, schlugen Haken.

Endlich blieb er stehen. »Hör gut zu, Terranerweibchen. Wenn du das Versteck verlässt, stirbt dein Frischgeschlüpftes. Es liegt ein totes Tier bei euch. Entfernst du es, seid ihr genauso tot. Hast du mich verstanden?«

»Ja.« Es roch abscheulich nach einer Moorfassel.

Der Galchine drängte sie in einen engen, feuchten Raum. »Wirst du gehorsam sein?«

Sie nickte. Es schien ein hohler Baumstamm zu sein.

»Hindere das Frischgeschlüpfte daran, zu schreien. Ich werde oft in der Nähe sein. Wenn ich es schreien höre, bring ich es um.«

Sie spürte Sabos Finger, die sich um ihren Hals schlossen, und seinen Körper, der sich an sie drängte. Sabo wimmerte leise.

»Shhh«, machte sie. »Mama ist da.« Sie wiegte ihn sanft. »Er kann dir nichts tun.«

»Wenn ihr das Versteck verlasst, werdet ihr von Spinnen umgebracht. Du weißt das, oder? Hier schützt dich der Gestank der toten Echse davor, dass sie dich riechen, und sehen können sie dich nicht im Versteck. Kriechst du heraus, dann bist du ihnen ausgeliefert.«

»Ich bleibe hier.«

»Wir sind in einem Gebiet, in dem es von Spinnen nur so wimmelt. Sie sind jetzt geflohen vor mir, haben sich kurz zurückgezogen. Wenn ich weg bin, haben sie nichts mehr zu fürchten und kehren zurück. Sie werden euch suchen. Also gehorche – dann lebst du.«

Humpelgeräusche entfernten sich.

Irgendwann hörte sie nur noch das Fauchen des Windes im hohlen Stamm und das Tröpfeln aus den nassen Baumkronen.

Sie streifte die Augenbinde ab. »Geht es dir gut, mein Schatz? Ist alles noch dran?«

»Hat weh gemacht!«

»Ich weiß, Sabo. Aber ich bringe dich wieder nach Hause. Dort ziehen wir etwas Trockenes an und schauen mal, ob es blutet, ja? Und dann lasse ich keine dieser Bestien mehr in deine Nähe kommen.« Sie sagte das. Und doch blieb sie hocken. Sie wusste: Draußen warteten die Spinnen.

Lange saß Arrick in seiner Hütte. Der Regen hatte aufgehört, und unten aus der Siedlung drang vielstimmiger Schakrakeiengesang. Ihm aber war nicht nach Aufatmen zumute. Er fragte sich, wie er Murielle in die Augen blicken sollte. Es war seine Schuld, dass Sabo aus dem Haus gelaufen war.

Bestien hatte Murielle die Galchinen immer genannt. Hatte sie nicht Recht damit? Die beiden Völker konnten einfach nicht zusammenleben.

»Gott«, krächzte er, »du hast mir alles genommen. Wie kannst du Liebe zum Grundprinzip machen, wenn sie doch nur Verderben einbringt? Ich habe den Galchinen vertraut! Ich habe versucht, sie zu lieben! Und was ist dabei herausgekommen? Mein Sohn ist tot. Sie haben mein Vertrauen ausgenutzt.«

Vergib ihnen, sagte eine Stimme in ihm. *Ich habe auch dir einen Mord vergeben, erinnerst du dich? Verzeihe ihnen.* Arrick stand auf. »Nein. Du bringst mir Schwäche bei, Gott. Ich hasse sie! So bist du doch auch nicht. Du lässt doch auch nicht alles mit dir machen.«

Das alte Buch hatte ihn an der Nase herumgeführt. Es hatte ihm einen falschen Gott vorgegaukelt. Kantur Gotha, der hatte noch den richtigen Gott gekannt, einen Gott der Ordnung, einen Gott der Rache. Zu diesem Gott würde er zurückkehren.

Und Velved Karwai? Ist er nicht dein Freund geworden?

Karwai. Gut, Karwai war eine Ausnahme.

Und wenn nicht? Die Galchinenweibchen bei der Grube

hatten anderes erzählt. Dennoch, er sollte noch eine letzte Gelegenheit erhalten, bevor Arrick sich von den Galchinen lossagte, eine Gelegenheit, zu zeigen, dass das Vertrauen in dieses hässliche Volk nicht umsonst gewesen war.

Arrick verließ die Hütte und ging durch die Felsensiedlung. Den Hang stieg er hinunter. Er war glatt, auf dem nassen Felsen rutschten die Sohlen, er musste vorsichtig sein. Was war da unten los?

Bei den Minenschächten stand ein eisernes Ungetüm. Es bewegte sich. Es fauchte. Die erste Maschine arbeitete! Also hatten sie Wort gehalten. Zwei Arme wippten über dem Körper der Maschine auf und ab. Aus einem Rohr paffte weißer Dampf.

Aber konnte ihm eine Maschine den Sohn ersetzen?

Zehntausend Terraner standen hinter ihm, er war der Patriarch, er war verantwortlich für sie. War es die richtige Entscheidung gewesen, die Völker zusammenleben zu lassen? Heute konnte er nicht mehr daran glauben.

Man begrüßte ihn mit Jubel am Fuß des Felsens. Er hörte nicht darauf. Er drängte nach vorn zu Karwai. Wieder stand dieser Koloss von Baumeister bei ihm. »Ich muss dich sprechen, Karwai«, sagt er leise.

Velved Karwai legte ihm die Pranke auf die Schulter. »Gleich, Arrick, wenn die Zeremonie vorüber ist, ja? Die Menschen wollen noch ein wenig staunen. Unsere Maschine saugt das Wasser aus dem Felsen!«

Tatsächlich schloss ein Rohr an das eiserne Ungetüm an, ein mit Nieten verschweißtes Rohr, aus dem in feinen Fontänen Wasser spritzte. Es führte hinab in die Stollen, von dort zur Maschine und von ihr bis zum Flussbett. Beim Fluss, wo das Rohr endete, spülte in regelmäßigen Schüben Wasser aus ihm heraus.

»Seht ihr, wie gut wir zu euch sind?«, rief Karwai. »Wir erleichtern euch die Arbeit im Bergwerk!«

Viele johlten vor Freude. Nur einer murrte: »Arbeit, die wir ohne euch nicht hätten.«

Velved Karwai reckte die langen Arme in die Höhe. »Auf die Zukunft Vanderbeytens! Auf ein friedliches Miteinander von Galchinen und Menschen!«

Der Baumeister trat an Arrick heran. »Dieses Gebäude dort«, er wies auf die Mühle, »wer hat es errichtet? Keine schlechte Idee, sich die Luftströmungen zunutze zu machen.«

Er war nicht hier, um sich zu unterhalten. »Wir wissen es nicht«, brummte Arrick. »Es steht seit den Gründertagen da.«

»Hör zu, Patriarch. Die Terraner brauchen eine Zeiteinteilung. Siehst du dieses Ventil am Pumpenkessel?« Der Baumeister drückte einen eisernen Stock nieder, der aus der Maschine ragte, und die Maschine pfiff einen grellen Laut. »Ich habe es anfertigen lassen, damit es fortan Tagesbeginn und Tagesende anzeigt. Mit Hilfe von Wassereimern messen wir die Zeit, zumindest, bis ich etwas Besseres gebaut habe.«

Karwai bleckte die Zähne. »Du bist sehr erfinderisch, Schur Manarr. Durch dich wird die moderne Zeit anbrechen auf Vanderbeyten, schneller, als wir es je geglaubt hätten.«

»Sage den Terranern, Patriarch, dass sie künftig nicht bei Sonnenaufgang zur Arbeit erscheinen und bei Sonnenuntergang in ihre Häuser gehen, sondern dass sie sich nach dem Pfeifen des Ventils zu richten haben.«

Arrick war kurz davor, die Selbstbeherrschung zu verlieren. Für wen hielt sich dieser Galchine? Sie wollten über die Siedler herrschen, das war überdeutlich. Mit Gewalt und Maschinen wollten sie die Menschen unterwerfen. Er würde das nicht zulassen. Hart packte er den Arm Karwais und zog ihn fort. »Ich muss dich sprechen, jetzt sofort!«

Karwai sah ihn erschrocken an. »Was ist los?«

Sie kamen zu einem entlegenen Teil der Fabrik. Galchinen standen dort, stumm, wie Wächter. Was bewachten sie? Arrick riss mühsam seinen Blick von ihnen los. »Mein Sohn«, sagte er. »Ein Galchine hat ihn getötet.« *Und gefressen*, dachte er. Er konnte das nicht aussprechen.

Karwai sah zu Boden. »Ich habe mir gedacht, dass eines Tages so etwas passieren würde. Es tut mir leid, dass es ausgerechnet dein Kind sein musste.«

»Es wird nie gut werden zwischen unseren Völkern. Ich habe mich getäuscht.«

»Sag nicht so etwas, Arrick.«

»Doch, ich sage es. Und ich meine es auch. Ihr habt eure Instinkte. Ihr wollt töten, das wird sich nicht ändern. Ich bin für die Menschen verantwortlich, Karwai. Ich werde dafür sorgen, dass sie leben.«

»Wie meinst du das?«

»Wir müssen uns trennen.«

»Arrick, du stehst unter Schock, weil dein Kind gestorben ist. Ich kann deinen Schmerz nur erahnen, du weißt ja, uns ist das Prinzip der Elternschaft fremd. Für dich ist es schrecklich, das Kind verloren zu haben. Dennoch darf das nicht den Friedensprozess gefährden, nicht jetzt! Arrick, wir sind auf so gutem Weg, die erste Maschine ist fertig gestellt, die Terraner sehen unseren guten Willen.«

»Stehst du auf meiner Seite?«

»Natürlich stehe ich auf deiner Seite.«

Von wegen!, dachte Arrick. Karwai sagte es dahin wie einen klugen Spruch. Sein Herz aber schlug für die Galchinenbestien. »Was soll ich deiner Meinung nach tun?«

»Halte die Sache geheim. Wenn die Menschen erfahren, was passiert ist, wird Hass geboren, und wir werden in einen Krieg hineinschlittern.«

»Mein Sohn ist tot, und ich soll schweigen?«

»Sieh mich an!« Velved Karwai umfasste mit den Pranken Arricks Arme. »Du musst deinen Zorn bezähmen, sonst richtest du Schaden an, den du später ewig bereuen wirst!«

Das habe ich bereits. Arrick nahm einen tiefen Atemzug. »Ich muss nachdenken.«

6

»TRINKEN«, SAGTE SABO. »Mama? Trinken!«

»Ich kann dir jetzt nichts geben. Du musst noch aushalten.«

Im Halbdunkel der Baumhöhle sah sie Tränen in Sabos Augen schimmern. Der Kleine warf sich enttäuscht an ihren Hals.

Und wenn sie allein hinausging? Wenn sie Sabo im Versteck zurückließ? Wer wusste schon, ob der Galchine überhaupt wiederkehren würde. Tatenlos hier zu sitzen und zu verdursten, das kam nicht in Frage. Sollten die Spinnen sie töten, dann konnte Sabo immer noch überleben. Vielleicht fand Arrick ihn, bevor er verdurstet war. »Sabo, ich versuche, Wasser zu finden. Du musst mir aber versprechen, dass du hier bleibst und nicht aus dem Baum herauskrabbelst. Hörst du?«

»Trinken«, sagte er, und seine Augen leuchteten.

»Du bleibst hier, ja? Es ist sehr wichtig, dass du mir gehorchst. Draußen sind gefährliche Tiere. Wenn du aus dem Baum kletterst, wird Mama sehr, sehr böse, hast du verstanden?«

Er nickte.

Vorsichtig setzte sie ihn auf den Boden und kroch aus dem Loch im Baum. Sie drehte sich noch einmal um, beugte sich in die Höhle hinein und küsste ihn auf die Stirn. »Ich komme wieder.«

Sie spähte in die Baumkronen. Lianen hingen aus ihnen herab. Sie konnte keine Spinne ausmachen. Einen Schakrakei sah sie, der zu ihr hinunteräugte. Der Anblick gab ihr Frieden. *Pass gut auf meinen Kleinen auf*, sagte sie in Gedanken zu ihm.

Dann lief sie los. Immer wieder drehte sie sich um und versuchte, sich das Bild einzuprägen, damit sie den Weg zurück finden würde. Der abgestorbene, mächtige Baum war leicht zu erkennen. Und es ging hangabwärts, wenn sie nachher aufwärts lief, würde sie sich nicht verirren.

Sie erstarrte. Über ihr in den Bäumen knackten Äste. Etwas raschelte in den Zweigen, Holzstücke fielen herab. Dann sah sie sie. Zwei Spinnen jagten einander durch die Baumkronen. Das vordere Tier hielt einen Kadaver in den Beißfängen, sie konnte nicht erkennen, was es war, nur Fell, Beine, einen Kopf, der herunterhing und mit den Sätzen der Spinnen wippte. Die andere Spinne, etwas kleiner als die erste, jagte ihr nach. Die langen, behaarten Beine krallten sich an Äste. Mit beängstigender Geschwindigkeit flogen die dicken, schwarzen Körper zwischen Bäumen dahin, hielten inne, schnellten weiter.

Wenn sie sich um einen Kadaver stritten, waren sie hungrig. Es genügte, wenn sie einmal nach unten sahen. Die Spinne, die leer ausging auf der Verfolgungsjagd, würde Murielle als neues Opfer in ihre acht scheußlichen Augen fassen.

Sie rannte.

Was war das für ein Licht vor ihr? Zwischen den Bäumen wurde es hell. Endete dort der Wald? Hinaus! Hinaus!

Die Bäume standen tatsächlich weiter auseinander hier. Murielle drehte sich um. Sie konnte keine Spinne ausmachen in den Baumkronen oder auf dem Waldboden. Also wurde sie nicht verfolgt?

Sie erreichte den Waldrand und eine weite blaue Fläche. Sie lauschte. Der Wald schwieg. Sie war in Sicherheit. Spinnen hassten das Wasser. Sie würde hineinspringen, wenn sich doch eine näherte.

Wasser, so weit das Auge reichte! Wellen kräuselten sich darauf. Dem Anblick wohnte eine große Schönheit inne. Ihr Gesicht entspannte sich, die Augen verweilten auf dem fernen Horizont. Hatte nicht Arrick einmal davon gesprochen, dass es auf Terra riesige Wasserflächen gab, von denen die Heilige Schrift erzählte? Er hatte ein Wort dafür gehabt. Weer? Keer?

Das Keer – es war wunderschön.

Sie kniete nieder, um das Wasser zu kosten. Mit der Hand schöpfte sie und trank. Es war süß. Einen Beigeschmack hatte es, den sie vom Fluss her nicht kannte. Wie Fisch. Wie süßer Fisch. Sie trank gierig. Jetzt erst wurde ihr bewusst, wie durstig sie gewesen war. Sabo würde jauchzen vor Freude, wenn sie ihn hierher brachte. Und die Spinnen? Nein, sie konnte nicht hierher gehen mit ihm. Sie würde ihr Kleid mit Wasser tränken und es ihm so zum Baum bringen. Der Fressgier der Spinnen setzte sie ihn nicht aus.

Die ganze Zeit lebten die Siedler in der Nähe eines Keers und wussten nichts davon. Der Planet war ihre Heimat, aber sie kannten sie nicht. Murielle zuckte zusammen. Da war ein Schatten im Wasser. Sie zog die Hand zurück. Ein Fisch, eindeutig! Er war groß. Mit gemächlichen Schwanzschlägen schwamm er durch das Wasser, immer begleitet vom Schatten, der unter ihm über den sandigen Boden flog. Da, ein weiterer!

Sie hielt still, um die Fische nicht zu vertreiben. Sie strahlten Ruhe aus. Silbrig glänzten ihre Leiber, wo sie nicht von Moos bewachsen waren. Vom Maul gingen lange Fühler aus.

Wie friedlich dieser Platz war! Vorsichtig setzte sie einen Fuß ins Wasser. Es war kalt, kälter als der Fluss. Die Fische jagten davon. Murielle stieg hinein ins Keer und hockte sich nieder, damit sich ihr Kleid voll saugen konnte. Als sie wieder aufstand und das Wasser an ihr hinunterlief, fühlte sie sich wie neugeboren.

Sie hörte ein Röhren. Woher kam dieser Schrei?

Murielle erschrak bis ins Mark. Über dem Keer wand sich

eine Schlange. Hoch wie ein Baum ragte ihr Kopf aus dem Wasser. Sie sah Murielle an aus giftgrünen Augen. Brüllte erneut. Dann bog sie ihren Leib über das Wasser, hin zu Murielle, hin zum Ufer. Gierig stand das Maul offen und zeigte weiches Fleisch und eine Zunge, so groß wie zehn Ziegen.

Murielle warf sich herum und rannte. Sie jagte an den Moortümpeln vorbei, den Berg hinauf, fort, nur fort vom Keer. Hinter ihr kreischte die Keerschlange. Es war ein enttäuschter, wütender Schrei.

Nur mit Mühe war es ihm gelungen, den Galchinen loszuwerden, der die Ratsglocke bewachte. Kaum war er gegangen, hatte Arrick stürmisch die Glocke geläutet. Man konnte ihrem Läuten die Verzweiflung anhören, die Dringlichkeit.

Nun wartete er im Ratsaal. Wer hatte dem Galchinen den Auftrag gegeben, die Glocke zu bewachen? Wer wollte verhindern, dass die Terraner sich versammelten? Er war froh über jeden der Ältesten, der unversehrt den Saal betrat. Ernst begrüßte er sie. Er stand in ihrer Schuld.

Endlich waren sie vollzählig. Er schellte mit der Handglocke und wartete, bis Ruhe eingekehrt war. »Dreht euch bitte um«, sagte er.

Die Ältesten wendeten die Köpfe.

»Seht ihr die leuchtenden Farben an der Wand? Diese Wunderwerke, gayavenische Larvenbilder, haben unsere Vorfahren aus dem All mitgebracht. Wir gehören zu einem stolzen Volk. Zu einem Volk, das Kraft bewiesen hat. Es ist nicht unsere Bestimmung, uns knechten zu lassen von einer fremden Rasse.«

Erstaunte Gesichter. Einige der Ältesten runzelten die Stirn. Sie verstanden seinen Sinneswandel nicht, natürlich. Er war es ja immer gewesen, der für die Galchinen gesprochen hatte.

Arrick sagte: »Ich muss mich entschuldigen. Ich habe mich geirrt, als ich den Galchinen vertraute. Sie sind blutrünstig und werden es immer sein. Ich wollte das nicht sehen.«

Der Älteste des Hauses Johannes stand auf. »Wie kannst du so reden, Arrick Aargrefe? Seit die Galchinen bei uns wohnen, haben sich die Spinnen tief in die Wälder zurückgezogen. Heute kann man den Roten Weg ohne Furcht entlangspazieren. Es geht uns besser als zuvor. Den wöchentlichen ›Einkauf‹ gibt es nicht mehr, es wird frei getauscht beim Markttag auf dem Platz vor dem Haus Levitikus. Von Verderben kann ich nichts spüren.«

»Heute wurde die erste Maschine für uns fertig gestellt«, sagte der Älteste des Hauses Jesaja. »Die Galchinen belohnen uns dafür, dass wir ihnen Asyl gewährt haben.«

Arrick nickte. »All das ist wahr. Ich möchte euch aber etwas anderes zu bedenken geben. Dass ich hier als euer Patriarch stehe, liegt allein daran, dass der einzige Mann des Hauses Offenbarung, Sabo, noch zu jung ist für das Amt des Patriarchen und ich ihn als Ehemann Murielles vertrete. Dennoch, er ist der wahre Patriarch. Und er ist tot.«

Ein Raunen ging durch die Bänke.

»Ein Galchine hat ihn heute Morgen von der Schwelle des Hauses Offenbarung gerissen und mit sich gezerrt, um ihn im Wald …« Er brach ab.

»Um ihn zu verzehren?« Die Gesichter der Ältesten erbleichten.

»Wir können sie nicht zähmen. Sie werden ihren Instinkten folgen, und ihre Instinkte führen sie dazu, uns zu töten.« Arrick trat näher an die Ältesten heran. »Die Terraner müssen sich auflehnen, ehe es zu spät ist! Die Galchinen vermehren sich. Sie bauen Maschinen. Bald sind sie stark genug, um uns zu vernichten. Wenn wir unsere Völker nicht vorher voneinander getrennt haben, gehen wir unter.«

»Wir sind zehntausend, sie sind wenig mehr als hundert«, widersprach einer der Ältesten. »Du übertreibst die Gefahr, die von ihnen ausgeht.«

Der Älteste des Hauses Johannes stand auf und stellte sich

neben Arrick. Er legte ihm die Hand auf die Schulter. Es war ein unziemendes Verhalten dem Patriarchen gegenüber. Arrick wich zur Seite, aber die Hand des Ältesten ließ ihn nicht los. »Arrick Aargrefe hat uns gut angeführt«, sagte er. »Bis heute. Nun aber ist er voll Schmerz, und er weiß nicht, was er sagt. Er wird lange Zeit trauern. Er wird seine Frau trösten müssen. Ich finde, er sollte vom Amt des Patriarchen erlöst werden. Da Sabo tot ist, kann das Haus Offenbarung keinen neuen Patriarchen stellen. Die Zeit ist da, dass ein Vertreter des Hauses Johannes die Patriarchenwürde erhält.«

Ein Sturm des Widerspruchs brach los. »Das Haus Jesaja hat einen größeren Anspruch darauf!«

»Judas ist mit Offenbarung verschwägert! Die Patriarchenwürde überträgt sich!«

»Kolosser! Wir haben die meisten Söhne!«

»Daniel!«

»Rut!«

»Philipper!«

»Josua!«

Die Ältesten riefen durcheinander, sprangen von ihren Bänken auf, stürmten nach vorn.

Also auch noch diese Stütze, dachte Arrick. *Auch dies nimmst du mir, Gott. Du willst mich zugrunde richten!* »Hört mir zu«, rief er. »Wir dürfen nicht auseinander brechen, nicht jetzt! Vulgata ist in Gefahr!« Niemand achtete auf ihn.

Der Ältestenrat würde nach dieser Sitzung nicht mehr zu gebrauchen sein. Sie würden sich wochenlang streiten. Es war das Beste, was den Galchinen passieren konnte.

Noch einmal rief er. Ohne Erfolg.

Er ging hinaus. Auf der Straße trat er versehentlich in eine Pfütze. Das Geräusch erinnerte ihn schmerzlich an die kleinen Hände Sabos, die noch am Morgen mit dem Schlamm vor dem Haus Offenbarung gespielt hatten. Diese Hände gab es nicht mehr. Nie wieder würden sie sich um Arricks Hals schließen, nie wieder würde Sabo mit ihnen sein Gesicht betasten. Arrick würde ihn nicht mehr am Abend hinauftragen und ins Bett bringen. Sabos verschmitztes Lachen war für immer verstummt, dieses Lachen, wenn die Eltern sich über eine neue Wortschöpfung ihres Sohnes freuten und er glücklich war über die Aufmerksamkeit, die sie ihm gaben. Nie wieder würde Sabo seine hölzernen Spielzeugtiere die Treppe hinunterwerfen. Nie wieder würde er auf eine Wolke am Himmel zeigen und »Wau-Wau« sagen. Nie wieder würde er am Morgen rufen: »Mama! Papa! Pipi machen.«

Er war fort. Hinausgerissen aus dem Leben.

Warum war er hier? Rhyt rieb sich das schmerzende Genick. Er konnte keinen klaren Gedanken fassen. Warum war er umgekehrt? Speichel umfloss süß seine Zunge. Rhyt sah das Frischgeschlüpfte an, und es blickte zurück aus seinen blauen Augen. Es sah weich aus. Zartes Fleisch umhüllte seine kleinen Glieder.

Er war hier, weil er vergessen hatte, einen Beweis mitzunehmen. Er musste ja beweisen, dass er das Frischgeschlüpfte und die Frau des Patriarchen in seiner Gewalt hatte. Was könnte ein passender Nachweis sein?

Rhyt trat auf die Baumhöhle zu. Die Frau war fort. Hatte er nicht angedroht, dass in diesem Fall das Frischgeschlüpfte sterben sollte? Er spürte, wie sein Herz kräftiger schlug, wie eine wohlige Vorfreude über seinen Magen strich, und fuhr langsam die Krallen aus.

Jede Faser seines Körpers sagte ihm, dass es gut war, jetzt die kleine Beute zu verschlingen. Er war hungrig. Er verspürte großen Appetit.

Der Terranerbrütling verzog das Gesicht. Tränen sammelten sich in seinen Augen, und er schüttelte den Kopf. »Nein!«, sagte er. »Nein, nein! Nicht weh machen!«

Der Kleine verstand, was ihm drohte. Aber er würde nicht

leiden. Ein Schlag mit der Krallenhand, und er hauchte sein Leben aus. Er würde sofort tot sein.

Da war eine leise Stimme in Rhyt, die ihn warnte. Sie sagte, dass es falsch war, den Terranerbrütling zu töten.

Er dachte nach. Raubte ihm der Blutrausch den Verstand? Nein. Seine Pläne würden funktionieren, auch wenn das Frischgeschlüpfte nicht mehr lebte, denn niemand konnte nachprüfen, ob es am Leben war. Es gab keinen Grund, es zu verschonen. Woher die Skrupel? Weil es reden konnte? Galchinen sprachen auch, und der schwächere Galchine hatte zu sterben.

Mit der Zunge fuhr er sich über die Zahnspitzen. Sie wurde angeritzt von den scharfen Zähnen, und der Geschmack von Blut verbreitete sich im Mund. Der Terranerbrütling würde warm sein, weich und warm und schmackhaft.

Töte ihn! Reiße ihn in Stücke! Er zögerte. Warum zögerte er? Was war los mit ihm?

Hinter ihm schrie jemand: »Ich bin da! Tu es nicht, ich bin da, bitte!«

Er drehte sich um. Die Frau. Sie war bleich, und ihre Lippen bebten. Ihr Kleid war nass.

Er sagte: »Ich habe Hunger. Es wird meinen Hunger stillen.«

»Wir haben noch Zirnen zu Hause, saftiges gelbes Fruchtfleisch, sie werden dir schmecken! Du hast sie noch nicht probiert, aber sie sind süß, sie sind köstlich! Bitte verschone mein Kind.«

»Du hast dich nicht an dein Versprechen gehalten. Es gibt keinen Grund, weshalb ich das Frischgeschlüpfte verschonen sollte.«

Sie krampfte ihre Hände in den nassen Stoff ihres Kleides. Schließlich sagte sie mit einem verzweifelten Gesichtsausdruck: »Doch, es gibt einen Grund. Du liebst es.«

Rhyt stand da wie vom Blitz getroffen.

War das der Grund für sein Zögern?

Warum liebte er den Terranerbrütling? »Warum liebe ich

den Brütling?«, hauchte er. »Ich kenne ihn nicht. Es entspricht meinem Wesen, ihn zu töten.«

Sie schluckte. Zögerlich sagte sie: »Du liebst ihn, weil er vom gleichen Schöpfer geformt wurde wie du. Ihr seid gleicher Herkunft.«

»Was? Du redest Unsinn. Seine Vorfahren stammen von Terra. Meine Vorfahren stammen von Qythlichot.«

»Das Wesen, das euch geschaffen hat, lebt nicht auf einem einzelnen Planeten. Es bewohnt das ganze Universum. Der Weg von eurem Planeten zu Terra ist nicht weit in seinen Augen.«

»Du glaubst doch selbst nicht, was du da sagst.«

Zu Rhyts Erstaunen nickte die Frau. »Richtig, es fällt mir schwer, es zu glauben. Mein Mann hat versucht, es mir beizubringen, aber was ich gesehen habe, war etwas anderes. Der Blutdurst der Galchinen, euer abstoßendes Äußeres – ich kann mir nicht vorstellen, dass dasselbe Schöpferwesen sich Terraner und Galchinen ausdenken sollte. Es sei denn …« Sie stockte. »Es sei denn, es herrscht Liebe zwischen ihnen. Liebe, die eigentlich unmöglich sein sollte.«

Rhyt sah zum Brütling hinüber. Der Brütling versuchte, aus der Baumhöhle zu klettern. »Mama!«, rief er. Der Stoff, der eines der kleinen Beine umhüllte, hing fest in einem Riss in der Rinde. Der Brütling kam nicht los. Liebte Rhyt das Frischgeschlüpfte, das sich da am Höhleneingang abmühte? Er horchte in sich hinein. Da war keine Liebe. Es war ein Gefühl, dass das Frischgeschlüpfte nicht verdient hatte zu sterben. Er hatte so etwas noch nie empfunden. War der Terranerbrütling nicht schmackhafte Beute? Aber es schien ihm verboten, ihn als Beute zu betrachten. In seiner Fremdheit war ihm das Gefühl wertvoll, es kam ihm vor wie eine neue, wichtige Entdeckung, als setze er einen Fuß in eine unbekannte Galaxie.

»Wie heißt er, der Terraner und Galchinen geschaffen haben soll?«, fragte er.

»Wir nennen ihn Gott.«

»Warum erschafft Gott neue Völker?«

»Ich weiß es nicht. Ich glaube, das gehört zu seinem Wesen wie das Atmen zu uns. Er ist erfinderisch, er erfindet gern.«

»Dieser Gott, was sollen die Völker für ihn tun, nachdem er sie erschaffen hat? Kein Galchine kennt ihn. Wenn es ihn gibt und er eine Aufgabe für uns hatte, dann haben wir sie vergessen.« Noch nie hatte er darüber nachgedacht, dass die Galchinen einen Ursprung haben könnten, der über Qythlichot hinausging. Schon der Planet war kaum mehr als ein Mythos, so lange hatten sie im Raumschiff unter dem Kommando der Kolonne gelebt. Gab es einen Mythos, der vor dem Mythos Qythlichot lag?

»Er verbietet das Töten seiner Geschöpfe, zumindest der intelligenten. Er fordert, dass sie sich gegenseitig mit Achtung und Liebe begegnen.«

Rhyt schüttelte sich. Absurd war das! Welchen fremdartigen Einflüssen setzte er sich hier aus? »Das Töten gehört zum Leben wie das Schlüpfen aus der weichen Eischale. Ein Galchine ist zum Töten geschaffen, er jagt, was er fressen will. Kein Schöpferwesen würde uns das verbieten.«

Langsam ging die Terranerin auf die Baumhöhle zu. Sie behielt Rhyt dabei im Blick. Als er ihr nicht in den Weg trat, befreite sie den Brütling aus seiner misslichen Lage und hob ihn auf den Arm. Mit vorsichtigen Rückwärtsschritten entfernte sie sich. »Wenn Arrick Gott nicht gehorchen würde, dann wäre kein Galchine mehr am Leben. Er hat sich nach dem Willen des Schöpfers gerichtet und ist euch mit Achtung begegnet, obwohl ihr uns fremd seid. Ihr verdankt ihm euer Asyl. Damit verdankt ihr es Gott. Was Gott von euch will, weiß ich nicht, aber ihr solltet ihm dankbar sein und uns in Frieden lassen.«

7

VANDER STRAHLTE IN langen Bahnen durch die Kirchenfenster. Wo das Sonnenlicht auf den Boden auftraf, leuchteten helle Flecken. Pfützen aus Licht. In einer dieser Lichtpfützen kniete Arrick. Er sah zum Kreuz hin, das an der vorderen Kirchenwand hing.

»Habe ich nicht alles getan, Gott?«, fragte er. »Ich habe dieses Gebäude errichten lassen nach dem uralten terranischen Plan, damit sich deine Nachfolger darin versammeln. Ich habe den Galchinen geholfen, auch wenn sie hässlich sind und gefährlich. Ich habe die knöchernen Gesetze aufgebrochen und das Volk daraus befreit. Ich habe ihnen Liebe gepredigt, wie du es im Buch befohlen hast.«

Stille. Draußen flog ein Vogel am Fenster vorüber. Sein Schatten huschte über den Boden.

»Du bist ungerecht, Gott!« Er nahm die gefalteten Hände auseinander, ballte sie zu Fäusten. »Vergib mir, dass ich dich beleidige, aber –« Er keuchte. »Du bist lieblos und ungerecht!«

Ein leichter Windzug wirbelte Staubkörnchen vom Boden auf. Sie tanzten in den Lichtbahnen.

»Ich werde etwas Schreckliches tun. Du weißt es. Halte mich auf, wenn du kannst, und verhindere es. Kannst du das? Ich dachte einmal, dass ich verstehe, was du willst. Aber jetzt verstehe ich überhaupt nichts mehr.«

»Mit wem sprichst du?«

Arrick musste sich nicht umdrehen. Das Interkosmo der Galchinen verriet sich durch Zischlaute und das abrupte Abbrechen von Wörtern durch einen Knacklaut. »Ich möchte nicht gestört werden.«

»Mit wem?«

»Ich bete. Ich spreche also mit Gott.«

Ein erschrockener Atemzug. Das Scharren von Fußkrallen auf dem Boden. »Wo ist Gott? Ist er hier?«

»Was sollte Gott auf Vanderbeyten verloren haben? Wäre er hier, hätte er heute ein Menschenleben gerettet.«

»Also ist er nicht auf diesem Planeten?«

»Nein. Schickt dich Karwai?«

»Mittels welcher Technologie sendest du dann deine Botschaft an ihn?«

»Man braucht dafür keinen Rufer-Kasten. Man spricht, und Gott hört. Vorausgesetzt, er will hören.« Arrick stand auf. »Karwai soll –« Er brach ab. Starrte auf den Stoff, den der Galchine in seiner Pranke hielt. »Du.« Es war der Galchine, den er zum Wald verfolgt hatte, derjenige, der Sabo auf dem Gewissen hatte. Jetzt fiel ihm auch ein, wo er den kleinwüchsigen Galchinen schon einmal gesehen hatte: bei der Fabrik, es war in der Nacht gewesen. »Willst du nun auch noch mich töten?«

Der Galchine entblößte seine Reißzähne. Er hielt den Fetzen Stoff in die Höhe. »Deine Frau und der Brütling leben. Noch. Wenn sie weiterleben sollen, dann gib mir das Buch.«

»Meine Frau?«

»Glaub mir, es hat mich Überwindung gekostet, weder sie noch den Kleinen zu fressen. Wenn du dich halsstarrig zeigst, beherrsche ich mich nicht länger und mache ihnen ein Ende.«

»Sabo lebt? Wirklich?«

»Ihr gebt euren Brütlingen Namen, bevor sie überhaupt das zehnte Lebensjahr erreicht haben? Welch unsinnige Mühe.«

»Wo sind sie?«

Der Galchine ließ die Krallen aus der Pranke schnappen und kratzte damit über die Lehne einer Kirchenbank. Helle Furchen zeigten sich im Holz. »Das Buch. Gib es mir.«

Arrick lief mit großen Schritten zur Kirchentür. Das war das Zeichen! Gott hatte sein Gebet gehört! Sabo lebte, und wenn er dem Galchinen die Heilige Schrift aushändigte, würde alles wieder gut werden. Wer weiß, vielleicht hatte Gott all dies eingeplant, vielleicht wollte er erreichen, dass die Galchinen selbst in der Heiligen Schrift lasen und von ihm erfuhren?

Er verließ die Kirche und ging zur Hütte. Dort öffnete er das Versteck unter dem Bett und holte das Buch hervor. Er gab es dem Galchinen. »Es ist das Wertvollste, was wir auf Vanderbeyten besitzen. Es ist uralt. Seit die Kolonne hier war, gibt es nichts mehr, das uns von unseren Terranervorfahren vererbt wurde – bis auf dieses Buch. Gehe sorgfältig damit um! Und nun sage mir, wo meine Familie ist.«

»Du hast mit dem Buch ihr Überleben erkauft, mehr nicht.« Der Galchine humpelte nach draußen. Dort drehte er sich noch einmal um und fauchte: »Wenn du mir folgst, bringe ich sie um.«

Arrick sank auf einen Schemel nieder. Irgendwo waren Murielle und Sabo gefangen. Sie erlitten sicher Todesängste. Steckten sie in der Fabrik? Nein, dann hätte sie der Galchine nicht im Alleingang in den Wald verschleppen müssen. Sie waren im Wald, an einen Baum gefesselt hingen sie in der Wildnis, dem Durst ausgeliefert, den Spinnen.

Er musste sie finden.

Und wenn der Galchine seine Drohung wahr machte?

Dann würde er mit dem Galchinen kämpfen.

Er stand auf. Nahm die Sense von der Wand. Es stand ihnen sowieso bevor. Die Terraner mussten sich den Galchinen entgegenwerfen. Wenn er der Erste war, der dem Krieg zum Opfer fiel – nun, es stand dem Patriarchen gut an, in allen Dingen voranzugehen. Arrick trat hinaus. Noch immer hingen graue, schwere Wolken am Himmel. Es roch nach Wasser, obwohl im Augenblick kein Regen fiel. Zielstrebig stieg Arrick vom Felsen hinab. Aus der Menschenmenge, die um die Maschine herumstand, warf man ihm verwunderte Blicke zu.

»Das Korn ist nass!«, rief einer. »Es ist zu spät für die Ernte. Wir müssen uns auf die Galchinen verlassen.«

Er kümmerte sich nicht darum. Allein ging er mit der Sense in den Wald.

Weit kam er nicht. Kaum war er in den dichteren Wald eingedrungen, umgab ihn ein weißes Flattern, und ein Dutzend Stimmen rief seinen Namen. »Arrick! Arrick!« Er stolperte, ging zu Boden. Flügelschlagen um seinen Kopf, um die Schultern, den Rumpf. Es waren Schakrakeie. Woher wussten sie seinen Namen?

Ein schriller Pfiff. Die Vögel flogen hinauf zwischen die Baumkronen über seinem Kopf. Wie von unsichtbaren Fäden gezogen, wendeten sie sich plötzlich in eine Richtung und jagten durch den Wald davon.

Hatten sie ihn gerufen? Wussten sie, wo sich Murielle und Sabo befanden? Er rannte hinterher. Die Vögel waren so schnell, dass ihm oft nur ein kurzes weißes Aufleuchten in der Ferne zwischen den Bäumen zur Orientierung dienen konnte. Bald stach jeder Atemzug. Er wurde langsamer. Was, wenn sie seinen Namen einfach vom freigelassenen Schakrakei gelernt hatten und ihn nun stumpf vor sich hin plapperten? Wenn der kleine Schwarm ihn nirgendwohin führte?

Da hörte er Sabo schreien. Er umfasste die Sense fester. Mit aller Kraft rannte er weiter.

Er fand das weiße Flattern zwischen einer Gruppe von hohen, alten Bäumen wieder. Auf dem Boden lagen verendete Vögel, Federn flogen durch die Luft. Es war nur noch eine Handvoll Vögel am Leben. Die Schakrakeie griffen nicht

Murielle und Sabo an. Sie kämpften gegen zwei Spinnen. Mühelos schnappten die Spinnen die Vögel aus der Luft und zermalmten sie in ihren Mundwerkzeugen. An dem behaarten Panzer der Spinnen prallten die angreifenden Schakrakeie ab. Einer der beiden Spinnen waren zwei Augen ausgehackt. Es blieben sechs schwarze Augen, die dumpf zu Murielle und Sabo hinsahen. Die beiden drückten sich gegen einen Baum. Murielle hatte einen Stock aufgenommen, den sie hilflos vor sich hin streckte, als könnte sie damit die beiden Raubtiere abhalten.

Arrick sprang vor. Er schwang die Sense in weitem Bogen, und durchtrennte einer der Spinnen damit die Vorderbeine. Sie sackte zu Boden. *Nachsetzen*, sagte er sich, *rasch!* Er holte erneut mit der Sense aus. Die Spinne erhob sich auf die verbleibenden Beine und zischte böse. Sie rannte mit aufgeklappten Mundzangen auf ihn zu. Die Sense schwang über ihren Kopf hinweg. Er vergrub ihre Klinge im dicken Spinnenleib, ließ los und wich zurück. Schwarze Mundzangen schnappten vor seinem Gesicht ins Leere. Die Spinne kreischte. Er floh, blickte über die Schulter. Die Spinne versuchte, die Sense abzuschütteln, die in ihr steckte. Sie zappelte, machte kleine Sprünge, rannte zu einem Baum, um sich am Stamm zu reiben.

Was tat die andere? Arrick gefror das Blut in den Adern. Sie hatte Murielle niedergestoßen und verbiss sich in Sabos kleinen Körper. Arrick war mit drei Sätzen bei ihr. Er kletterte der Spinne auf den haarigen Rücken. *Wir sterben*, dachte er. *Wir sterben alle.* Wütend schlug er auf den Kopf der Spinne ein. Seine Faust zerquetschte ihre Augen, eines nach dem anderen. Er schlug zu, schlug und schlug und schlug. »Lass meinen Sohn los!«, brüllte er. »Verflucht, lass ihn los!« Mit der Hand stieß er tief in eine Augenhöhle hinein, fasste unter den Panzer, brach ein Stück heraus. »Lass ihn los!«

Die Spinne sackte unter ihm zusammen. Ihre Beine wühlten den Waldboden auf. Arrick sprang herunter, befreite Sabo.

Mit dem blutenden Kind auf dem Arm eilte er zu Murielle. Er stützte sie, half ihr, aufzustehen. »Weg hier«, sagte er. Hinter ihnen fauchten die verletzten Spinnen. Sie krochen ihnen nach, aber Arrick und Murielle entkamen.

Sie humpelten durch den Wald.

»Sabo weint nicht«, keuchte Murielle.

Sie hielten an. Die Augenlider des Jungen waren halb herabgesunken, sein Gesicht weiß wie Mehl. »Sabo, halte durch!«, sagte Arrick.

Murielle nahm seine kleine, blutverschmierte Hand. »Es tut mir so Leid!«

Sabo hauchte: »Mama.«

»Wir bringen dich in die Siedlung, komm!«, sagte Arrick und ging wieder los.

Sabo sah ihn an. »Papa.« Er fing an zu zittern.

Arrick ging schneller. Das Zittern seines Sohnes hörte nicht auf. »Es ist das Gift«, sagte er. »Die verfluchte Spinne hat ihn vergiftet.«

»Wo müssen wir lang?«, fragte sie.

»Dort«, sagte er, obwohl er nicht wusste, ob es stimmte. Der Wald war ihm fremd. In seinen Armen zitterte sein kleiner Sohn.

Murielle sagte: »Ich konnte nicht warten. Der Galchine war kurz davor, Sabo zu fressen. Ich konnte nicht länger im Versteck hocken und auf den Tod warten.«

»Du kannst nichts dafür.«

Sie suchten lange. Es wurde besser mit dem Zittern. Sabos Köpfchen ruhte nun still auf seiner Schulter. Erst, als sie den Waldrand gefunden hatten und entlang des Waldes die Siedlung erblickten, hob er Sabos Kopf an, wollte ihn streicheln und ihm Mut zusprechen. Er sah in das Gesicht seines Sohnes. Sabo war tot.

Rhyt bereute nicht, dass er die Ausführung seiner Pläne verschoben hatte, um im Buch zu lesen. Es war ein äußerst interessantes Buch. Zweifellos ging Macht von dieser Schriftsammlung aus. Sie sprach von Zusammenhängen, die nicht einmal die Galchinen erahnten.

Er würde das Buch behalten. Er musste noch mehr darin lesen. Es war seltsam: Während er sich vieles, was darin stand, nicht einmal annähernd erklären konnte, ahnte er zugleich, dass es der Wahrheit entsprach. So wurde im Buch gefordert, seine Feinde zu lieben. Aber wozu waren es Feinde? Wie konnte man auch nur einen Gedanken daran verschwenden, sie zu verschonen? Feinde hatten nichts Liebenswertes an sich. Feinde verdienten es, gehasst und ausgelöscht zu werden. Rhyt war also überhaupt nicht der Meinung dieses Buchs. Dabei musste er sich aber eingestehen, dass ihn das fremdartige Gesetz mit Sehnsucht erfüllte. Liebe – kannte er sie denn überhaupt? Wie musste eine Zivilisation beschaffen sein, deren Lebewesen den Gesetzen des Buches folgten und nicht nur sich selbst und ihre Freunde, sondern auch die Fremden liebten, ja, sogar die Feinde?

Das Geschöpf, das man Gott nannte, hatte sonderbare Regeln aufgestellt. Rhyt begriff nicht, weshalb diese Regeln einen solchen Reiz auf ihn ausübten, wo sie seinem Inneren doch völlig widersprachen. Es war ein Geheimnis, dem er auf den Grund gehen wollte.

Später. Zuerst galt es, einen Verräter zu bestrafen, dessen Herz lange genug geschlagen hatte. Er wickelte das Messer und das Buch in ein Stoffbündel. »Der Weg hinein und der Weg hinaus«, murmelte er.

Damit trat er unter dem tropfenden Zirnenbaum am Felshang hervor und wandte sich in Richtung Fabrik. Der Wind riss den schwarzen Rauch von ihren Schloten und blies ihn nieder zur Erde. An den Mauern glänzte das Regenwasser.

Rhyt trat in den mittleren Korridor ein und durchmaß ihn bis zur Hälfte. Dort wachten vier Galchinen. Der Baumeister verschanzte sich in einem Teil der Fabrik. Auch hier wurde gearbeitet, schließlich wurden alle Räume gebraucht, aber die Galchinen, die in den Kammern arbeiteten, die an seinen Planungsraum angrenzten, hatte er sorgsam ausgewählt, und sie mussten diese Wächter passieren, um zur Arbeit gehen zu können.

»Wo willst du hin?«, fragte einer der Wächter barsch. Dann riss er die Augen auf. »Rhyt? Du? Wir dachten alle, du bist von Spinnen überwältigt worden!«

»Unsinn. Ich habe eine Entdeckung gemacht, die Schur Manarr unbedingt sehen sollte.«

»Worum geht es?«

»Ich bringe ihm, was er schon seit einem Jahr zu erlangen versucht. Sagt ihm das. Er wird mich sofort sprechen wollen.«

Einer der Galchinen verschwand im Korridor. Die anderen sahen begierig auf das Bündel in Rhyts Pranken.

»Wisst ihr, wo Hazzahk ist?«, fragte Rhyt.

»Er arbeitet.«

»Hier in der Fabrik?«

»Natürlich.«

»Ich wusste gar nicht, dass er einen Arbeitsplatz hat. Haben die Obkrieger nicht übergeordnete Aufgaben?«

»Alle acht Obkrieger arbeiten wie wir einfachen Galchinen. Sie sind hier.« Der Wächter wies hinter sich.

Schur Manarr wollte die Elitekrieger also in seiner Nähe haben. Vielleicht, weil er einen Übergriff befürchtete? Rhyt würde verhindern müssen, dass er schrie.

Der vierte Wächter kam zurück. »Der Baumeister will dich sprechen.«

»Wie erwartet.« Rhyt schob sich an den Wächtern vorbei. »Wenn ihr leise seid, werdet ihr hören können, wie er staunt über meine Tat. Ein Ausruf der Verwunderung ist so sicher wie das Lammelfleisch in der Kantine.«

Sie sahen ihm nach. Einer der Wächter wiederholte sehnsüchtig: »Lammelfleisch …«

Die Tür zu Schur Manarrs Planungsraum war nur angelehnt. Er schob sie auf.

Der Baumeister sah ihm freundlich entgegen. »Rhyt! Ich hatte schon befürchtet, dir ist etwas zugestoßen.«

Dieser Lügner! Dachte er wirklich, dass Rhyt nicht bemerkt hatte, wie er ihm Hazzahk auf den Hals geschickt hatte?

»Du hast etwas mitgebracht?«

Er musterte den massigen Körper Schur Manarrs. In einem Kampf würde er, Rhyt, in jedem Fall den Kürzeren ziehen. Er konnte sich vorstellen, dass ein einziger Schlag des Baumeisters ihn gegen die Wand schleudern würde. Aber wenn er sich beherrschte und seine Lippen sich nicht verfärbten, dann konnte Schur Manarr nicht ahnen, dass er angegriffen werden würde. Die Krallen durften nicht ausfahren, und das Blut musste ruhig und unauffällig seine Bahnen ziehen, ohne Rhyt zu Kopf zu steigen.

»Ist es in dem Bündel da?«

»Ja. Du wirst staunen!« Vorsichtig zog Rhyt das Buch hervor. Durch den Stoff hindurch umfasste er dabei den Messergriff unter dem Buch. Er drehte das Buch, sodass der Baumeister lesen konnte, was auf seinem Deckel stand.

Die Heilige Schrift
Interkosmo-Ausgabe

Schur Manarr griff danach. Er durfte die Klinge nicht bemerken. Rhyt überließ ihm das Buch und ließ den Arm sinken. Die Stofffalten verbargen die Klinge. Schur Manarr würde erst wissen, wie ihm geschah, wenn das Messer bereits bis zum Heft in seiner Brust steckte.

Der Baumeister blätterte. Die glatten, glänzenden Seiten fächelten Luft. Ein Geruch von Wasser und Blüten entströmte dem Buch. Schur Manarr legte die Pranke auf eine Seite. »Lobet den Herrn, alle Heiden! Preiset ihn, alle Völker! Denn seine Gnade und Wahrheit waltet über uns in Ewigkeit.« Er grinste. »Dieser Unsichtbare, an den die Terraner glauben ... Es ist ein trauriges Zeugnis ihrer Unterlegenheit. Aber sag, wo hast du das Buch her? Ich hörte, der Anführer der Terraner hütet es wie seinen Augapfel.«

»Der Patriarch hat es nicht gern hergegeben. Dennoch hat er es getan, so, wie er künftig alles tun wird, was ich ihm gebiete.«

Die Augen Schur Manarrs verengten sich zu schmalen Schlitzen. »Wie meinst du das?«

»Ich habe ihn in der Gewalt. Unsere Herrschaft über die Terraner kann beginnen.«

»Bist du wahnsinnig? Es ist viel zu früh dafür. Zuerst brauchen wir Waffen! 108 erwachsene Galchinen und etwa 60 Junggeschlüpfte – wie sollen wir gegen 10 000 Terraner ankommen? Die Lage darf jetzt noch nicht eskalieren.«

»Sie eskaliert nicht. Ich habe das Weibchen des Patriarchen in meiner Gewalt und ihren gemeinsamen Brütling. Um denen das Leben zu erhalten, tut er, was ich ihm befehle. Wir können ein Blutvergießen vermeiden. Wenn wir das Terranervolk mit Feldmaschinen versorgen, argwöhnt es nichts.«

»Du Narr! Dachtest du ernsthaft, wir bauen Feldmaschinen? Die dampfbetriebene Pumpe war notwendig, damit die Terraner uns endlich Eisenerz aus dem Felsen holen. Es wird keine weiteren Maschinen geben. Die Fabrik dient allein dem Waffenbau. Warum sollten wir den Terranerschwächlingen Feldmaschinen geben?«

»Damit sie nicht verhungern. Ihre Vorräte sind bald aufgebraucht.«

Schur Manarr schnaubte. »Aber sie sollen hungern! Ich will,

dass sie von der Gnade der Galchinen abhängig sind. Wir können ihnen Fleisch heranschaffen. Niemand sonst kann das. Verstehst du nicht? Und mit der Erzmine bauen sie sich ihr eigenes Gefängnis. Wer rebelliert, wird in die Mine eingeschlossen und arbeitet dort seine tägliche Nahrung ab. Solche Rebellen sollen nie wieder die Sonne sehen. Damit schüchtern wir die anderen ein.«

Rhyt befeuchtete sich die Nüstern. Was Schur Manarr da so selbstverständlich hinsagte, bedeutete mehr als Herrschaft über die Terraner. Es bedeutete, das Volk, das ihnen Asyl gewährt hatte, zu misshandeln. Wieder hatte er dieses Gefühl, dass etwas nicht richtig war. Dass es ein kosmisches Verbot verletzte. »Die Terraner würden sich so etwas niemals gefallen lassen.«

»Richtig. Und darum können wir damit erst beginnen, wenn wir die Waffen haben. Wir sind in der Minderzahl! Nur bewaffnet kann ein einzelner Galchine genügend Terraner töten, um uns in die Position des Stärkeren zu bringen. Dein feiner Plan, Weibchen und Brütling des Patriarchen zu entführen, kommt zu früh. Wo hast du sie hingebracht?«

»In ein Versteck.«

»Du weißt, Rhyt, dass du sie nicht auf Dauer verbergen kannst vor mir«, sagte Schur Manarr. »Sie werden in ihrer Angst Duftstoffe ausstoßen, die ich wittern kann.«

»Tatsächlich?« Er umfasste fest den Messergriff. *Nein*, befahl er sich, *beherrsche deine Wut! Du bist ruhig. Du weißt nicht, dass du gleich zustechen wirst.* Er durfte sich nicht verraten. Lächelnd trat er an den Baumeister heran. »Ich habe dir noch etwas mitgebracht.«

»Weiteren Unfug, Rhyt?«

Er riss die Pranke hoch und stach zu.

Fassungslos starrte der Baumeister auf das Messer, das in seiner Brust steckte. Der Stoff rutschte davon herunter. Schur Manarr ächzte. Schwarzes Blut floss seine Brust hinab. Er zog das Messer heraus und warf es zu Boden. Seine langen Krallen fuhren ihm aus den Pranken. »Stirb endlich, Plagegeist!« Er holte aus.

Rhyt duckte sich. Trotzdem erwischte ihn der Hieb. Er wurde von den Füßen gerissen und krachte gegen den Tisch. Schmerz explodierte in seinem Rücken. *Jetzt gilt es!,* dachte er. Er packte den Tisch von unten. Sagte sich: *Heldenhaft sterben!* Mit aller Kraft hob er den Tisch in die Höhe und schleuderte ihn auf Schur Manarr.

Der Hüne wurde hart getroffen und ging unter dem Möbelstück zu Boden. Kaum aber war er niedergestürzt, da warf er den Tisch auch schon wieder von sich ab. Er saß und richtete den Oberkörper auf. Aus seiner Brust quoll dunkles Blut. Warum stand er nicht auf? Konnte er es nicht? »Rhyt«, sagte er, und beim Sprechen lief ihm Blut aus dem Maul. »Du bist der Stärkere? Du?« Erstaunen in seinem Gesicht.

Rhyt nickte. Ein Siegesgefühl allerdings wollte sich nicht einstellen. Hatte ihn die kranke Luft des Planeten schon beschädigt? Wo blieb der Rausch, wo blieb die heiße Freude des Überlebenden? Nichts dergleichen verspürte er, im Gegenteil, er hatte Mitleid mit dem sterbenden Galchinen und hasste sich für das, was er getan hatte.

»Ich habe dich unterschätzt.« Schur Manarr wischte sich den Blutfaden vom Maul. »Du wirst mein Werk weiterführen müssen.« Er hustete. Sein Gesicht verzog sich vor Schmerzen. Weit beugte er sich nach vorn, hielt sich die Brust. »Höre, wenn du die Führung übernimmst: Mit Hilfe der Waffen unterwirfst du uns die Terraner. Erziehe einen Teil von ihnen zu Galchinengetreuen, indem du ihnen Vorteile versprichst, den der Rest der verknechteten Terraner nicht hat.« Schur Manarr sprach hastig, als fürchtete er, nicht mehr beenden zu können, was er sagen wollte. »Wenn ein Raumschiff der Terraner landet, müssen sie darin eindringen und uns die Schleusen öffnen. Dann gilt es, Rhyt! Die größte Schlacht der Galchinen. Wir müssen … ein Raumschiff … erobern.«

Rhyt sah auf den Baumeister hinab und bereute. Hatte der Ingenieur nicht einfach nach seinen Instinkten gehandelt? Er hatte gelogen, und das war ein Fehler gewesen, aber verdiente er es deshalb zu sterben? *Gott hat das Töten verboten*, dachte Rhyt. *Genau aus diesem Grund. Es steht uns nicht zu, jemanden auszulöschen, es ist nicht umkehrbar, Reue nützt da nichts, ich habe ein Leben vernichtet.*

Schur Manarr griff nach dem umgestoßenen Tisch. Unter größten Mühen zog er sich daran in die Höhe. Als er stand, begann sein Unterkiefer zu zittern. »Rhyt«, sagte er. Dann brach er zusammen.

Rhyt sah an sich hinunter. Er war blutverschmiert, übersät mit Abschürfungen, und er konnte kaum aufrecht gehen, so sehr schmerzte ihn der Rücken. Es hatte laut gekracht, mehrfach. Sein Plan für die heimliche Flucht war hinfällig.

Er musste aus der Fabrik hinauskommen. Und zwar rasch, ehe die Elitekrieger hier waren. Rhyt sprang über den Toten hinweg und öffnete die Tür. Sie waren schon da, stürzten den Korridor entlang auf ihn zu. Rasch schloss er die Tür hinter sich.

Hazzahk war unter ihnen.

Rhyt sagte: »Ich würde da jetzt nicht reingehen. Schur Manarr tobt vor Wut. Es sei denn, ihr möchtet auch so aussehen wie ich.« Damit humpelte er los, gebückt, wie es ihm die Schmerzen befahlen. Er drängte sich an den Obkriegern vorüber.

»Was ist geschehen?« Hazzahk hielt ihn fest.

»Frage Schur Manarr, warum er mich hasst. Ich kann es dir nicht beantworten. Aber wenn du meinen Rat hören willst, frage ihn erst, wenn er sich beruhigt hat.«

»Ich brauche deinen Rat nicht.« Hazzahk ließ ihn los. Er ging zur Tür und klopfte an. »Manarr?«

Rhyt humpelte weiter. Er sah bereits das Licht des Ausgangs. Hinter ihm rief Hazzahk erneut den Namen des Baumeisters. Rhyt rannte los. Er sprang in großen Sätzen hinaus, jagte über die Fläche zum Palisadenzaun Vulgatas hin. Durch die Siedlung galoppierte er. Er erklomm den Glockenturm, krallte sich an die hölzerne Wand und zog sich hinauf. Oben läutete er Sturm.

Er sah zur Fabrik hinüber. Das hölzerne Dach über den Steinwänden war schwarz vom Regen. Neben der Fabrik entwich dem Pumpenkessel weißer Wasserdampf. Galchinen sah er noch keine.

Das Dröhnen der Glocke machte ihn taub. Der ganze Kopf summte von ihrem lauten *Gong-Gong! Gong-Gong!* Er dachte: *Ich habe Schur Manarr umgebracht. Ich habe getötet.* Er fühlte sich miserabel.

Sie würden ihn jagen. Er hatte mit dem Schiffsingenieur ihre Zukunft zerstört. Nun war er auf Gedeih und Verderb mit den Terranern verbunden. Arrick Aargrefe, ihr Patriarch, würde den Ältestenrat zu seinen Gunsten umstimmen – denn nur, wenn Rhyt lebte, war das Überleben seines Weibchens und ihres Brütlings gesichert. Hatten sich die Galchinen erst einmal an den Terranern die Zähne ausgebissen, dann würden sie bereit sein, die Herrschaft auf Rhyts Weg zu übernehmen, mit Rhyt an hoher Position, womöglich gar als Karwais rechte Hand.

Rhyts Läutbewegung erlahmte. Arrick Aargrefe kam aus dem Wald geschritten, und er hatte Murielle und den Brütling bei sich! Wie hatte der Terraner die Geiseln finden können? Er sah genauer hin. Das Weibchen hinkte, ein Arm hing schlaff an seiner Seite herab. Und der Brütling in Arricks Arm war nicht in rotes Tuch gehüllt, sondern seine Kleidung war blutgetränkt. War er tot? Wie war das möglich? Ein Angriff von Spinnen?

Seine Pläne …!

Schuldgefühle erwachten in Rhyt und ließen seinen Magen tief, tief hinabsinken. Waren das etwa die Heldentaten, die er hatte vollbringen wollen? Er verabscheute sich. Er hasste die Brutalität seiner Rasse, die falsche Erziehung.

Die Ältesten kamen von überall herbeigeschritten. Sie blickten erstaunt hinauf zu ihm. Jetzt sah er Galchinen aus der Fabrik strömen. Sie rotteten sich zusammen. Die Obkrieger, allen voran Hazzahk, umkreisten die Rotte und gaben Anweisungen. Sie wiesen zum Glockenturm hinauf.

Rhyt stieg hinunter. Er eilte in die dunkle Halle. Die Ältesten der Terraner machten kein Licht. Sie schritten würdevoll durch das Dunkel zu einer beschnitzten Tür hin. Sie sah aus, als sei sie in hundert Stücke zerbrochen und daraus wieder zusammengesetzt. Hier versammelten sich also die Rudelführer der Terraner. Rhyt trat in einen beachtlichen Saal, von außen hätte er ihn dem Haus nicht zugetraut. »Gibt es ein Signal«, fragte er, »das vor einem Angriff warnt?«

Ein Terraner mit runzeliger Haut blieb stehen und sah ihn erstaunt an. »Wozu das, Galchine? Die Spinnen sind doch weit zurückgetrieben.«

»Gibt es ein Signal?«, wiederholte Rhyt.

»Früher hatten wir Wachposten auf dem Palisadenwall, die trugen Hörner bei sich. Aber das ist heute glücklicherweise nicht mehr notwendig.«

»Wenn diese Hörner ihr Signal geben, sammeln sich die Siedler, um Vulgata zu verteidigen?«

»Wer sollte uns denn angreifen?«

»Mein Volk.«

»Die Galchinen? So ein Unsinn.«

Rhyt packte den Alten beim Hemd und zog ihn zu sich heran. Er sprach durch die Zähne: »Sehe ich aus, als würde ich fantasieren?« Er stieß den Alten von sich und schlug sich auf den Bauch. »Das ist Blut! Ich habe gerade den ehemaligen Schiffsingenieur der Galchinen getötet. Uns steht ein Krieg bevor, begreifst du das nicht?«

Es wurde totenstill im Saal. Die Ratsältesten, ob sie standen oder saßen, erstarrten. Niemand sprach mehr. Hatten sie gehört, was er gesagt hatte? Oder schwiegen sie aus einem anderen Grund? Rhyt sah sich um.

Arrick stand hinter ihm. Im Arm hielt er das tote Kind. Er sah Rhyt an. Leise sagte er: »Sabo ist tot. Dafür wirst du sterben.«

8

VELVED KARWAI STAND bis zum Bauch im eiskalten Flusswasser. Die Strömung versuchte, ihn mit sich zu ziehen, kraftvoll schob sie ihn, saugte an seinen Füßen, stemmte sich gegen seine Hüfte. Er tauchte die Pranken ein und schaufelte Wasser auf Schultern, Brust und Rücken. Ein Vergnügen, das sie auf dem Schiff nie gehabt hatten. Dampfbäder, ja. Aber was war das für ein schwacher Ersatz! Das Wasser perlte von seiner Haut. Er ging in die Hocke. Es überspülte ihm die Schultern. Velved Karwai öffnete das Maul und trank. Er war glücklich.

Ob es auf Qythlichot Flüsse gab? Das Baden und Tauchen, es erschien ihm wie eine ferne Erinnerung. War es möglich, dass er sich an etwas erinnerte, das etliche Jahrhunderte zurücklag? Die Vorfahren hatten nie von Flüssen gesprochen. Von einem König berichteten sie, und er hatte, bevor er den Rudelführer im Zweikampf tötete, von ihm geschickt in Erfahrung gebracht, wie es geschehen konnte, dass die Galchinen wieder einen König bekamen: ein Ehrfurcht einflößendes, geflügeltes Geschöpf, größer als sie alle, klüger als sie alle, geschlüpft zum Herrschen und Führen, ein König, der die Galchinen zu neuer Kraft und in eine prachtvolle Zukunft bringen würde.

Er, Velved Karwai, würde diesem König den Weg bahnen.

Hier auf Vanderbeyten war er dem Ziel näher denn je. Etliche Galchinen trauerten dem Raumschiff nach, das wusste er. Sie waren dumm! Sie vermochten nicht weiter in die Vergangenheit zu blicken als bis zur Sklavenzeit im Tross der Kolonne. Dass die Galchinen selbst einmal einen Planeten bewohnt hatten, dass sie ein starkes Volk gewesen waren, eine Macht, mit der man zu rechnen hatte in ihrer Galaxie – all das lag für sie zu weit zurück, um noch Bedeutung zu haben.

Für ihn hatte es Bedeutung. Er würde das königliche Ei persönlich bewachen, bis Velved Karwai Schakaza daraus schlüpfte. Dann würde er sein Diener sein.

Seine Gedanken wurden unterbrochen. Ein Geruch drang störend in seine Träume ein und riss ihn heraus. Velved Karwai richtete sich hoch auf im Fluss und witterte. Jemand forderte ihn heraus. Jemand wollte ihn von seinen Plänen abschneiden und eigene Ziele verfolgen mit den Galchinen. Es war ein scharfer, ein fremder Geruch, der das Rudel spalten wollte.

Karwai watete aus dem Fluss. Er schüttelte das Wasser ab. Wer wagte es?

Ein flaues Ziehen schlich über seinen Nacken. Wenn er ehrlich zu sich war, hätte er schon länger davon wissen können. Es hatte Warnungen gegeben. Feine, kaum wahrnehmbare Spuren jenes Geruchs. Ein Zögern der Galchinen, wenn er Befehle gab. Er hätte dem nachgehen sollen! Aber er hatte es verdrängt, hatte es von sich geschoben. Fremde Gerüche konnten ja vom Planeten herrühren, eine Pflanze vielleicht, die er noch nicht kannte, oder ein Tier, das unbemerkt durch die Ritzen der Fabrik kroch. Das Zögern konnte er sich einbilden, er wachte womöglich zu eifersüchtig über den Gehorsam seines Rudels, er war zu streng, so hatte er gedacht.

Nun musste er sich der Wahrheit stellen. Er konnte nur hoffen, dass er die Vorboten nicht zu lange missachtet hatte. Probleme wuchsen im Dunkeln mitunter zu einem Desaster heran.

Der Blick des Patriarchen flößte Rhyt Angst ein. Er strahlte Überzeugung und Unbeirrbarkeit aus, ganz so, als könne Rhyts Tod durch keine Kraft des Universums mehr verhindert werden. Fünfzig oder sechzig Terraner befanden sich im Saal. Konnte er sie besiegen? Sie waren nicht bewaffnet, und wenn er rasch handelte … Aber das wäre abscheulich. Wehrlose alte Männer niederzumetzeln, nur, um einer Strafe zu entgehen, die er verdient hatte – es war würdelos.

Zudem würden ihn anschließend Galchinen *und* Terraner jagen. Er wäre verloren. Vielleicht war er das bereits. Wenn ihm die Terraner nicht halfen, würden ihn die Galchinen zur Strecke bringen, noch heute. Vermutlich umstellten sie bereits die Siedlung. Und die Terraner – warum sollten sie ihn in Schutz nehmen? Er hatte ihren Rudelführer bedroht und erpresst, und er war für den Tod seines Brütlings verantwortlich. Arrick Aargrefe hasste ihn. Er verlangte seinen Tod.

»Ich möchte leben«, hauchte Rhyt.

Arrick legte das tote Kind behutsam auf den Boden. Er bettete dabei sein Köpfchen, als könnte es sich verletzen. »Gebt mir ein Messer«, sagte er.

Niemand reagierte.

Arrick wiederholte: »Gebt mir ein Messer!«

Einer der Ältesten trat vor und reichte ihm eine kleine Klinge.

»Du kannst mich nicht töten«, sagte Rhyt. »Auch dann nicht, wenn du mich mit einem Messer angreifst.«

Arrick wog das Messer in der Hand. Dann umfasste er fest den Griff und stellte sich gegenüber Rhyt auf.

Rhyt sagte: »Arrick Aargrefe, ich habe in eurem Buch gelesen. Liebe deine Feinde, steht darin geschrieben. Gott fordert: Liebe deine Feinde!«

»Meinen Sohn hast du nicht geliebt.«

Doch, das habe ich, dachte er. *Aber du würdest es nicht glauben.* Er drehte sich zum Rat hin. Den Patriarchen beobachtete er aus dem Augenwinkel. »Wir Galchinen«, sagte Rhyt, »sind ein blutgieriges Volk. Wir sind zu Jagd und Überlebenskampf erzogen. Eure Kunst der Liebe ist unserer Kunst des Kampfes überlegen. Ich begreife das erst jetzt. Denn wohin führt das Töten? Zu weiterem Tod. Heute habe ich Schur Manarr getötet, den Baumeister der Galchinen. Ich habe mich gerächt, weil er mich verraten hatte. Als Nächstes werden sich die Galchinen an mir rächen.«

»Du hast Schur Manarr getötet?« Ein Ältester stand auf. Auch andere Männer erhoben sich von den Plätzen.

»Er plante, die Terraner zu knechten. Er hat euren Untergang gewollt. Andere werden diese Ziele weiterführen. Ich kann euch Einzelheiten verraten, wenn ihr mich am Leben lasst.«

»Lügner!« Der junge Patriarch hieb mit dem Messer nach ihm.

Rhyt wich der Klinge aus. Er stieß den Patriarchen hart vor die Brust. Arrick Aargrefe stolperte zurück. Er keuchte, rang verzweifelt um Atem. Diese Terraner waren verletzlich.

Er schrak hoch, witterte. Gefahr! Die Krallen schossen aus den Pranken. Er brachte sich in kampfbereite Haltung, duckte sich. Schon sah er sie durch den Türbogen treten: Hazzahk und sieben weitere Galchinen. Die Obkrieger.

»Wir sind hier, um ihn zu holen. Das Gespräch ist beendet«, sagte Hazzahk.

Arrick Aargrefe richtete sich auf, mühevoll und unter Ächzen. »Nein. Er gehört mir.«

Hazzahks Blick fiel auf den Brütling am Boden. Er nickte. »Gut. Dann töte ihn. Wir warten hier. Er wird nicht wagen, sich zu wehren.«

So soll ich sterben?, dachte Rhyt. Es wollte ihm kein Ausweg einfallen. Der Kopf war leer. Was half es, wenn er Arrick Aargrefe tötete? Dann brachten ihn die Obkrieger ums Leben.

Der junge Patriarch trat an ihn heran und legte ihm das

Messer an die Kehle. Rhyt ließ die Pranken sinken und zog die Krallen ein. »Töte mich«, sagte er. »Aber lass mich dir noch eines sagen, das die Galchinen nicht hören sollen.«

»Warum sollte ich das tun?«

»Weil ich gelernt habe, meine Feinde zu lieben.«

Arrick Aargrefe sah ihn an mit einem schmerzerfüllten Blick. Dann näherte er ihm sein Ohr.

Rhyt sagte leise: »Sie stellen Waffen her. In der Fabrik werden Waffen hergestellt. Ihr sollt leben. Ich wünsche mir, dass eure Kunst der Liebe siegt. Greift an, bevor es zu spät ist.«

Vor der Fabrik fand er den Geruch am stärksten. Einen Galchinen konnte er dort aber nicht entdecken. Velved Karwai betrat den Korridor. Er musste Schur Manarr warnen und sich mit ihm und den Obkriegern gegen die Revolte rüsten. Auf Arrick konnte er im Augenblick nicht zählen, den warf die Trauer um seinen Brütling aus der Bahn. Wo waren die Wächter, die sonst den Korridor beschützten?

Erst vor der Tür des Baumeisters fand er einen Galchinen. Der zuckte zusammen beim Anblick Karwais und verbeugte sich.

»Wo sind die Wachen?«, fragte Karwai.

»In der Siedlung der Terraner.«

Er hörte kein Hämmern, kein Blasebalgfauchen, kein Zischen glühender Werkstücke im Wasserbad. Es war still in der Fabrik. »Wo sind die Arbeiter?«

»Ebenfalls in der Siedlung.«

Was tun sie da?, wollte er fragen, dann aber besann er sich und schob sich am Galchinen vorüber. Schur Manarr würde ihm die Lage besser darlegen können. Karwai öffnete die Tür. Eiserne Werkzeuge lagen auf dem Boden, Kohlestücke. Der Tisch war umgestoßen, seine Beine ragten in die Luft. Überall schwarzes Blut, selbst die Baupläne an den Wänden waren befleckt davon. Mittendrin, wie ein Gebirge aus Fleisch und

Knochen und glänzender Haut, befand sich Schur Manarr. Er lag auf dem Rücken. Das Maul stand offen, es zeigte spitze Reißzähne. Auch sie waren von Blut befleckt. Die Augen des Baumeisters starrten zur Decke, ungläubig, als könne er nicht fassen, was ihm geschehen war.

Velved Karwai trat hinaus, packte den Galchinen am Hals und drückte ihn an die Wand. »Warum hat man mich nicht verständigt?«, zischte er.

Der Galchine schwieg.

Karwai witterte. Kaum merklich hing dem Galchinen ein Geruch an. Stechend, fremd.

Arrick richtete sich auf. Er sah die Bestien an. Sie waren beinahe doppelt so groß wie der Galchine, dem er die Klinge an die Kehle hielt. Aus ihren Pranken waren die Messerkrallen ausgefahren, und in den Gesichtern lag ein stilles Lauern. Sie waren hier, um zu töten. »Er wird nicht sterben«, sagte er. »Noch nicht.«

Hazzahk erwiderte: »Rhyt hat den Baumeister umgebracht. Den ehemaligen Schiffsingenieur, den Besten unter uns. Wenn dieser Unwürdige hundertfach sterben könnte, er hätte es verdient.«

»Und wenn er der Stärkere war? Ist das nicht eure Art, sich zu messen?«

Hazzahk faucht leise. »Arrick Aargrefe, du wirst es nicht wagen, mich zu beleidigen.« Sein Blick wanderte durch den Saal. »Das Volk der Galchinen befindet sich in Aufruhr. Unsere Zukunft liegt in Trümmern. Reize uns nicht, oder wir richten noch heute ein Blutbad an.«

»Ihr könnt uns angreifen«, sagte Arrick, »und jeden Einzelnen von uns hier im Ratssaal töten. Was sollten wir euch entgegensetzen? Aber die Siedler werden es nicht ungesühnt hinnehmen, wenn ihr die Ältesten ihres Volkes umbringt.«

»Mit den Siedlern werden wir fertig, glaube mir das.«

»Ist das so? Um der Rache des Siedlervolks zu entgehen, gebt ihr also anschließend einen Befehl, und sämtliche Galchinen dringen in Vulgata ein. Sie schlagen eine Schneise. Tote werden auf den Straßen liegen. Zuerst wird das Volk starr sein vor Schreck, unfähig, sich zu wehren, und ihr meint, den Triumph davongetragen zu haben.« Er nahm einen tiefen Atemzug. »Irgendwann aber, Hazzahk, nachdem Hunderte von ihnen hingemordet sind, besinnt es sich. Väter, denen Galchinen soeben Weib und Kinder töten, werden die Mistgabel ergreifen. Söhne, die ihre Eltern sterben sehen, nehmen Sense und Dreschflegel auf. Wer zur Wache gehörte, ergreift den Speer. Du weißt so gut wie ich, dass sie sich zu viert, zu fünft, zu zehnt gegen einen Galchinen wenden werden. Die Wut der Siedler wird erst nachlassen, wenn der letzte Galchine von Vanderbeytens Angesicht vertilgt ist. Wir sind schwach. Aber wir sind zehntausend.«

Hazzahks Krallenpranken zitterten. Er knirschte mit den Zähnen, sah Arrick an, als würde er ihn jeden Augenblick anfallen. Dann gab er einige kurze Knacklaute von sich und machte kehrt. Die Galchinen folgten ihm hinaus aus dem Ratssaal.

Rhyt keuchte: »Ein Galchine lehnt nie eine Herausforderung ab.«

»So ist es.« Arrick nickte. »Und doch sind sie gegangen. Weil du die Wahrheit gesagt hast. Sie stellen Waffen her. Offenbar sind es noch nicht genug. Er hat die Herausforderung angenommen, nur will er den Kampf erst führen, wenn er siegen kann.«

»Nein, Arrick Aargrefe. Ein Galchine verschiebt keinen Kampf. Dieses Verschieben käme einer Niederlage gleich!«

»Nicht, wenn der Kampf sehr nahe ist.« Er nahm das Messer fort. Rhyt würde nicht fliehen. Überall außerhalb dieses Saals war er dem Tode geweiht. Der Galchine bedeutete ihm plötzlich nichts mehr. Ein bloßer Tonkrug war es nicht wert, aus

Wut zerschlagen zu werden. Hackte man einen Stuhl in Stücke, über den man gestolpert war? Er empfand den Galchinen wie einen wertlosen Gegenstand. Am besten, man überließ ihn seinem düsteren Schicksal. Er war es nicht wert, sich mit seinem Blut zu beschmutzen. Dass er mit Sabos tragischem Tod zu tun hatte, wollte Arrick aus seinem Gedächtnis streichen. Eine verabscheuungswürdige Bestie wie diese sollte keine Bedeutung haben in Sabos kurzer Lebensgeschichte. Sie verdiente das nicht. Sabo war beim Kampf gegen die Spinnen umgekommen, er hatte sein Leben während einer Schlacht verloren, die sie gewonnen hatten, aber deren Verlust er geworden war.

Arrick trat vor die Ältesten hin. »Familienoberhäupter Vulgatas! Vor einigen Stunden habe ich euch gewarnt vor den Galchinen. Ihr habt daraufhin gestritten, wer an meiner Stelle Patriarch Vulgatas werden soll.«

Einige Alte senkten beschämt den Blick.

»Habt ihr euch inzwischen geeinigt? Oder seid ihr auseinander gegangen, ohne einen neuen Patriarchen zu wählen? Offenbar habt ihr die Versammlung aufgelöst, denn dieser Galchine musste euch erst wieder zusammenrufen. Also, was war euer Ergebnis? Die Frage ist von großer Bedeutung. Der neue Patriarch wird die Siedler zur Schlacht anführen, und seine Entschlossenheit wird über den Fortbestand Vulgatas entscheiden. Also, wer geht den Siedlern voran?«

Stille.

»Wer wurde auserwählt, um die letzte große Schlacht anzuführen?«

»Gehe du«, murmelte der Älteste des Hauses Johannes.

»Wie bitte?« Arrick ging einen Schritt auf ihn zu. »Ich konnte das nicht verstehen.«

»Gehe du«, wiederholte er etwas lauter.

»Warum sollte ich das tun?«

»Du bist der Einzige von uns, der Kriegserfahrung hat. Mit einer Hand voll Rebellen hast du damals die Wächter Vulgatas bezwungen. Du hast Kantur Gotha gedemütigt, der uns allen überlegen war. Führe du uns an, Arrick Aargrefe.«

Arrick schwieg. Schließlich nickte er. »Dafür also bin ich gut genug.«

»Warum eine Schlacht?« Der Älteste des Hauses Philipper räusperte sich und reckte zögerlich die Hand in die Höhe. »Ist es nicht besser, die Drohung Hazzahks auf sich beruhen zu lassen? Er hat doch selbst gesagt, sein Volk befindet sich in Aufregung. Wenn sich die Wogen geglättet haben, lässt sich die Zusammenarbeit unserer Völker womöglich fortsetzen. Wir sollten nicht alles aufs Spiel setzen.«

»Rhyt«, sagte Arrick, »erkläre es ihnen.«

Der Galchine stand auf. Er hielt sich den Rücken, wo ein bläulicher Streifen ihn quer überzog. In der abgehackten Sprechweise der Galchinen sagte er: »Die Fabrik stellt keine Maschinen her. Dort werden Waffen produziert, Waffen, mit deren Hilfe ihr unterdrückt werden sollt. Wir kennen euer Prinzip der Liebe nicht. Wir kennen nur die Herrschaft des Stärkeren.«

»Wann soll das geschehen?«, fragte mit zitternder Stimme der Älteste des Hauses Maleachi. »Ich meine, wann will dein Volk versuchen, uns zu unterwerfen?«

»Ich weiß nicht, wie viele Waffen bereits produziert sind.« Rhyt schnaubte. »Man hat mich nicht eingeweiht. Aber mit jedem Tag werden es mehr, und mit jeder zusätzlichen Waffe wird es wahrscheinlicher, dass ihr den Galchinen im Krieg unterliegt.«

Arrick stemmte die Hände in die Seiten. »Ihr Ältesten Vulgatas, geht in eure Häuser! Versammelt jeden Mann. Bewaffnet sie, schärft eure Speere, schleift die Sensen, treibt eiserne Spitzen in Keulen. Es wird in kurzer Zeit dunkel sein. Dann stärkt euch, esst und trinkt und legt euch schlafen. Vor Anbruch des Morgens erwarte ich die Siedler Vulgatas am Felsen, Haus für Haus, von Genesis bis Offenbarung. Nicht einer soll fehlen, oder er ist des Todes, weil er seine Stadt dem Untergang preisgegeben hat.«

»Arrick«, fiel ihm einer der Ältesten ins Wort, »wenn wir die Klingen schleifen, hören das die Galchinen. Sie werden wissen, dass wir uns auf einen Angriff vorbereiten!«

Arrick lachte grimmig. »Denkst du, Hazzahk ist ein Dummkopf? Er weiß, dass eine Schlacht bevorsteht. Die Galchinen werden keinen Augenblick dieser Nacht mit Schlaf verschwenden. Sie werden Waffen schmieden und sich rüsten. Morgen steht Vanderbeytens erster Krieg bevor. Er wird darüber entscheiden, welches Volk den Planeten in Zukunft bewohnt. Eines wird leben. Das andere wird verlöschen – und wir werden nicht dulden, dass wir das sind.«

9

»WAS WÜRDE DEIN geflügelter König sagen? Würde er sich den Terranern unterordnen? Nein, Karwai. Er würde kämpfen.«

Velved Karwai hörte die Worte Hazzahks. Er verstand sie nicht. Er stand da und starrte in den von Fackellicht erleuchteten Fabrikraum. Was er sah, hämmerte sich mit dunkler Gewalt in seinen Verstand. Waffen. Mit Stahlspitzen bewehrte Rüstungen. Mordmaschinen mit kompliziertem Mechanikgetriebe. An der Wand entlang drei Dutzend Spieße, lang gezogene Klingen, die das gesamte obere Drittel der Stangen bewehrten, Spieße, die sich gleichermaßen zum Schlagen, Schneiden und Stechen eigneten.

Er musste sich an der Wand abstützen. »Wann habt ihr das hergestellt?«, brachte er heraus.

»Wir haben damit begonnen, als die Fabrik errichtet war.«

»Wusste der Baumeister davon?«

»Schur Manarr hat die Waffen konstruiert und in Auftrag gegeben.«

Der Schiffsingenieur hatte ihn hintergangen. Er hatte ihn belogen und monatelang hinters Licht geführt. Velved Karwai brüllte: »Ich bin der Rudelführer!« Er drehte sich um und machte langsame Schritte auf die Obkrieger zu. »Ich bin euer Rudelführer! Wie konntet ihr es wagen, gegen mich zu arbeiten?«

Sie wichen zurück. Nur Hazzahk blieb stehen und sagte: »Du kannst mich zum Kampf herausfordern, Karwai. Ich habe Schur Manarr aus freien Stücken unterstützt, und ich stehe dazu. Lass dir aber eines sagen, Stärkster der Galchinen: Wenn unser Volk nicht im Morgengrauen ausgerottet werden soll, dann brauchen wir jeden von uns. Dich und mich eingeschlossen. Es ist wenig sinnvoll, dass wir uns wenige Stunden vor der letzten Schlacht gegenseitig schwächen und womöglich einer von uns das Leben lässt. 106 Galchinen, Karwai. Rhyt hat uns verraten. Die Terraner werden angreifen.«

»Die Terraner haben uns vertraut. Ich habe ihnen mein Wort gegeben!«

»Die Rasse der Galchinen lässt sich nicht ein weiteres Mal in die Sklaverei verkaufen. Wir sind mit Mühe der Kolonne entkommen. Sollen wir uns da erneut abhängig machen von einem fremden Volk?«

»Sie haben uns Asyl gewährt!«

»Schon darin hat sich ihre Schwäche gezeigt.«

»Nein, Hazzahk. Das war nicht Schwäche, sondern Stärke. Aber vielleicht kannst du das nicht begreifen.«

»Ich begreife sehr wohl. Es sind 10 000 Terraner gegen 106 Galchinen. Hundert gegen einen von uns. Wenn sie leichtsinnig sind, lassen sie ihre Weibchen zurück. Dann haben wir 5 000 Terraner, die gegen uns ziehen. Fünfzig gegen einen von uns. Das begreife ich, Karwai. Fünfzig gegen einen. Wir werden kämpfen müssen wie nie zuvor. Wenn du je einen Galchinenkönig sehen möchtest, dann darfst du uns jetzt nicht schwächen. Die Rache für deinen gekränkten Stolz muss warten. Führe uns an, wie es sich für den Stärksten des Rudels gehört.«

Der König. Das geflügelte, mächtige Geschöpf. Er wüsste Rat. Wie würde er handeln in dieser Lage? Würde er die Rebellion niederschlagen und damit sein Volk in den Untergang stürzen? Oder würde er gegen die Terraner zu Felde ziehen, denen er Frieden geschworen hatte?

»Ich führe euch.« Karwai sagte es mechanisch, ohne inneres Glühen. Und er spürte im gleichen Moment, dass er mit dieser Entscheidung sein inneres Glühen zum Verlöschen gebracht hatte, vielleicht für immer. »Ich führe euch.« Es war seine Aufgabe. Er brach mit den Terranern, denen sie ihr Überleben verdankten. Er hinterging Arrick, der ihm damals auf dem Feld vertraut hatte.

»Nutzt die Nacht«, sagte er. »Schmiedet weitere Waffen. Wir werden jede einzelne brauchen. Wer nicht an Blasebalg oder Amboss steht, soll sich im Umgang mit den Waffen üben.« Er zählte. »Es sind sieben Rüstungen. Die Obkrieger werden sie tragen. Zerschlagt das hölzerne Dach und baut Podeste aus den Brettern. Auf diese Podeste stellt die Kriegsmaschinen. Entlang der Mauern der Fabrik sollen Wehrgänge stehen. Und die Korridore müssen verschüttet werden. Niemand soll in dieses Gebäude eindringen. Wir haben zehn Stunden bis Sonnenaufgang. In zehn Stunden muss die Fabrik bereit sein, die angreifenden Terraner zu empfangen.«

Der Himmel schien in dieser Nacht schwärzer zu sein als je zuvor. Das Sternenlicht war kalt. Arrick sah hinauf. Es waren die gleichen Sternbilder, und doch wirkten sie fremd. Naftali. Sebulon. Selbst der fünfgezackte Benjamin mit dem hellen Davidsstern. Wem gehörten diese fernen Sonnen, diese fernen Sterne? Vanderbeyten war nur eine Welt, die eine Sonne unter Tausenden umkreiste. Was kümmerte das Universum ein einsamer Mann?

Das Mühlrad knarrte und schaufelte Wasser. Die Bäume schwenkten sanft die Zweige. Der Wind wehte. Er stand am Grab seines Sohnes.

Arrick schloss eine Faust um Sabos kleines Holzpferdchen.

Er fror. Beim Ausheben der Grube hatte er geschwitzt, und jetzt kühlte ihn der Schweiß, weil er nur dastand und auf das Loch starrte. Er konnte Sabo nicht sehen. Natürlich war der Junge dort, er selbst hatte ihn ja hineingelegt in die Grube, aber dass er nichts sah von ihm, überhaupt nichts – es beunruhigte ihn. Er sagte: »Murielle, ich weiß nicht, ich möchte ihn noch einmal …«

Murielle fuhr mit ihrer Hand unter seinen Arm und drückte ihn.

Da war der Haufen Erde, der neben der Grube wartete. Wie sollte er es fertig bringen, seinen Sohn damit zuzuschütten? Das kleine Gesicht, den kleinen Körper. Da gehörte doch keine Erde drauf! Eine weiche Wolldecke vielleicht. Aber keine Erde!

»Entschuldigung.« Galchinendialekt.

Er fuhr herum. Rhyt. Rhyt stand da, der verruchte kleinwüchsige Galchine, der dafür verantwortlich war, dass Sabo in dieser Grube lag und dass seine kleine Brust sich nicht mehr hob und senkte und dass er kalt war und nie wieder ein Wort sagen würde. »Was suchst du hier?«, zischte Arrick. »Ausgerechnet du!«

Der Galchine sah auf das Grab. »Ich möchte euch sagen, dass es mir Leid tut.«

»Du weißt doch überhaupt nicht, was das ist. Kennst du Leid? Ich bezweifle es.«

Murielles Händedruck an seinem Arm wurde stärker.

Der Galchine senkte das Haupt und wich langsam zurück.

»Ja, verschwinde! Geh zu deinen Bestienfreunden, verrate ihnen, dass wir sie angreifen werden.«

»Sie wissen es längst. Und sie zerfleischen mich, wenn sie mich in die Krallen bekommen. Ich habe mir den Hass beider Völker zugezogen.«

Murielle fragte: »Was ist mit der Schlacht morgen? Auf welcher Seite wirst du kämpfen?«

»Unsinnige Frage!« Arrick schüttelte ihre Hand ab. »Denkst du, wir würden ihn haben wollen? Die Siedler werden alles in Fetzen reißen, das einem Galchinen auch nur ähnlich sieht. Ich werde nach Kräften dabei helfen.«

»Ich gehe in die Wälder«, sagte Rhyt. »Wenn ihr die Galchinen ausgelöscht habt, wer soll dann die Spinnen fern halten von Vulgata? Ich werde der einzige Überlebende meines Volkes sein. Ich werde euch unterstützen, ohne dass ihr mich sehen müsst, und kann so vielleicht einen Teil meiner Schuld abtragen.« Er humpelte davon.

»Dieser Galchine ist genauso traurig wie wir«, sagte Murielle.

Er ist schuld an Sabos Tod, wollte Arrick sagen. Dann aber fiel ihm wieder ein, wie er den Jungen hatte vor die Tür laufen lassen, in den Regen hinaus. War er als Vater nicht für seinen Schutz verantwortlich gewesen? Hätte er Sabo nicht zurückrufen müssen? Er hatte ihn der Gefahr ausgesetzt. Womöglich läge das Kind jetzt nicht tot vor ihm, wenn er, Arrick, sich besonnener verhalten hätte.

Murielle sagte leise: »Er hat sich entschieden, ihn leben zu lassen, im Wald. Ich habe ihm von Gott erzählt, und er hat ihn verschont, obwohl ihn seine Bestieninstinkte dazu treiben wollten, unser Kind zu fressen.«

Die Einzige, die keine Schuld traf, war Murielle.

Sie schwiegen.

Die Grube machte Arrick unfähig, sich zu bewegen. Sie war stärker als er. Sie war unnatürlich. Was konnte er gegen den Tod unternehmen? Er stand da und war machtlos.

»Deck ihn zu«, sagte Murielle.

»Nein!« Er war noch nicht so weit. Er konnte noch nicht Abschied nehmen.

»Du musst ihn loslassen. Auch ich muss das.«

Er begann zu zittern. Es war ihm peinlich vor Murielle.

Sie sah ihn erschrocken an. »Zitterst du?«

»Nein«, sagte er. Jetzt konnte er nicht einmal mehr richtig sprechen!

Sie legte ihre Arme um ihn und zog ihn an sich. »Arrick, wir schaffen das. Wir überstehen es, gemeinsam.«

Weich war ihr Körper und warm. Das Zittern legte sich. Es kam wieder, legte sich erneut. Arrick versuchte, ruhig zu atmen. Sie roch vertraut, nach Frieden und Ruhe roch sie. Er hatte sie lange nicht umarmt. Jetzt erst merkte er, wie sehr er ihren Geruch vermisst hatte. »Ich sollte *dich* trösten.«

»Nein.« Sie streichelte ihm den Nacken. »Du musst nicht stark sein. Nicht bei mir. Du bist Arrick Aargrefe, und ich liebe dich.«

Es drangen seltsame Pfiffe aus dem Wald. Hohe, schrille Töne, die sich hinaufschwangen, um dann wieder abzusterben. Die Schakrakeie in den Siedlerhäusern verloren den Verstand. Sie begannen, wild in ihren Käfigen herumzuflattern, stießen mit den Flügeln gegen die Gitterstäbe, verhakten sich, ließen Federn. Etliche Siedler befreiten ihre Schakrakeie. Die Tiere flogen aus den Häusern in den dunklen Himmel hinauf, ballten sich zu einem Schwarm, schwenkten vor dem Sternenteppich zum Wald hinüber.

Nichts war wie sonst. Auch die Tiere spürten die Anspannung, die über Vulgata lag.

Hornstöße ertönten. Das Signal zum Sammeln. Fünftausend Siedler nahmen die Waffen auf, die sie sich am Abend zurechtgelegt hatten. Sie verabschiedeten sich von ihren Frauen und Kindern, küssten sie und traten in die Finsternis hinaus.

Am Felsen, kaum hundert Schritte von der Fabrik entfernt, nahmen sie Aufstellung. Genesis. Exodus. Levitikus. Numeri. Deuteronomium. Josua. Richter. Rut. Erstes Buch Samuel. Zweites Buch Samuel. Für manches Haus Vulgatas standen fünfzig Mann, für andere nahezu einhundert. Das Haus Kolosser brachte vierhundert Mann auf, einen mächtigen Haufen, der bis hinten an den Felsen reichte.

Arrick ging langsam an ihnen vorüber. Er ordnete die Aufstellung der Häuser, bis sie die Reihenfolge der Bücher der Heiligen Schrift hatten. Zuletzt gelangte er zum Haus Judas. Daneben war sein Platz. Er stritt allein für das Haus Offenbarung. Gern hätte er mit der Sense gekämpft, die schon den beiden Spinnen den Tod gebracht hatte, aber sie lag irgendwo im Wald. So hatte er seinen Dreschflegel nehmen müssen, eine Stange, an deren oberem Ende ein schwerer Prügel von Eichenholz herabhing.

Er stellte sich neben die anderen und betrachtete den Himmel. *Wir sind hier, Gott,* dachte er. *Hierhin hat uns dein Gebot gebracht. Freund und Feind sollten wir lieben. Siehst du, wo das endet? Habe ich etwa alles falsch verstanden?* Diese Gedanken würden ihn schwächen. Sobald der Morgen graute, musste er sie von sich abschütteln. *Was willst du von mir? Ich habe alles versucht. Konntest du diese Schlacht nicht verhindern? Ich verstehe dich nicht.*

Plötzlich war da ein fremder Gedanke. *Darüber wunderst du dich?*, sagte eine Stimme in ihm. Sie klang, als würde jemand spöttisch lächeln. *Was hast du denn erwartet? Dass du die Gedanken des Allmächtigen verstehst? Oh, ihr seid ehrgeizig! Ihr sollt ja dazulernen, sollt versuchen, alles zu begreifen. Aber mich verstehen – Kind der Menschen, du verlangst zu viel.*

Er erschauderte. *Bist du Gott?*, dachte er.

Es war still in ihm.

Tränen schossen ihm in die Augen. *Wirst du uns helfen?* Er brüllte es in Gedanken. *Wirst du uns helfen? Wir brauchen Hilfe! Wir brauchen hier verdammt noch mal deine Hilfe!*

Da war es, als würde eine Kraft ihn durchfahren, als bliese ein Wind durch seine Brust, der ihn festigte und stärkte. Er erinnerte sich an einen Text der Heiligen Schrift, den er einmal gelesen hatte. Aber es war keine gewöhnliche Erinnerung. Er hörte die fremde Stimme den Text sagen. *Fürchte dich nicht. Ich habe dich erlöst. Ich habe dich bei deinem Namen gerufen.*

Ein grauer Schimmer lag über dem Dach der Fabrik. Arrick machte die Umrisse von Galchinen aus, deren Oberkörper über die Mauerkrone ragten. Hatten sie das Dach entfernt? Zwei große Kästen standen auf der Mauer, Kästen, die voller Räder und Stäbe steckten. Waren das die Waffen, von denen Rhyt gesprochen hatte?

Arrick ging nach vorn, bis er sich in Rufweite zur Fabrik befand. Er rief: »Ihr werdet uns töten! Ihr werdet uns mit euren Waffen in Stücke hauen. Aber hört, Galchinen, die ihr das Verderben der Siedler geplant habt: Ihr könnt nicht triumphieren! Denn hinter uns steht eine Kraft, deren Gewalt all das übertrifft, was ihr an Waffen auffahren könnt. Hinter uns steht die Kraft der Liebe! Das Wesen, das uns und euch geschaffen hat, ist der Patriarch über das ganze Universum. In seinem Namen haben wir euch aufgenommen. In seinem Namen haben wir euch Nahrung gegeben und Eisenerz und Hilfe Tag und Nacht. Ihn habt ihr hintergangen, indem ihr uns betrogen habt. Wohlan, dann spürt jetzt seinen Zorn!«

Sie hantierten an den Maschinen. Konnten die Geräte auf diese Entfernung töten? Der Desintegrator Kantur Gothas hatte auch über eine gewisse Distanz gewirkt. Eilig zog er sich zurück. Er stellte sich vor seinem Heereshaufen auf. »Ich will, dass von jedem Haus ein Dutzend zurückgeht und dass ihr eure Türen aushängt und sie hierher bringt! Wir werden die Mauer erklimmen müssen.«

Gehorsam entfernten sich einzelne Gruppen von Siedlern.

Arrick wartete auf ihre Rückkehr. Über dem Wald ging die Sonne auf. Im Heer wurden einige Siedler unruhig. Jemand fragte: »Arrick, was sind das für Kisten bei den Galchinen?«

»Ich weiß es nicht«, antwortete er. »Ich vermute, dass es Waffen sind. Aber es sind nur zwei. Wir werden sie zerstören.«

Die Siedler kamen zurück mit den Türen. Wie reagierten

die Galchinen auf diesen Anblick? Arrick sah bei ihnen Metallklingen aufblitzen. Sie reckten lange Spieße über die Mauer, an denen geschwungene Klingen befestigt waren. Wie viele Spieße waren es? Sicher drei Dutzend. Damit war ein Drittel von ihnen bewaffnet. Die anderen hatten ihre überlegene Größe, ihre Messerkrallen, ihren Jagdinstinkt.

Gott, streite du für uns!, dachte er. Er reckte den Dreschflegel in die Höhe und brüllte.

Ein Haus nach dem anderen fiel in den Schrei ein. Die Siedler brüllten aus fünftausend Kehlen. Der Schrei peitschte das Blut auf, er gab Kraft. Arrick begann zu laufen. Er drehte sich nicht um. Er konnte hören, dass sie ihm folgten.

Als sie die halbe Strecke zur Fabrik überwunden hatten, übertönte lautes Klacken ihr Gebrüll. *Klack-Klack-Klack-Klack-Klack!* Arrick sah Geschosse aufblitzen. Neben ihm gingen Siedler zu Boden. Zehn Tote. Fünfzig Tote. *Klack-Klack-Klack-Klack-Klack!* Die Siedler rissen die Türen hoch und warfen sich dahinter, um sich zu schützen, aber die Geschosse durchschlugen das Holz und bohrten sich in ihre Körper.

Die Fernwaffen drehten sich mit den heranrennenden Siedlern. Arrick sah, dass sie auf einem Gelenk standen und dass Galchinen in einen Schlund oben Geschosse einfüllten, immer neue. *Klack-Klack-Klack-Klack-Klack!* Siedler fielen.

»Weiter!«, schrie er. »Vorwärts!« Da schlug eines der Geschosse in sein Bein ein. Die Wucht des Aufpralls riss es nach hinten. Er kroch weiter, sah hinter sich die blutige Metallspitze im Boden stecken. Das Bein spürte er kaum. »Weiter!«, schrie er. Er musste ihnen vorangehen. Arrick erhob sich, stützte sich auf den Flegel auf, humpelte vorwärts.

Velved Karwai stand auf der Mauer bei einem der Kästen. Als er Arrick bemerkte, senkte er den Kopf, als schäme er sich.

Der Ansturm der Siedler geriet ins Stocken. Hinten drehten sie um und flohen.

»Weiter!« Es kam kläglich aus seiner Kehle.

Die ersten Galchinen sprangen von der Mauer. Sie sahen wohl, dass sie auf dem besten Weg waren, zu siegen. Mit blitzschnellen Schlägen durchtrennten sie den Siedlern die Kehlen, ehe diese ihnen mit Sense oder Speer zu Leibe rücken konnten. Die Galchinen sprangen von Gegner zu Gegner, bissen zu, schlugen, töteten. Arrick packte die Wut. Er nahm den Flegel in beide Hände und holte aus. Mit Wucht ließ er den Prügel auf einen Galchinenkopf niederkrachen. Der Galchine sackte zusammen. Arrick schlug nach dem Nächsten. Jetzt kamen ihm Siedler zu Hilfe. Sie stürzten sich zu sechst, zu zehnt auf einen Galchinen. Noch im Sterben, schon von seinen Krallen zerfetzt, hielten sie ihn umklammert, während die anderen auf ihn einschlugen. Mistgabeln stachen in Galchinenleiber, stachelbewehrte Knüppel gingen auf sie nieder.

Karwai gab einen Befehl. Über der Mauer tauchten Dämonen auf, hünenhafte Bestien, die in Rüstungen steckten. Von den Schultern ragten Stahlspitzen auf, der Kopf steckte in einem Lederhelm, von den Ellenbogen gingen stählerne Klingen aus. Die Bestien sprangen mitten unter die Kämpfenden. Sie trugen jeder einen Spieß bei sich. Es mussten die Elitekrieger der Galchinen sein, die Obkrieger. Sie schnitten und stachen, rissen und schleuderten, verteilten den Tod um sich wie eine Seuche.

Siedler, die zur Verstärkung herankamen, wurden von den Mordmaschinen niedergemäht. *Klack-Klack-Klack-Klack-Klack!* Arrick sah sich um. Wenn er nicht diese Maschinen beseitigte, gab es kein Herankommen an die Fabrikmauern. Er humpelte näher. Während die Maschinen auf die Ferne ausgerichtet waren, konnten sie sich nicht um ihn kümmern. *Und wenn es das Letzte ist, was ich tue,* dachte er und holte weit mit dem Dreschflegel aus. Aus dem Schatten der Fabrikmauer schlug er hinauf und traf eine der Maschinen. Sie drehte sich ein wenig, und ihre Schüsse gingen ins Leere. Immerhin. Weit kam er so aber nicht.

Er kehrte den Dreschflegel um und streckte den Stiel hinauf in das Räderwerk. Sofort wurde der Stiel davon ergriffen und festgehalten. Das Klacken der Geschosse verstummte. Arrick drückte sich mit dem Rücken gegen die Mauer und riss mit aller Kraft am Stiel, um die Maschine herunterzureißen. Sie rutschte ein Stück nach vorn.

Sofort landeten zwei Galchinen vor ihm und drehten sich um zu ihm. Aber statt sich auf ihn zu stürzen, erhoben sie erschreckt die Köpfe. Ein hoher, schriller Pfiff war ertönt. Von wo war er gekommen? Arrick blickte zum Wald hin. Die Bäume rauschten, ruderten mit den Ästen, als sei ein Sturm im Anzug. Eine Wolke von weißen Flügeln erhob sich, Abertausende von Vögeln. Sie stiegen auf über dem Wald, in der Ferne und in der Nähe. Schakrakeie.

Es war, als fiele der Himmel auf die Galchinen nieder. Arrick sah bald nichts als Vögel, wo eben noch die Fabrik gewesen war. Er schrie: »Siedler. Jeeetzt!« Er begann, Tote aufzuschichten. Bald bemerkte er helfende Hände. Federn sanken um sie herum zu Boden. Erschlagene Vögel stürzten auf sie nieder.

Zu seiner Seite legte jemand eine Tür an. Immer mehr Siedler umgaben ihn, stützten ihn, bauten mit. Sie bauten Rampen. »Hinauf!«

Arrick zerrte sein schmerzpochendes Bein eine Türrampe hinauf, wurde gestützt, mitgeschleift von den anderen. Um sich herum hörte er Kampflärm. Er sah Siedler ihre Sensen schwingen, sah Galchinen, die um sich schlugen mit ihren Krallenpranken. Er half, die Kriegsmaschinen über die Mauer zu stoßen.

Die Galchinen zogen sich in den Innenhof der Fabrik zurück. Auch die Elitekrieger stießen zu ihnen und verteidigten den Hof. Bald standen rings um sie herum auf Dachresten und Mauerkronen bewaffnete Siedler. Wer hinabsprang zu den Galchinen, wurde zerfetzt. So richteten die Siedler ihre Mistgabeln und Speere auf die Bestien, während sich die Bestien aus der Reichweite der Waffen hielten.

Sie würden die Galchinen nur überwältigen können, wenn sie alle zugleich auf sie einstürmten. Wie viele mochten es sein? Vierzig? Velved Karwai trat aus ihrer Mitte hervor. Er blutete aus zahlreichen Wunden. Stumm stellte er sich vor den Mauerabschnitt, auf dem Arrick stand, sank nieder auf die Vorderpranken und beugte den Kopf.

Genauso hatte er Arrick damals den Hals dargeboten, als ihm die Galchinen auf dem Feld das erste Mal begegnet waren. Wenn du uns nicht hilfst, sterben wir, hatte er damals gesagt. Was versuchte er hier? Wollte er an Arricks Gefühle appellieren? Die Schlacht der Völker war entschieden, die Galchinen waren umringt, und mehr als die Hälfte von ihnen war tot. Er musste es zu Ende bringen. Karwais Geste aber rührte ihn an. Sie durfte ihm nicht den klaren Kopf rauben! Die Bestien mussten sterben!

Wenn er sie am Leben ließ, würden sie eines Tages über die Siedler herfallen. Selbst wenn er sie verbannte und sie Tausende von Kilometern entfernt in einem anderen Gebiet des Planeten lebten – irgendwann, vermehrt und erstarkt, würden sie zurückkehren und die Siedler unterwerfen. Sie mussten jetzt vernichtet werden.

Steige hinab, sagte die Stimme in ihm.

Ich lasse mich doch nicht von den Galchinen umbringen!, dachte er.

Sie sind jetzt bereit, sagte die Stimme.

Widerwillen stieg in ihm auf. *Sie hatten ihre Chance!*, dachte er. *Sie haben unser Vertrauen ausgenutzt. Sie sollen sterben!*

Die Stimme schwieg.

Er sah hinab. Karwai kniete dort, reglos. Hinter ihm lauerten drei Dutzend Galchinen mit ausgefahrenen Messerkrallen.

Es trieb ihn hinab. *Kann ich dir vertrauen?*, dachte er.

Die Stimme lächelte. *Zeige ihnen, wer ich bin.*

Arrick wusste es plötzlich wieder. Nie hatte er Gott so klar verstanden wie hier auf dem Schlachtfeld, inmitten von wimmernden Verletzten. Er ließ seinen Dreschflegel hinunter und stützte sich von oben darauf. Dann sprang er. Ihm wurde schwarz vor Augen, als er unten aufkam. Sein Bein hätte nicht mehr wehtun können, wenn man es aufgeschnitten hätte. Er biss die Zähne zusammen, hielt den Dreschflegel fest und wartete. Ließ der Schmerz endlich nach? Allmählich kehrten seine Sinne zurück. Es riss immer noch im Bein, aber er öffnete die Augen. Die Galchinen griffen nicht an. Sie starrten herüber, unschlüssig.

Arrick beugte sich nieder und reichte Velved Karwai die Hand. Zögerlich ergriff Karwai sie mit seiner Pranke. Arrick zog ihn herauf, bis er stand. Er sah dem Galchinen in die Augen. »Velved Karwai«, sagte er, »die Siedler von Vulgata wollen den Kampf beenden. Seid ihr bereit, Frieden mit uns zu schließen?«

Karwai sagte: »Wir haben den Tod verdient.« Ihm standen Tränen in den Augen.

»Das ist wahr. Aber ich diene einem Gott, der nicht viel davon hält.«

Karwai drehte sich zu den anderen Galchinen um und sprach in Knacklauten zu ihnen. Zuerst geschah nichts. Dann legten die ersten ihre Spieße nieder. Die Messerkrallen zogen sich in ihre Pranken zurück.

Karwai sagte, wieder zu Arrick hingewandt: »Sie verstehen nicht. Was du hier tust, ist wider die Natur, sagen sie. Immer ist es so, dass der Stärkere den Schwächeren tötet. Warum tust du nicht, was deine Instinkte dir befehlen?«

»Meine Instinkte haben mir befohlen, euch zu töten. Aber es ist nicht alles gut, was einem natürlich erscheint. Manchmal ist es notwendig, gegen seine spontane Neigung anzukämpfen.«

»Wozu?«

»Um ein edleres Ideal zu erreichen.«

»Wie heißt dieses Ideal? Ich kenne es nicht.«

Arrick sagte: »Man nennt es Liebe.«

Epilog

»PAPA!«, RIEFEN TIN und Nerga im Chor und rannten auf ihn zu. Arrick lachte. Er ging in die Hocke. Als die Mädchen ihn erreichten, drückte er sie an sich und stand auf. Wie wild geworden drehte er sich im Kreis. Sie breiteten die Arme aus, als könnten sie fliegen, und jauchzten dabei.

»Mir wird schwindelig«, sagte er und setzte sie ab.

Sofort liefen sie zurück zu Karwai. »Papa, guck mal, manchmal bewegt es schon einen Flügel.«

»Vorsicht«, sagte Karwai. »Nicht anfassen.«

Das Ei war in den vergangenen Tagen noch weiter gewachsen. Inzwischen überragte es die Kinder. Seine weiche Schale war von roten Adern durchzogen. Wenn das Licht hindurchschien wie an diesem Nachmittag, dann sah man die Schemen eines zusammengekauerten Lebewesens, auf dessen Rücken Flügel wuchsen, und tatsächlich, einer der Flügel zuckte kurz.

»Sieht er uns?«, fragte Arrick.

»Ich weiß es nicht.« Karwai schob sorgfältig seine Pranke zwischen Nerga und das Ei und drängte das Mädchen zurück.

»Wie lange dauert es noch, Onkel Velved?«, fragte Tin. »Schlüpft es bald?«

»Es ist auch für mich das erste Mal. Ich weiß nicht, wie lange der König braucht, bis er bereit ist zu schlüpfen.«

Die Kinder begannen, sich zu langweilen. Sie hielten es nie lange an einem Fleck aus. Aber Murielle würde froh sein, wenn sie sich ausgetobt hatten und müde waren am Abend. Sie war wieder schwanger und brauchte ein wenig Ruhe.

Tin hüpfte an Arrick hoch. »Dürfen wir zu Onkel Rhyt und mit den kleinen Galchinen spielen?«

»Schaut aber erst, ob er noch mit den Kleinen übt. Während der Schule sollt ihr sie nicht ablenken.«

»Die Schule ist bestimmt vorbei. Wir hatten doch auch schon Schluss.«

»Dass mir keine Klagen kommen! Rhyt hat genug Mühe, die vielen kleinen Galchinen zu betreuen, macht ihr ihm nicht auch noch Ärger, verstanden?«

Sie setzten ihren Unschuldsblick auf.

»Ab mit euch«, sagte er und lachte.

Die Mädchen tollten davon. Aus der Ferne hörte er sie kichern.

Arrick fragte: »Denkst du, er fühlt sich wohler im Schatten?« Das Ei hatte anfangs in der Sonne gelegen, dann aber hatte Karwai es hierher in den Schatten des Felsens gebracht.

»Ich habe das Gefühl, ja. Du glaubst gar nicht, wie aufgeregt ich bin.«

»Du hättest nicht gedacht, dass es so schnell passiert, oder?«

»Nein. Ich verdanke es dir.« Karwai legte ihm beinahe zärtlich die Pranke auf die Schulter. »Durch die Terraner haben wir einen Frieden kennen gelernt, wie wir ihn noch nie erlebt haben. Es hat die Weibchen verändert. Keine Medizin, keine Psychologie haben das geschafft. Die Kraft der Liebe, diese Art, so miteinander umzugehen, dass es dem anderen gut tut, ach, überhaupt Vulgata und der Friede zwischen zwei Völkern – sie haben gespürt, dass es Zeit ist für den König.«

»Aber warum sollte er gerade dann kommen, wenn es nicht nötig ist? In einer Friedenszeit?«

»Vielleicht bedeutet er etwas anderes, als ich immer geglaubt habe. Vielleicht ist er nicht der Herrscher, der durch die Krise hindurchführt, sondern eine Art Krönung, ein Zeichen dafür, dass es den Galchinen gut geht.«

»Warten wir es ab.« Arrick streckte den Rücken. Er kam geradewegs vom Feld. Die gleichförmige Bewegung des Säens verhieß ihm schon jetzt einen kräftigen Muskelkater.

»Bringt dir Murielle kein Mittagsmahl mehr?«

»Ich habe es ihr verboten. Mit ihrem dicken Bauch, da soll sie so wenig machen wie möglich. Ich kann auch einmal ohne Mittag auskommen. Und du siehst ja, ich verbringe meine Pause gern bei dir. Seit du das Ei hütest, weiß man immer, wo du anzutreffen bist.«

Karwai grinste. »Da gibt es jemanden, der nicht weiß, wo *du* anzutreffen bist.« Er wies zu den Feldern hin.

Arrick drehte sich um. Murielle ging von der Siedlung auf die Felder zu. Am Arm trug sie einen Korb, der von einem bunt gemusterten Tuch bedeckt war. Sie steckte sich gerade eine Blüte ins Haar.

Das macht sie für mich, dachte Arrick, und ihm wurde warm. Laut sagte er: »Sie kann es einfach nicht lassen.«

»Geh schon«, sagte Karwai.

Freuen Sie sich jetzt schon auf den nächsten Band!

Tastend, offen, kritisch oder liebevoll: Die Autorinnen und Autoren dieser Edition loten in ihren Romanwerken aus, was christliche Literatur sein kann. Sie verbinden auf faszinierende Weise erzählerische Qualität und existenzielle Fragestellungen. Sie laden zur mündigen und mutigen Auseinandersetzung mit dem christlichen Glauben ein, der als selbstverständlicher und relevanter Lebensentwurf wieder mehr öffentliche Akzeptanz erfährt.

Die Romane der Edition werden so zu einem Lesevergnügen der besonderen Art. Lustvoll und selbstbewusst erheben sie einen Anspruch, dem sich Literatur von jeher gestellt hat: Sinnstiftung und Orientierung zu vermitteln. Die Eröffnung von christlichen Lebensperspektiven im Wettbewerb der öffentlichen Meinung gibt dem Leser die Chance, auf unterhaltsame und originelle Weise Anregungen zur persönlichen Horizonterweiterung zu erfahren.

Wenn Sie mehr erleben möchten:
www.brendow-verlag.de/auslese

C·S·LEWIS·PREIS

Der Namenspatron

C.S. Lewis ist der wohl bekannteste christliche Autor des 20. Jahrhunderts. In seinen belletristischen Werken wie »Die Perelandra-Trilogie« oder »Die Chroniken von Narnia« gelingt es ihm, in einzigartiger Weise literarische Virtuosität und christliche Glaubensinhalte zu verbinden. Der Brendow Verlag ist von den Erben des großen Gelehrten exklusiv dazu legitimiert, den C.S. Lewis-Preis zu vergeben.

Die Preisidee

Der C. S. Lewis-Preis wird alljährlich für ein Romanprojekt verliehen, das sich in herausragender Weise mit Perspektiven des christlichen Glaubens befasst.

Der Hauptpreis

Ein Stück kreative Lebenszeit: Der Preisträgerin/dem Preisträger stellen wir bis zu 40 Tage lang einen Platz zum Leben und Schreiben auf der Isle of Wight vor der englischen Ärmelkanalküste zur Verfügung. Der Roman wird in der Edition Brendow.Auslese veröffentlicht.

Die Beteiligten

Schirmherr für den Literaturpreis ist Albrecht Fürst zu Castell-Castell. Die Jury setzt sich zusammen aus namhaften Vertretern aus Literatur, Medien, Wissenschaft und Kirche.

Teilnahmebedingungen

Einsendeschluss ist alljährlich der 1. September. Die Preisverleihung findet am 29. November, dem Geburtstag des Namensgebers, statt. Die weiteren Bedingungen zur Teilnahme finden Sie unter www.cslewis-preis.de.

Brendow. Auslese